dtv

Weihnachten steht vor der Tür. Die Chivers rüsten sich für das Fest der Feste und den Ansturm ihrer Kinder, Verwandten und Freunde. Sie haben sich fest vorgenommen, nett zu sein und keine boshaften Bemerkungen zu machen. Aber wie es meist mit guten Vorsätzen geht – sie lassen sich nicht ganz einhalten. Ein stolpernder Großvater, ein flatterhafter Sohn, die Probleme von Tochter Jenny, die geistige Wiedergeburt von Onkel Roger und nicht zuletzt das gefönte Kaninchen sorgen für einige Aufregung.

Bryan Forbes, geboren 1926 in London, gelernter Schauspieler, erfolgreicher Regisseur und Drehbuchautor (u.a. von Hitchcocks ›Die Vögel‹), mehrmals ausgezeichnet u.a. mit dem British Academy Award, dem Goldenen Bären von Berlin und dem Edgar Award, lebt mit seiner Familie in England.

Bryan Forbes

Das gefönte Kaninchen, Tannengrün und der Tag danach

Roman

Deutsch von Charlotte Breuer

Deutscher Taschenbuch Verlag

Von Bryan Forbes
ist im Deutschen Taschenbuch Verlag erschienen:
Der Code (20022)

Ungekürzte Ausgabe
Oktober 2000
Deutscher Taschenbuch Verlag GmbH & Co. KG,
München
www.dtv.de

Titel der englischen Originalausgabe: ›Partly Cloudy‹
(William Heinemann Ltd., London)

Umschlagkonzept: Balk & Brumshagen
Umschlagbild: © ZEFA
Satz: Kalle Giese Grafik GmbH, Overath
Gesetzt aus der Stempel Garamond (Berthold) 12/14'
Druck und Bindung: C. H. Beck'sche Buchdruckerei,
Nördlingen
Gedruckt auf säurefreiem, chlorfrei gebleichtem Papier
Printed in Germany · ISBN 3-423-25171-9

Für India Rose, Archie und Tilly

»Heiter bis wolkig, später Aufhellungen möglich.«

Wetterbericht

I

Während der letzten Tage vor diesem Heiligen Abend war Tony zu der Überzeugung gelangt, daß sein Haus Opfer eines ähnlichen Selbstzerstörungsmechanismus wurde wie halb England. Das Jahr 1993 war sein persönliches *annus horribilis* gewesen, und er würde ihm keine Träne nachweinen.

Als er die Küchentür öffnete, um eine tote Wühlmaus, eine kleine weihnachtliche Aufmerksamkeit der Katze, nach draußen zu befördern, vernahm er ein ominöses Klopfgeräusch aus dem Heißwasserboiler. In der winterlichen Stille wirkte das Geräusch besonders bedrohlich – in diesem Jahr hatte es ausnahmsweise pünktlich zu den Feiertagen geschneit, und ganz Buckinghamshire lag unter einer weißen Decke. Wenn der Boiler jetzt den Geist aufgibt, dachte Tony, dann wandere ich aus. Letztes Jahr hatte eine außer Rand und Band geratene Spülmaschine zu Weihnachten aus unerklärlichen Gründen sämtliche Weingläser zermalmt, und im Jahr davor war der Ofen in einem kritischen Moment kaputtgegangen und hatte vulkanische Temperaturen entwickelt, die die Siebenkilogans zu einer verkohlten Leiche von der Größe einer Krähe reduziert hatten.

Nachdem Tony die Wühlmaus entsorgt hatte, trat er vorsichtig an den Boiler und starrte besorgt auf die merkwürdig zitternde Nadel des Druckmessers. Was hatte das zu bedeuten? Es war allgemein bekannt, daß jedes Gerät vom Hersteller so konstruiert wurde, daß es eine Sekunde nach Auslaufen der Garantie funktionsuntüchtig wurde. Er wühlte in einer Schublade herum, in der sich eigentlich die Bedienungsanleitungen diverser Geräte hätten befinden müssen, die jedoch lediglich eine Sammlung alter Korken enthielt. Nach mehreren Minuten panikartigen Suchens entdeckte er die Bedienungsanleitung für den Boiler schließlich am Schwarzen Brett über dem Telefon. Die Seiten mit den Anweisungen auf Englisch waren zerrissen, und der einzige noch lesbare Teil war auf Schwedisch. Während Tony in Gedanken die ihm zur Verfügung stehenden Möglichkeiten durchging, hustete der Boiler zweimal und stieß dann einen langen Seufzer aus, der von irgendwoher aus seinem Innern kam. Tony trat einen Schritt zurück und rutschte dabei auf einer Rosenkohlleiche aus. Bei dem Versuch, sich irgendwo festzuhalten, um einen Sturz zu vermeiden, riß er einen splitternackten Truthahn von der Anrichte. Tony landete weich mit der Wange auf dem feuchtkalten Weihnachtsbraten, der, um Sekundenbruchteile vor ihm auf dem Küchenfußboden gelandet, seinen Aufprall gemildert hatte. Wenn das der Anfang ist, fragte er sich, wie wird das Ende sein? Auf dem Boden liegend, erblickte er eine bunte Mischung von aufgeweichten Vitaminpillen; da er in den frühen Morgenstunden stets äußerst unkoordiniert war, fiel ihm durchschnittlich eine Pille pro Tag zu Boden. Als die Kinder noch klein waren, war es ein ungeschriebenes Gesetz gewesen, daß niemand Daddy vor zehn Uhr ansprechen durfte. Vor zehn war Daddy kaum als menschliches Wesen zu erkennen.

Eine Weile lang blieb er liegen und genoß das Gefühl, mit allem nichts mehr zu tun zu haben, bis ihm schließlich dämmerte, daß die Zeit verging. Er raffte sich auf und wuchtete den Puter zurück auf die Anrichte. Während er sich zwang, den kopflosen Vogel wieder in Form zu drücken, überkam ihn eine tiefe Traurigkeit. Er verspürte das Bedürfnis, sein Unglück mit jemandem zu teilen, und humpelte ins Wohnzimmer.

»Verdammt«, sagte er.

»Ja, Liebling?«

Kate, seit fünfundzwanzig Jahren seine Ehefrau, balancierte auf einer Trittleiter und gab dem Weihnachtsbaum den letzten Schliff.

»Ich sagte ›verdammt‹, weil ich gerade gestürzt bin. Hab' mir wahrscheinlich einen Dauerschaden zugezogen. Die Küche ist der reinste Hindernisparcours.«

Falls er Mitgefühl erwartet hatte, wurde er enttäuscht. »Die Lichterkette funktioniert nicht«, sagte Kate, während sie sich gefährlich vorbeugte, um das Lametta an den Baum zu hängen.

»Na ja, in ganz Europa gehen die Lichter aus«, brummte Tony.

»Versuch doch mal, am Kabel zu rütteln oder so was. Oder zieh mal an der Verlängerungsschnur, das hilft manchmal.«

»Ich wollte dich irgendwas fragen. Was war es gleich? Worüber hab' ich eben nachgedacht?«

»Keine Ahnung, Liebling. So!« Kate begutachtete ihr Kunstwerk, dann sah sie ihn an. »Hast du vor, dich umzuziehen, bevor die andern kommen?«

»Wieso? Gefällt dir nicht, was ich anhabe?«

»Doch, doch, Liebling.«

Da ihm der Tonfall, den seine Frau anschlug, wenn ihr irgend etwas mißfiel, vertraut war – zuckersüß, aber mit einem scharfen Unterton –, trat Tony vor den Spiegel über dem Kaminsims, um sein Äußeres in Augenschein zu nehmen. Zugegeben, man sah ihm seine achtundvierzig Jahre an, aber ansonsten konnte er nichts entdecken, was Kritik verdient hätte. Sein Haar, das er schneiden zu lassen in der vorweihnachtlichen Hektik vergessen hatte, war zwar angegraut, aber noch voll. »Ich dachte, dieses karierte Hemd sei festlich genug.«

»Ja, es ist schön, Liebling, aber es hat einen Riß und einen Fleck auf der Brust.«

»Wie kannst du das von da oben erkennen?«

»Als es aus der Wäscherei kam, lag ein Zettel dabei, auf dem stand, daß sie den Fleck nicht rausbekommen haben.«

»Ach so. Ich dachte, das gehört zum Muster. Soll ich mir lieber einen schwarzen Anzug anziehen?«

»Sei nicht albern. Ich möchte nur, daß du besonders gut aussiehst, das ist alles. Um wieviel Uhr holst du deinen Vater ab?«

»Gleich. Weich nicht dauernd vom Thema ab. Ich bin hereingekommen, um dich etwas zu fragen, und jetzt hab' ich's schon wieder vergessen. Was war es nur?«

»Sieh mal«, sagte Kate, immer noch damit beschäftigt, den Weihnachtsbaum zu schmücken, »wenn ich mit der Leiter wackle, flackern die Lichter. Genauso wie bei meinem Radio im Schlafzimmer. Wenn ich mich von dem Radio wegbewege, ändert sich der Sender. Hatte es etwas mit dem Essen zu tun?«

»Was hatte mit dem Essen zu tun?«

»Das, woran du dich zu erinnern versuchst. Ich hoffe bloß, daß ich von allem genug bestellt habe. Letztes Jahr hat dein Vater sich beschwert, er sei nicht satt geworden.«

»Nein, das Essen war es nicht. Auch nicht der Boiler, obwohl er fürchterliche Geräusche von sich gibt. Und auch nicht die Katze... Es war...«

Er sah sich ratlos im Zimmer um, bis sein Blick am Bücherregal hängenblieb, wo die Weihnachtskarten aufgestellt waren. »Jetzt hab' ich's! Haben wir diesen Leuten einen Weihnachtsgruß geschickt?«

»Ich habe keine Karten verschickt. Du hast dich um die Karten gekümmert, ich habe die Geschenke besorgt.«

»Okay. Also, hab' ich?«

»Hast du was?«

»Ihnen eine geschickt?«

»Wem?«

»Du weißt schon, diesem Ehepaar aus Frankreich, das wir letzten Sommer kennengelernt haben.«

Kate reckte sich, um einen Engel auf die Christbaumspitze zu plazieren. »Frankreich«, wiederholte sie abwesend. »Frankreich?«

»Du erinnerst dich? Sie saßen immer neben uns am Strand, vollkommen mit Öl beschmiert.«

»Du meinst verseucht?«

»Nein, hör doch zu! Laß den Baum für einen Augenblick und hör mir zu. Du mußt dich doch an sie erinnern. Sie war so verbrannt, daß sie aussah wie eine Krokotasche, und er trug immer so eine knappe Badehose. Sie haben uns zum Essen eingeladen, und wir haben Adressen ausgetauscht, weißt du noch?«

Kate schüttelte den Kopf. »Dunkel.«

»Angezogen war sie so fürchterlich aufgedonnert, der wandelnde Kleiderständer, und er war ein regelrechter Zwerg, er hat uns immer an Toulouse-Lautrec erinnert.«

»Und sie waren Franzosen?«

»Nein. Sie waren aus Golders Green. Im Klamottengeschäft.«

»Tut mir leid, Liebling, ich kann dir nicht helfen. Sei so lieb und kümmere dich um die Lichterkette, ja? Der Mann im Laden hat gesagt, man muß die kleinen Lämpchen ein bißchen hin- und herdrehen.«

Tony beäugte mißtrauisch die Verlängerungsschnur. »Sind die Dinger sicher?«

»Du hast die Steckdose verlegt.«

»Du bist dir hoffentlich darüber im klaren, daß sämtliche Leitungen in diesem Haus dreißig Jahre alt sind und jeden Moment durchbrennen können? Anscheinend ist dir nicht bewußt, daß wir auf Messers Schneide leben.« Tony verfolgte die Verlängerungsschnur bis zur Steckdose in der Wand und rüttelte vorsichtig am Stecker. Nichts geschah.

»Du mußt das mit Gefühl machen, sonst fällt am Ende noch der ganze Baumschmuck herunter.«

Er rüttelte noch einmal an der Schnur. Diesmal gingen die Lichter für ein paar Sekunden an.

»Wunderbar, Liebling. Diesmal hat's funktioniert, was immer du gemacht hast.«

Tony machte noch einen Versuch. Die Lichter gingen an und blieben an.

»Drück die Daumen und geh ganz langsam weg.«

»Was ich sagen wollte«, begann Tony von neuem, »sie haben uns eine geschickt.« Seine Beharrlichkeit hatte ihre Ehe schon manches Mal auf harte Proben gestellt.

»Du fängst doch nicht schon wieder damit an, oder?«

»Doch. Vielleicht sind das die ersten Anzeichen von Alzheimer. Ich muß das klären, sonst kann ich nicht schreiben.«

»Also, heute abend wirst du sowieso nicht zum Schreiben kommen. Ich bin sicher, selbst Proust hat sich Weihnachten frei genommen.«

»Paß auf, ich zeig' sie dir.« Er trat an das Bücherregal und nahm eine Karte zur Hand. »Hier steht: ›Die allerbesten Weihnachtsgrüße von Ticky und Tiny‹. Klingelt's jetzt?«

»Nee.«

»Es macht dir überhaupt nichts aus, ob ich den Verstand verliere, was?«

Kate stieg von der Leiter und betrachtete ihr Kunstwerk. »Endlich fertig. Was sagst du dazu?«

»Warum hast du den denn wieder draufgesetzt?«

»Was?«

»Diesen Zombie da oben.«

»Du meinst meinen Engel?«

»Ja. Der sieht total krank aus.«

»Na ja, er ist eben alt«, sagte Kate. »Aber ich hänge an dem Ding. Hab dich doch nicht so deswegen, er war immer auf dem Baum, seit die Kinder geboren wurden.«

Die Lichter flackerten und gingen wieder aus. »Da hast du dir einen ziemlichen Schrott andrehen lassen«, bemerkte Tony. »Weihnachten lassen alle Leute sich irgendwelchen Schrott verkaufen. Weihnachten ist nichts als Nepp. Also, ich werde jedenfalls nichts riskieren. Roger soll sich darum kümmern. Er ist das handwerkliche Genie der Familie, und falls er an einem Stromschlag stirbt, dann hat er eben Pech gehabt, dann ist das der beste Auftakt für Weihnachten, den wir je hatten.«

»Ach, Liebling, reg dich doch nicht über Roger auf, bevor er überhaupt angekommen ist. Versuch es zu genießen, mir zuliebe. Es ist doch nur für ein paar Tage.«

»Ich konnte Roger noch nie ausstehen. Ich habe nie den leisesten Anflug von Geschwisterliebe empfunden. Letztes Jahr ist er vier Tage geblieben, weil er die meiste Zeit betrunken war und Virginia nicht Auto fahren kann.«

»Vanessa. Jedesmal vergißt du ihren Namen.«

»Ach, es ist diese Assoziation mit Bloomsbury, das verwirrt mich immer.«

»Roger ist gar nicht so übel. Du mußt zugeben, daß er immer sehr großzügige Geschenke macht.«

»Wenn man diese Protzerei mag«, sagte Tony. Er goß sich einen Whisky ein.

»Wenn du jetzt schon anfängst, wirst du auch bald betrunken sein. Was für ein Geschenk haben wir dieses Jahr für Roger gekauft?«

»Ich habe ihm keins gekauft. Wie du mich eben erst erinnert hast, lautete die Abmachung, daß ich die Karten schicke und du die Geschenke kaufst.«

»Nein. Ich hab' gesagt, ich kaufe alle anderen Geschenke, und du wolltest eins für Roger besorgen, weil er so schwierig ist und du dich nicht auf meinen Geschmack verlassen wolltest. Genau das hast du gesagt.«

»Ich kann mich nicht daran erinnern, das gesagt zu haben.«

»Hast du aber. Und jetzt? Wir können ihn nicht übergehen. Dann müssen wir eben eins von unseren Geschenken neu verpacken. Mach mal das von den Leeches auf.« Sie deutete auf eins der Päckchen, die unter dem Weihnachtsbaum aufgestapelt waren.

»Meinst du das im Ernst?«

»Klar. Wir können ihn nicht einfach übergehen.«

»Ich fasse es nicht.« Tony riß das Geschenkpapier auf und starrte dann schockiert auf das, was zum Vorschein gekommen war – ein gerahmtes Foto von Mr. und Mrs. Leech mit ihrem Pekinesen. Der Hund litt offensichtlich an einer Erkältung und trug ein Mini-T-Shirt, auf das die Worte »Fröhliche Weihnachten« gestickt waren.

»Welch eine erlesene Scheußlichkeit!« rief er aus. »Leute wie die Leeches sollten mitsamt ihren schrecklichen Kötern eingeschläfert werden. Sieh dir das bloß an!«

»Tja, Geschmack ist noch nie ihre Stärke gewesen. Versuch es mit einem anderen.«

»Wir können doch nicht jedes verdammte Päckchen auspacken.«

»Okay, was schlägst du also vor? Hast du vielleicht irgend etwas, das wir ihm geben könnten? Etwas, das dir nicht gefällt? Ich hab's. Wie wär's mit diesem Pullover?«

»Welcher Pullover?«

»Dieser... dieser grüne mit den gelben Streifen auf den Ärmeln.«

»Aber den hast du mir geschenkt.«

»Ich weiß.«

»Zu meinem letzten Geburtstag.«

»Ja, aber du kannst ihn nicht ausstehen.«

»Das stimmt nicht.«

»Du hast ihn aber noch nie angezogen.«

»Ich wollte ihn noch aufheben. Mein Gott, du führst dich auf wie jemand, der fürs Rote Kreuz sammelt. Ich will ihn nicht weggeben.«

»Das ist eine Krisensituation«, sagte Kate bestimmt. »Und reg dich nicht auf. Ich hab' dir noch einen zu Weihnachten gekauft.«

»Na wunderbar! Jetzt hast du's mir verraten, und ich hab' keine Überraschung mehr.«

»Doch, das ist nur eins von meinen Geschenken.«

»Wie viele hast du denn für mich?«

»Drei ... na ja, jetzt noch zwei.«

»Aber ich hab' nur eins.«

»Macht nichts. Deins ist bestimmt viel schöner als meine.«

»Dann steh' ich da wie ein Geizhals. Garantiert kommen Bemerkungen dazu von der Familie. Du weiß doch, wie sie immer alles aufrechnen. Vanessa zählt als erstes die Weihnachtskarten.« Er parodierte einen ländlichen Akzent: »Ach, ihr habt ja dieses Jahr nur zweiundvierzig Karten bekommen. Wir haben über achtzig, einschließlich einer Karte vom Finanzminister.«

»Liebling, spiel doch einfach mit, mir zuliebe. Sie meint es doch gut. Sieh mal, wie spät es schon ist. Geht die Uhr richtig? Es kann doch nicht schon fünf sein, oder? Ich muß mein Make-up in Ordnung bringen, sie können jeden Moment kommen. Ich werde deinen Pullover einpacken und ein Kärtchen dranhängen. Du könntest mir sehr helfen, indem du all diesen Müll hier wegräumst und zusiehst, daß das Feuer ordentlich brennt. Ich möchte nicht, daß dein Vater wieder behauptet, er leide an Unterkühlung, so wie letztes Jahr.« Sie warf einen letzten Blick auf den Baum. »Findest du, er sieht gut aus?«

»Ja, er sieht wunderbar aus.« Als er mit sich allein war, überkam ihn ein Gefühl von *déjà vu:* trotz des Zynismus, den er an den Tag legte, war er jedesmal unglaublich gerührt darüber, wie Kate sich Jahr für Jahr ins Zeug legte, um die Vorbereitungen für Familienrituale zu treffen, die am Ende nur selten ihren Erwartungen gerecht wurden. Sie besaß einen ausgeprägten Sinn für Tradition und verwandelte das gesamte Haus in eine Art Kulisse aus einem Dickens-Roman; jedes Jahr holte sie die gesammelten Erinnerungsstücke vergangener Weihnachtsfeste hervor, so daß schließlich jede Ecke im Haus mit Erinnerungen an glückliche Kindertage geschmückt war. Warum bin ich so lieblos, wenn ihr das alles so viel bedeutet? fragte er sich. Als er sich bückte, um das heruntergefallene Lametta und das zerrissene Geschenkpapier einzusammeln, gingen die Lichter an. Um den Effekt zu testen, wiederholte er seine Bewegung mehrmals, bückte sich und richtete sich wieder auf wie in einem Film, den man rückwärts ablaufen läßt. Die Lichter reagierten im Takt – erst an, dann wieder aus. »Blöde, verdammte Dinger«, sagte er laut.

In diesem Augenblick läutete das Telefon. Er griff zum Hörer, und die Vermittlung fragte: »Chalfont 74220?«

»Ja.«

»Ein Martin Chivers hat aus einer Telefonzelle in

Oxford ein R-Gespräch angemeldet. Sind Sie bereit, die Kosten zu übernehmen?«

»Ja, wird mir wohl nichts anderes übrigbleiben.«

»Danke. Ihr Gespräch, Mr. Chivers.«

Tonys Sohn meldete sich. »Dad, das hab' ich gehört. Warum hast du gezögert?«

»Das liegt an meiner weihnachtlichen Stimmung. Wir hatten damit gerechnet, daß du jeden Moment hier sein würdest.«

»Wir sind liegengeblieben.«

»Du hast doch keinen Unfall gehabt, oder?«

»Nein, Dad, nur der Keilriemen ist gerissen, aber die Leute von der Pannenhilfe sind schon unterwegs. Ich wollte euch nur Bescheid sagen, daß wir ein bißchen später kommen.«

»Okay. Das war nett von dir. Kommt Patricia mit?«

Es entstand eine kleine Pause, bevor Martin antwortete. »Es ist Evelyn, Dad.«

»Und wer ist Evelyn, wenn ich fragen darf?«

Wieder entstand eine Pause, und Tony hörte, wie am anderen Ende der Leitung getuschelt wurde. Als Martin sich wieder vernehmen ließ, klang seine Stimme honigsüß: »Ich hätte es schon früher erwähnt, Dad, aber es ist einfach alles so schnell passiert.«

»Drück dich deutlicher aus.«

»Zwischen mir und Pat. Es ist ein bißchen schwierig, das jetzt zu erklären, aber Tatsache ist, daß wir nicht miteinander klarkamen, und da haben wir uns entschlossen ... na ja, du weißt schon ...«

»Mit anderen Worten, du hast ihr den Laufpaß gegeben.«

»Nicht direkt. Wir haben uns getrennt.«

»Verstehe, und jetzt bringst du statt dessen Evelyn mit, ist es das, was du mir beizubringen versuchst?« Seine Stimme hatte einen eisigen Unterton bekommen. Seit Martin in Oxford studierte, hatten er und Kate mindestens ein halbes Dutzend Patricias und Evelyns ertragen, bewirtet und beherbergt.

»Wenn es euch nichts ausmacht.«

»Na ja, Mummy wäre sicherlich sehr enttäuscht, dich überhaupt nicht zu sehen, also muß es wohl sein. Hör zu, da ich dieses Gespräch bezahlen muß, laß es uns kurz machen. Laß den Wagen in Ordnung bringen und fahr um Gottes willen vorsichtig, damit du heil hier ankommst.«

Tony legte abrupt auf, ärgerlich über sich selbst, weil es ihm nicht gelungen war, seinen Unmut zu verbergen. Jedesmal, wenn Martin mit einer neuen Freundin auftauchte, überkam ihn grundsätzlich Angst. Um Jenny, seine Tochter, machte er sich weniger Sorgen; sie war mit einem jungen Soldaten verheiratet, und bisher schien die Ehe zu funktionieren. Trotz Martins Beteuerungen, er sei nicht grundsätzlich promiskuitiv und nehme keine

Drogen – »Na ja, ein bißchen Gras vielleicht, das machen doch alle, oder? Aber keine harten Drogen, Ehrenwort« –, war Tony sich nie ganz sicher. Die jungen Leute waren so leichtfertig mit Lügen bei der Hand, und die Warnungen vor Aids, die er immer wieder vorbrachte, klangen wie die übliche elterliche Predigt – Platitüden eines in die Jahre gekommenen Reaktionärs, die automatisch verworfen wurden.

Verstimmt über die Aussicht, eine vollkommen fremde Person in ihrer Mitte begrüßen zu müssen, ging er an die Treppe und rief zu Kate hinauf: »Das war Martin, am Telefon. Er kommt nicht mit Patricia, er kommt mit einer Frau namens Evelyn.«

»Ich kann dich nicht verstehen. Sag's noch mal.«

»Ist nicht so wichtig. Schlechte Neuigkeiten, die halten sich.«

Tony sammelte den Abfall unter dem Christbaum ein und trug ihn zum Mülleimer in der Küche, wo die Katze gerade dabei war, den Puter abzuschlecken. Er warf das lästige Tier hinaus, verriegelte die Katzentür, fragte sich jedoch im stillen: Spielt es überhaupt eine Rolle? Schließlich wird der verdammte Vogel gebraten. Immerhin folgt die Katze ihrem Instinkt, wenn sie tötet, während wir uns lediglich bei einem heidnischen Ritual der Völlerei hingeben.

Tony zuckte zusammen, als es an der Haustür klingelte. Er stand stocksteif da und lauschte angestrengt in der Hoffnung, nicht schon wieder von einer Gruppe Weihnachtssinger heimgesucht zu werden; in Davids heiliger Stadt hatten sie sicherlich einst mit engelgleichen Stimmen gesungen, aber in Buckinghamshire schien dieses Talent ausgestorben zu sein. Nachdem Tony zu der Überzeugung gelangt war, daß er von einem weiteren disharmonischen Gesangsvortrag verschont bleiben würde, ging er an die Tür und sah sich im nächsten Moment seinem einzigen Bruder, Roger, gegenüber.

Roger, ein Jahr älter und gut zehn Zentimeter größer als Tony, war für seine Verhältnisse salopp gekleidet, das heißt, er sah aus wie jemand, der seine Garderobe aus einem Versandkatalog aus den sechziger Jahren zusammengestellt hat. Außerdem hatte er sich seit ihrer letzten Begegnung die Haare wachsen lassen und zu einem Pferdeschwanz zusammengebunden, was ihm eher das Aussehen eines gealterten Popstars verlieh anstatt das eines konzessionierten Steuerberaters, der er in Wirklichkeit war. Tony fühlte sich von dem Gesamteindruck irritiert.

»Ah, du hast es also geschafft!« rief er nach kurzem Zögern aus. »Wie waren die Straßen? Anscheinend hat es endlich zu schneien aufgehört.«

»Ja, hie und da«, sagte Roger. »Der Verkehr war natürlich fürchterlich. Überall Staus und ganze Wälder von diesen Absperrungskegeln. Die

Firmen, die diese Dinger herstellen, müssen der einzige Industriezweig in diesem Land sein, der noch Wachstum verzeichnet.«

Tony sah an ihm vorbei. »Sind Vanessa und die Kinder nicht mitgekommen?«

»Nein.«

»Ah! ... Sie kommen später nach, stimmt's?«

Roger verzog den Mund und blinzelte mehrere Male. »Nein.«

»Nein, ich weiß eigentlich nicht, warum ich das gesagt habe, denn Vanessa kann ja nicht Auto fahren, nicht wahr?«

»Am besten, du erfährst es gleich. Sie kommen überhaupt nicht.«

»Ah! ... Sie sind doch hoffentlich nicht krank?«

»Van und ich haben uns getrennt. Ich habe ihr gestattet, sich von mir scheiden zu lassen.«

»Ah!« sagte Tony zum viertenmal.

»Hast du vor, mich hier in der Eiseskälte stehen zu lassen, während du andauernd ›Ah!‹ sagst?«

»Nein, natürlich nicht. Tut mir leid. Komm rein.«

»Danke.« Roger stellte die kleine Reisetasche in der Diele ab und zog den Mantel aus, den er säuberlich faltete. »Sind die anderen schon da?«

»Äh, noch nicht, nein, du bist der erste.«

»Gut. Welch eine Erleichterung. Ich wollte dir die Neuigkeiten nicht gern vor versammelter Mannschaft mitteilen.«

»Das kann ich mir vorstellen. Laß uns reingehen, da ist es wärmer. Du wirst wohl einen Drink gebrauchen können.« Tony ging voraus ins Wohnzimmer. »Was nimmst du, das Übliche?«

»Keinen Drink, danke«, erwiderte Roger steif.

»Nichts? Bist du sicher?«

»Ich habe dem Alkohol abgeschworen.«

»Ah! Tatsächlich? ... Tut mir leid, so hab' ich das nicht gemeint ... Also, wenn du gestattest, ich kann das von mir nicht behaupten, und in Anbetracht deiner Neuigkeiten habe ich das Gefühl, ich brauche jetzt einen Drink. Komisch, eigentlich hatte ich nicht damit gerechnet, die Weihnachtstage mit einem geschiedenen Antialkoholiker zu verbringen.« Sein Versuch, das Eis mit Humor zu brechen, zeigte keine Wirkung.

»Ich hätte mir denken können, daß du die Sache bagatellisierst. Offensichtlich billigst du meine Entscheidung nicht?«

»Die Entscheidung, dich scheiden zu lassen, oder die, keinen Alkohol mehr zu trinken? Gestattest du mir, noch darüber nachzudenken?«

»Ich hätte nicht kommen sollen«, sagte Roger, während er sich den Hintern vor dem Kaminfeuer wärmte. Er zog ein seidenes Taschentuch aus der Hosentasche und wischte sich einen Tropfen von der Nasenspitze. »Ich hätte mir denken können, wie du reagieren würdest.«

»Sei nicht albern. Wozu hat man denn Brüder,

wenn nicht dazu, sich von ihnen ab und zu schockieren zu lassen? ... Roger, versetz dich doch mal in meine Lage. Du kannst es mir nicht übelnehmen, wenn ich über das, was du mir soeben eröffnet hast, überrascht bin. Ich weiß, ich verdiene mein Geld mit Geschichtenschreiben, aber so eine Geschichte wäre mir nicht so leicht in den Sinn gekommen. Wieso? Wie kommst du dazu? Was zum Teufel hat das alles plötzlich ausgelöst?«

»Nicht plötzlich. Bei uns war seit einiger Zeit der Wurm drin. Es wundert mich, daß du und Kate nichts bemerkt habt.«

»Wie sollten wir denn? Wir sehen euch doch nur an Weihnachten. Und überhaupt, wir leben auf dem Land, weit weg von den Lichtern der Großstadt, und da sind wir in solchen Dingen ziemlich schwerfällig.«

»Was haben die Lichter der Großstadt damit zu tun? Glaubst du, auf dem Land gehen keine Ehen in die Brüche?«

»Nein, das glaube ich nicht.«

»Also, warum sagst du so etwas?«

»Roger, nun sei nicht gleich eingeschnappt. Alles, was ich sagen wollte, war, daß ihr beide ganz gut miteinander auszukommen schient, soweit wir das beurteilen konnten.«

»Wir haben uns stets bemüht, den Anschein zu wahren. In meinem Berufszweig haben die

Kunden gern das Gefühl, von jemandem betreut zu werden, der Familiensinn besitzt.«

»Wirklich? Du hast mir immer erzählt, du hättest hauptsächlich damit zu tun, deine Kunden vor dem Gefängnis zu bewahren ... Heißt das also, daß du eine andere gefunden hast?«

»Nein. Das ist wieder mal typisch, daß du annimmst, es geht um Sex. Es gibt noch andere Dinge im Leben.«

»Bitte vielmals um Vergebung. Dann war es also Vanessa? Hat sie dich sitzenlassen?«

»Mein Gott, nein!«

»Du brauchst das nicht so emphatisch zu sagen. Jedenfalls ist sie immer noch eine sehr attraktive Frau. Also, was war es dann?«

»Ich mußte zu mir selbst finden.«

»Müssen wir das nicht alle? Roger, laß uns nicht ›ich weiß etwas, das du nicht weißt‹ spielen. Hauptsache, du beichtest mir jetzt nicht, daß du schwul bist, denn das könnte ich nicht verkraften.«

»Vielen Dank. Ich hatte schon damit gerechnet, daß du einen dummen Witz wie diesen machen würdest. Du kannst dir wohl überhaupt nicht vorstellen, daß manche Menschen eine spirituelle Erfahrung machen, die ihr ganzes Leben verändert?«

»Da wir gerade von dir sprechen, ehrlich gesagt, nein.«

»Das beweist nur, wie wenig du mich kennst.«

»Na ja, das stimmt tatsächlich. Ich habe dich noch nie gekannt. Mein Verleger steht mir näher als du, und das ist etwas, was ich bedaure, ob du es glaubst oder nicht.«

»Ich bin wiedergeboren.«

Tony hatte Mühe, sein Gesicht unter Kontrolle zu halten.

»Offensichtlich amüsiert dich das«, sagte Roger. »Nun, es hat überhaupt nichts Amüsantes. Gott zu finden ist eine ernste Angelegenheit.«

»Du hast Gott gefunden?«

»Ja.«

»Na dann, herzlichen Glückwunsch. Mir gelingt es noch nicht mal, einen literarischen Agenten zu finden.«

»Da haben wir's schon wieder. Du kannst es einfach nicht lassen, zynisch zu sein, nicht wahr?«

»Nein, unter den gegebenen Umständen nicht. Natürlich ist es meinerseits total engstirnig, aber ich sehe nicht ein, warum man, wenn man Gott gefunden hat, keine glückliche Ehe mehr führen kann. Ich hab' immer gedacht, daß das der christlichen Moral entspricht.«

»Hab' ich gesagt, ich sei ein wiedergeborener Christ geworden?«

»Bist du das nicht?«

»Nein. Ich bin zum Islam übergetreten.«

Tony verschluckte sich an seinem Drink. »Heißt das, daß du demnächst in Hampstead die ›Satanischen Verse‹ verbrennen wirst?«

»Ich reise wieder ab«, sagte Roger. »Es hat mich ziemliche Überwindung gekostet, allein hierherzukommen. Ich habe es nicht deinetwegen, sondern in erster Linie Kate zuliebe getan, weil ich weiß, wieviel ihr an diesen Weihnachtsfesten liegt, aber ich hätte mir denken können, daß du so reagierst.«

»Tut mir leid, tut mir leid, ich sage kein Wort mehr. Aber versprich mir eins ... wenn der Alte kommt, bitte, egal, was du ihm erzählst, vermeide das Thema Religion, vor allem deinen neugefundenen Glauben. Seit dem Golfkrieg ist für ihn alles, was östlich von Suez liegt, ein rotes Tuch.«

»Nun, er wird es früher oder später sowieso erfahren«, erwiderte Roger. »Vater muß endlich lernen, in der realen Welt zu leben.«

»Wieso? Das hat er doch bisher auch nicht.«

Die Diskussion wurde unterbrochen, als Kate mit dem für Roger vorgesehenen Pullover erschien, den sie neu verpackt hatte. Sie steckte das Päckchen hinter ein Sofakissen, bevor sie ihn begrüßte.

»Fröhliche Weihnachten, Roger. Wie schön, dich nach so langer Zeit wiederzusehen. Du hast ja gar nichts zu trinken. Tony, hast du deinem Bruder keinen Drink angeboten?«

»Er möchte keinen«, sagte Tony schnell.

»Aber natürlich möchte er einen, nach so einer langen Fahrt. Was kann ich dir anbieten, Roger?« Sie ging an den Tisch mit den Flaschen, hielt jedoch plötzlich inne. »Wo sind Vanessa und die Kinder?«

Wieder beeilte Tony sich, ihr zu antworten. »Sie konnten nicht kommen.« Er grimassierte hinter Rogers Rücken, aber Kate verstand den Wink nicht.

»O nein! Warum nicht? Sie haben sich doch hoffentlich nicht mit dieser Weihnachtsgrippe angesteckt, oder? So viele Leute sind daran erkrankt, und es scheint in diesem Jahr eine wirklich schlimme Grippe zu sein. Bisher sind wir davon verschont geblieben, Gott sei Dank.«

Diesmal gelang es Roger, vor Tony zu sprechen. »Nein, es geht ihnen gut, aber sie verbringen die Weihnachtstage diesmal mit Vanessas Eltern.«

Endlich bemerkte Kate Tonys Grimassen und verzog zur Antwort ihrerseits das Gesicht, bevor sie auf Rogers Erklärung einging. »Ach so. Es paßt gar nicht zu ihr, daß sie mir nichts gesagt hat.«

»Das war mein Fehler. Ich hätte euch anrufen sollen. Aber ich fürchte, es ist alles ein bißchen schnell gegangen.«

»Wir werden die Kinder vermissen. Ich hatte mich so darauf gefreut, sie wiederzusehen, aber es ist doch nett für Vanessas Eltern.« Sie war offensichtlich enttäuscht. Die angespannte Atmosphäre war ihr jedoch nicht entgangen, und sie sah erst Tony und dann Roger an in der Hoffnung, von einem der beiden eine Erklärung zu hören, aber alles, was Roger von sich gab, war: »Ich werde mich ein bißchen frisch machen, wenn es euch nichts ausmacht. Ich habe eine lange Fahrt hinter mir, und ich komme direkt aus dem Büro.«

»Aber selbstverständlich, du wirst auch sicher auspacken wollen.« Kate war immer noch verwirrt. »Ich habe dir dein gewohntes Zimmer hergerichtet, und du kannst das zweite Bad benutzen. Du kennst dich ja aus.«

»Ja. Gut. Ich werd' mich dann mal in Form bringen. Bis gleich.«

Kate wartete ab, bis er außer Hörweite war, bevor sie sich an Tony wandte. »Was in aller Welt geht hier vor, daß du mir so komische Blicke zuwirfst?«

»Setz dich. Nimm dir einen Drink.«

»Ich kann mich jetzt nicht hinsetzen, ich muß den Puter füllen. Und du hast dich immer noch nicht umgezogen.«

»Vergiß es. *Setz dich.*« Er goß ihr einen Drink ein.

»Ich möchte keinen Drink.«

»Glaub mir, du *möchtest* einen. Noch während wir hier miteinander reden, ist unser Puter, metaphorisch gesprochen, randvoll.« Er drückte ihr ein Glas in die Hand. »Nimm einen guten Schluck.«

Langsam und deutlich, als spreche er zu einem Kind, schilderte er ihr die Situation. »Erstens, Vanessa und die Mädchen kommen nicht, weil, zweitens, die beiden sich scheiden lassen. Drittens, Roger hat dem Alkohol abgeschworen, und viertens hat Roger den Ruf der Ajatollahs vernommen und beabsichtigt, sich dem Diktat des Islam zu unterwerfen. Hast du mir folgen können, oder möchtest du, daß ich es noch mal wiederhole?«

Kate ließ sich auf die Sofalehne sinken. »Hör auf, ich ertrag es nicht! ... Hast du dir das ausgedacht?«

»Hab' ich nicht, ich schwör's. Und red nicht so laut. Aber wir müssen uns überlegen, wie wir verhindern können, daß Pa das alles mitkriegt. Das mit Vanessa können wir ihm nicht verheimlichen, denn es wird ihm schließlich nicht entgehen, daß sie nicht hier ist.«

»Mein Gott, und das, nachdem ich mir so eine Mühe gemacht hab'.«

»Also, hör zu, es ist ja Gott sei Dank nur für kurze Zeit ... Oh, und bleib lieber sitzen, denn es kommt noch etwas. Unser Sohn hat angerufen, um uns zu sagen, daß er unterwegs eine Panne hatte ... reg dich nicht auf, es war kein Unfall, es geht ihm gut ... aber er bringt nicht Patricia, wie wir erwartet hatten, sondern er bringt jetzt eine Evelyn mit.«

»Evelyn?«

»Das hat er jedenfalls gesagt.«

»Wer zum Teufel ist Evelyn?«

»Keine Ahnung.«

»Wie kommt er dazu? Er macht mich manchmal ganz verrückt, tut so, als sei dieses Haus ein Hotel, und das ausgerechnet an Weihnachten.«

»Es ist das Fest der Ressentiments. In Finnland steigt die Selbstmordrate jedesmal auf das Doppelte.« Es war ein vergeblicher Versuch, die Sache mit einem Scherz abzutun.

»Wir sind aber nicht in Finnland«, schniefte Kate. »Und wieso hat Roger sich diese Frisur zugelegt? Bei einem Mann in seinem Alter wirkt sie völlig lächerlich. Ich möchte wissen, warum er überhaupt gekommen ist, er wird uns die ganze Stimmung verderben mit der Situation, in der er sich befindet, und dieser blöde Martin bringt eine Frau mit, die wir noch nie gesehen haben. Ich weiß nicht, ich geb's auf.«

»Nicht doch. Wir müssen einfach das Beste daraus machen.«

»Werden wir uns jemals trennen?«

»Jedenfalls nicht an Weihnachten. Ich würde bestimmt warten, bis es wieder wärmer wird.« Tony gab ihr einen Kuß. »Sei nicht albern, natürlich nicht. Dafür bist du viel zu sexy.«

»Ich werde nicht ewig sexy sein, und dann gefalle ich dir nicht mehr. Bei Männern ist das etwas anderes.«

»Was ist etwas anderes?«

»Das Aussehen. Männer werden attraktiver, wenn sie älter werden. Ich erinnere mich noch an etwas, das Vanessa letztes Jahr zu mir gesagt hat. Wir waren oben im Schlafzimmer, und sie meinte: ›Ich mach' mir nichts mehr draus.‹ Und ich dachte damals: ›Großer Fehler.‹ Darum mache ich immer meine Gymnastikübungen. Ich habe keine Lust, einen Buckel zu kriegen und so zu enden wie diese alten Frauen in den Einkaufspassagen, die sich auf ihre fahrbaren Gehhilfen stützen.«

»So weit wird es nie kommen. Und jetzt hör auf, dich verrückt zu machen.« Er gab ihr noch einen Kuß und legte seine Hand auf ihre Brust. Was hatte er doch für ein Glück, dachte er bei sich, vor allem im Vergleich zu Roger oder Martin, ganz besonders Martin, der immer noch auf der Suche nach seiner Traumfrau war. »Wir werden das durchstehen, es ist ja nur für zwei Tage, und hinterher fahre ich mit dir irgendwohin – nach Paris, oder nach Skegness, wenn du das lieber möchtest. Ich hab' gehört, Skegness soll im Winter ganz toll sein, und ich bekomme dort einen Sonderpreis.«

Es klingelte erneut an der Tür. Diesmal war es Jenny, ihre Tochter. Ihre Wangen waren von der Kalte gerötet, und sie trug einen roten, im Armeestil geschnittenen Mantel mit blanken Messingknöpfen.

»Komme ich zu spät? Sind die anderen schon alle da?« fragte sie, während sie ihrem Vater einen Begrüßungskuß auf die Wange drückte.

Tony roch ihr Parfüm, als er sie umarmte – ein Hauch von Maiglöckchen, der an vergangene Sommer erinnerte. Er war immer wieder verblüfft über ihre Schönheit, und als sie jetzt an ihm vorbeiging, um ihre Mutter zu begrüßen, empfand er die beiden wie zwei Teile seines Lebens, die untrennbar zusammengehörten, so verschieden und doch in vielem so ähnlich.

»Nein, du bist fast die erste.«

»Was für ein entzückender Mantel, Liebling«, rief Kate aus. »Wo hast du den denn aufgetrieben?«

»Andy hat mir Geld geschickt, und ich habe es bei Ralph Lauren verpraßt.«

»Wenn du das nicht gesagt hättest«, meinte Tony, »hätte ich angenommen, er käme aus einem Army-Surplus-Laden.«

»Oh, ha ha. Geht es dir gut, Mummy?«

»Ja, Liebes, wieso?«

»Du siehst aus, als ob du geweint hättest.«

»Ich hab' Zwiebeln geschnitten. Dieser Mantel steht dir ausgezeichnet. Kann ich ihn mal anprobieren?« Jenny reichte ihrer Mutter den Mantel.

»Besteht die Aussicht, daß Andy es noch schafft, zu Weihnachten herzukommen?« wollte Tony wissen.

»Nein, er hat leider Pech gehabt. Sie haben allen den Urlaub gestrichen und die Truppe in Alarmbereitschaft versetzt.«

Kate wandte sich vom Spiegel in der Diele ab, wo sie sich in dem Mantel bewundert hatte. »Aber ich dachte, die IRA hätte für die Feiertage einen Waffenstillstand versprochen. Das haben sie in den Nachrichten gesagt.«

»Na ja, ich weiß nicht, Mummy. Er hat eben seine Befehle.«

»Ach Gott. Und dann auch noch Roger mit seiner Situation ...«

»Was? Welche Situation?«

»Schsch!« sagte Tony. »Laß sie doch erst mal reinkommen.«

»Nein, ich will es wissen«, beharrte Jenny. »Was ist mit Roger passiert?«

»Familienkrise.«

»Warum flüsterst du?«

Tony deutete mit ausgestrecktem Zeigefinger nach oben und begleitete Jenny ins Wohnzimmer. »Er und Vanessa lassen sich scheiden.«

Jenny zuckte die Achseln. »Das wundert mich nicht. Ich hab's kommen sehen. Ich weiß, er ist dein Bruder, Daddy, aber machen wir uns nichts vor, er ist schon immer ein Megaarschloch gewesen.«

»Jenny!« schalt Kate.

»Na ja, es stimmt doch. Wenn ihr mich fragt, ich finde, Vanessa hätte ihn schon vor Jahren verlassen sollen. Das hätte ich an ihrer Stelle jedenfalls getan.« Das Problem interessierte sie nicht, und sie wechselte das Thema. »Der Baum ist ja wunderschön, wie immer! Und ihr habt den Engel auf die Spitze gesetzt.«

»Ist dein Gepäck noch im Auto?« fragte Tony. »Ich hol' deine Sachen rein.«

»Aber nicht in die Plastiktüten linsen, Daddy.«

»So was würd' ich doch nie tun.«

»Du bist immer so neugierig, und am Weihnachtsmorgen hast du dann keine Überraschungen mehr.«

»Und dann fährst du besser los und holst deinen Vater ab«, sagte Kate. »Du weißt doch, wie er sich immer aufregt, wenn er meint, daß man ihn zu lange warten läßt.«

Als sie allein waren, sprach Kate das Thema an, das sie am meisten beunruhigte. »Mach dir keine Sorgen, Liebes, ich bin sicher, er wird damit zurechtkommen.«

»Es ist mir egal, ob er damit zurechtkommt oder nicht, mir tut es nur leid für Vanessa.«

»Ich meinte Andy.«

»Mummy«, sagte Jenny bestimmt. »Ich bin seit Jahren an die Situation gewöhnt. Es ist Andys dritter Einsatz, und er sagt, abgesehen von der Langeweile ist es weniger gefährlich als eine Fahrt auf der Autobahn. Natürlich fände ich es schöner, wenn er hier in England wäre und wir zusammen Weihnachten feiern könnten, aber es ist sein Leben, es ist das, was er wollte, und ich habe mich damit abgefunden.«

»Ach, ich weiß, Liebes, ich weiß. Es ist nur … na ja …«

Es entstand ein Moment des Schweigens, es war eine Art hilfloses Schweigen, und Kate hatte das Gefühl, als würde die Zeit für einen Augenblick stillstehen. Sie erinnerte sich daran, wie sie, als Jenny noch ein kleines Mädchen war, immer geahnt hatte, wenn etwas Schlimmes bevorstand, egal, wie weit sie voneinander entfernt gewesen waren.

2

Tony war gerührt, seinen Vater bereits in Hut und Mantel anzutreffen, als er in dessen kleiner Wohnung in Iver Heath ankam.

»Alles in Ordnung, Pa?«

»Ja. Können wir losfahren?«

Sein Gebiß saß nicht perfekt, und so war seine Aussprache hin und wieder von einem merkwürdigen Zischen begleitet.

»Ich lasse für alle Fälle in einem Zimmer das Licht an. Man kann nie wissen.«

Tony sah sich in dem kleinen Wohnzimmer um und überlegte, daß es hier kaum etwas gab, das sich zu stehlen lohnen würde: einige wenige alte Möbelstücke aus den Zeiten des Krieges, von denen sein Vater sich nicht trennen konnte, ein paar Nippesfiguren und Bilderrahmen mit Fotos von den Kindern, die Wanduhr, die selten richtig ging, ein Abschiedsgeschenk seiner Firma. In seinem Leben schien die Zeit stehengeblieben zu sein, er war so unbeweglich wie die gemusterte Tapete und der Teppichboden. Tony und Kate hatten schon oft auf behutsame Weise ein paar Veränderungen vorgeschlagen, hatten dem alten Herrn angeboten, ihm einen bequemeren Sessel zu besorgen, ein paar hellere Vorhänge, aber ohne Erfolg: ihm gefiel alles so, wie es war, für ihn war es eine Art letzte Verbindung zur Vergangenheit, und sie hatten es schließlich aufgegeben.

Auf dem Weg hatte Tony überlegt, wie er seinem Vater die sensationellen Neuigkeiten über Roger am schonendsten beibringen konnte. Das mit der anstehenden Scheidung war schon knifflig genug, es würde den Alten, der ziemlich konservative Vorstellungen von der Ehe hatte, sicherlich beunruhigen, aber die wundersame Bekehrung zum Islam war eine ganz andere Sache.

Das Problem war, daß das Leben von Tonys Vater sich um eine Reihe nur halb verstandener Informationen rankte, die er aus einzelnen Nachrichtenbrocken aufgabelte, zwischen denen kaum jemals ein Zusammenhang bestand. Das hatte zur Folge, daß Fremde meist eher irritiert waren; sie konnten nie sicher sein, ob er gerade einen Witz machen oder lediglich ihre Reaktion testen wollte. Tony hatte schon oft die Entgeisterung in den Augen von Fremden beobachtet, wenn sie den Verdrehungskünsten seines Vaters zum erstenmal ausgesetzt waren.

Chivers senior, seit sieben Jahren Witwer und innerhalb der Familie nur »Pa« genannt, war für sein Alter ein immer noch recht gut aussehender Mann. Allerdings hatte er seit dem Tod seiner Frau, deren wachsames Auge ihn nun nicht mehr kontrollierte, seine Eßgewohnheiten geändert. Stolz auf seine neue Freiheit und darauf, daß er nun in der Lage war, Fertigmenüs selbständig aufzuwärmen, war er leicht übergewichtig geworden. Er hatte nie ein inniges Verhältnis zu Tony gehabt, als dieser noch ein Junge war, sondern hatte sich stets mehr zu Roger und dessen geradliniger Persönlichkeit hingezogen gefühlt. Auch später hatte er dem älteren Sohn, der einen Beruf gewählt hatte, den er gutheißen und verstehen konnte, nähergestanden. Was Tony machte, ging über sein Begriffsvermögen: Schreiben als Beruf, mit dem man seinen Lebensunterhalt verdiente, war etwas, das nicht in sein Weltbild paßte. Jedesmal, wenn Tony einen neuen Roman veröffentlichte, gab sein Vater sich alle Mühe, Interesse zu zeigen, bemühte sich, wie ein Zahnarzt nach Karies sucht, einen Sinn zu entdecken, zu begreifen, woraus Tonys Leben bestand, aber letztlich fand er keinen Zugang dazu. Tony wußte, daß sein Vater die Themen, über die er schrieb, teilweise als schockierend empfand, auch wenn der Alte ihn nie direkt darauf ansprach, sondern lediglich so allgemeine Äußerungen machte wie: »Es ist gut angekommen, wie? Lesen die Leute so was denn gern?« Die einzigen Druckerzeugnisse, die er täglich intensiv studierte, waren seine Boulevardblätter, aus denen er seine Vorurteile speiste, die er sorgsam pflegte, um sie bei der nächstbesten Gelegenheit einem willigen Zuhörer zu unterbreiten. Da sein Vater während seines gesamten Berufslebens immer ein regelmäßiges Gehalt bezogen hatte, konnte er kein Verständnis dafür aufbringen, daß jemand freiberuflich arbeitete, dazu noch im eigenen Haus und ohne zu wissen, wann der nächste Scheck eintreffen würde. Tony konnte sich noch gut daran erinnern, wie er als kleiner Junge die wöchentliche Buchführung beobachtet hatte: die Geldeinteilung – soundso viel für den Haushalt, so viel für Versicherungen und laufende Kosten. Jeder Betrag wurde in den kleinen Fächern einer schwarzen Geldkassette verstaut, die sein Vater, unpassenderweise, wie ihm jetzt schien, in der Küche aufbewahrte.

Kaum hatte sein Vater sich auf dem Beifahrersitz des Volvo angeschnallt – der Gurt reichte nur gerade eben über seinen Bauch – schnitt er genau das Thema an, das Tony am liebsten vermieden hätte.

»Wie geht's den Kindern?«

»Ich denke, es geht ihnen gut, Pa.« Tony ging gleich in *medias res* und begann mit der Eröffnung, die ihm am leichtesten fiel. »Die anderen Enkelkinder werden in diesem Jahr nicht kommen. Vanessa ist mit ihnen zu ihren Eltern gefahren. Ich nehme an, sie fanden, daß sie auch mal an der Reihe waren. Aber Roger ist da.«

»Er ist also allein gekommen? Meine Güte. Das ist ein schwerer Schlag. Ich hab' für alle Kinder Geschenke dabei.«

»Nun, darüber werden sie sich nach Weihnachten auch noch freuen.«

»Es wird nicht dasselbe sein, wenn nicht alle da sind. Deine Mutter und ich hatten jedes Jahr die ganze Familie im Haus. Meine Güte. Das hatte ich nicht erwartet.« Sein Vater schwieg eine Weile, dann sagte er plötzlich: »Das klingt ja nach Schwierigkeiten, was?«

Pa kann man nichts vormachen, dachte Tony. »Wie meinst du das?«

»Gibt es Probleme zwischen Roger und Vanessa?«

»Roger erwähnte, daß sie im Moment nicht so

gut miteinander auskommen. Aber schließlich gibt es in jeder Ehe schwierige Zeiten, nicht wahr?«

Wieder trat Stille ein, diesmal etwas länger, und Tony versuchte, das Thema zu wechseln. Er wies auf ein Einkaufszentrum, in dem immer noch Hochbetrieb herrschte. »Manche Leute gehen doch wirklich erst in letzter Minute einkaufen.« Seine Bemerkung hatte jedoch nicht den gewünschten Effekt.

»Verdammt lächerlich. Die beiden sollen sich nicht so anstellen«, sagte Pa. »Da muß man durch. Man muß eben das Beste daraus machen. Deine Mutter konnte manchmal auch ganz schön schwierig sein, aber wir haben durchgehalten, Junge. Hat er vielleicht eine Freundin?«

»Ich glaube nicht, daß es das ist, Pa. Wahrscheinlich macht er eine Midlife-Krise durch. Bei manchen Männern hat das solche Auswirkungen.«

»Bei mir hat das nie solche Auswirkungen gehabt, obschon ich genug Gelegenheiten gehabt hätte.«

Das Wort »Gelegenheiten« hatte einen merkwürdigen Klang für Tony, und er überlegte, daß er sich seinen Vater bisher noch nie als Schürzenjäger vorgestellt hatte.

In der Hoffnung, die Unterhaltung endlich in weniger emotionsgeladene Bahnen lenken zu können, schnitt Tony ein Thema an, für das sich sein Vater gewöhnlich begeisterte. »Hast du in dieser

Saison beim Fußballtoto ein bißchen Glück gehabt?«

»Nein. Meine Mannschaften haben mich jede Woche enttäuscht. Ich versteh' das nicht.«

Seit Tony denken konnte, hatte sein Vater nach einem eigenen System gewettet, von dem er überzeugt war, daß er damit eines Tages den Jackpot gewinnen würde. Das war nie geschehen, aber sein Glaube an das System blieb unerschütterlich.

»Ich sag' dir mal, wer noch alles zum Fest kommt. Jenny hat für morgen zwei ihrer Freunde eingeladen – zwei Amerikaner, mit denen sie zusammen arbeitet. Ich denke, sie wollte ein paar Leute in ihrem Alter um sich haben, jetzt, wo sie Andy den Urlaub gestrichen haben.«

»Gestrichen? Schade, schade. Was ist mit Martin?«

»Ach so, ja. Der kommt auch. Mit einer neuen Freundin.«

»Er hat also eine Neue? Das ist vielleicht ein Kerl, unser Martin. Wie heißt sie denn?«

»Evelyn.«

»Evelyn, so, so«, wiederholte sein Vater, der den Namen ein bißchen merkwürdig aussprach. »Dann werd' ich sie mir wohl mal ansehen müssen.«

»So«, Tony bog in die Einfahrt ein, »auch wenn wir Andy und Vanessa vermissen werden, es wird bestimmt ein schönes Fest.« Nachdem er das

Gepäck seines Vaters nach oben in das für ihn vorgesehene Zimmer gebracht hatte, ging er in sein Arbeitszimmer, wo sein Vater vor dem Computer saß und wie gebannt auf den Bildschirm starrte.

»Du schreibst also immer noch, wie?«

»Muß ja schließlich meine Rechnungen bezahlen, Pa.«

»Diese Dinger schreiben die Worte, nicht wahr?«

»In gewisser Weise, Pa. Vorher muß ich sie mir aber ausdenken.«

»Übrigens«, sagte sein Vater, plötzlich in einem ganz anderen Tonfall, »wo ist der Hund? Ich hab' den Hund nirgendwo gesehen.« Innerhalb der Familie war er schon immer für seine plötzlichen Themenwechsel bekannt gewesen.

»Fred ist gestorben, Pa. Erinnerst du dich?«

»Gestorben, wie? Ja, das tun sie wohl, wenn sie älter werden.«

Darauf soll ich mir jetzt wohl meinen Reim machen, dachte Tony. »Katze«, erklärte er. »Wir haben eine Katze namens Emily.« Aber sein Vater war bereits mit den Gedanken woanders.

»Soll ich dir mal sagen, was passiert, wenn sie diesen Kanaltunnel eröffnen? Wir werden von Tollwut überschwemmt werden, denk an meine Worte. Man hätte es nie zulassen dürfen.« Dann, während Tony ihnen einen großen Creamsherry einschenkte, ging er bereits zum nächsten Thema über. »Ich hab' gelesen, daß wir demnächst nur noch Gurken kaufen dürfen, die gerade sind.«

»Wirklich? Wer hat das behauptet, Pa? Prost! Fröhliche Weihnachten!«

»Na, diese Eurokraten in Brüssel. Verdammter Schwachsinn, ich mach das nicht mit. Wo sind die andern?«

»Roger wird jeden Augenblick herunterkommen, und Jenny hilft ihrer Mutter in der Küche.«

»Und dieser Mistkerl ist auch immer noch an der Macht.« Tony wartete darauf, daß eine Erklärung folgte. »Dieser Saddam. Sie hätten ihn erledigen sollen, als sie die Gelegenheit dazu hatten.« Der Sherry, den er wie Wasser ausgetrunken hatte, und seine Intoleranz gegenüber allem Fremden hatten seinen Hals rot anschwellen lassen. »Was hältst du von der ganzen Sache?«

»Ich hab's aufgegeben, Pa. Ich seh' mir nicht mal mehr die Nachrichten an. Zu deprimierend.«

»Ich wünschte, ich hätte das Sagen, ich wüßte, was ich zu tun hätte. Die Hälfte von diesen Politikern gehört ins Gefängnis. Und diesen Erzbischof von Canterbury würde ich auch absetzen.«

Um sich nicht anmerken zu lassen, daß es ihm schwerfiel, die Äußerungen seines Vaters gelassen zu ertragen, wandte Tony sich ab und legte noch ein Scheit auf das Kaminfeuer. Wo kam all diese unterdrückte Wut auf einmal her? Pa, der eigentlich kein schlechter Vater gewesen war, lediglich distanziert, eine Vaterfigur, die Tony in seiner Kindheit stets aus der Ferne erlebt hatte, war ihm immer ein Rätsel geblieben. Mehrmals hatte er versucht, einer seiner Romanfiguren Züge seines Vaters zu verleihen, aber es war ihm nie gelungen. Es schien unmöglich, seine Persönlichkeit auf Papier zu bannen, oder vielleicht war es einfach so, daß die Dinge, die ihn und seinen Vater verbanden, sie gleichzeitig entfremdeten. Dieser gräßliche Ausdruck »Bonding«, Verbündung, den die Amerikaner benutzten, löste in ihm unangenehme Assoziationen mit James Barrie und A. A. Milne aus, vor denen er stets zurückschreckte. Er wollte sich nicht mit seinem Vater verbünden, er wollte ihn verstehen.

In diesem Augenblick gesellte sich Roger zu ihnen. Anstatt sich auf ein Gespräch zu dritt einzulassen, zog Tony es vor, die Flucht zu ergreifen. »Ihr beide habt euch bestimmt viel zu erzählen. Ich werd' mal nachsehen, ob Kate meine Hilfe braucht.«

»Ich hatte mich auf die Mädchen gefreut«, sagte sein Vater, als Tony das Zimmer verließ. Auf dem Weg in die Küche hörte er einen Wagen vorfahren und ging an die Tür, um nachzusehen, wer gekommen war. Als die Scheinwerfer ausgeschaltet wurden, erkannte er den klapprigen TR7 seines Sohnes. Offenbar war der Wagen auf den letzten paar Metern in der Einfahrt ins Schlittern geraten und mit den Vorderreifen mitten in dem Beet mit den Hortensien, deren letzte, verwelkte Blüten wie dicke Schneebälle aussahen, zum Stehen gekommen.

»Tut mir leid, Dad«, begrüßte Martin seinen Vater beim Aussteigen. »Aber immerhin haben wir es bis hierher geschafft.«

»Wird langsam Zeit, daß du diesen alten Bus endlich verschrottest«, sagte Tony. »Hat er überhaupt noch Profil auf den Reifen?«

»Normalerweise fährt die Kiste wie 'ne Rakete. Aber diese Kälte bekommt ihr nicht. Ich kann mich einfach nicht von ihr trennen, ist 'n Sammlerstück.«

Eine zweite Gestalt kletterte aus dem Bus und machte ein paar schüchterne Schritte auf dem vereisten Weg.

»Ach ja, Dad, das ist Evelyn.« Martin fing Evelyn auf, die beinahe auf dem Eis ausgerutscht wäre. Ihr Gesicht war von einem Sweatshirt, das sie sich um den Kopf gewickelt hatte, teilweise verhüllt, so daß Tony sie erst richtig sah, als sie ins Licht der Einfahrt trat. Sie entsprach in keiner Weise dem, was Tony entsprechend dem üblichen Geschmack seines Sohnes erwartet hatte. »Nett«, war das erste, was ihm zu ihr einfiel. Sie war kaum geschminkt, hatte ein eher angenehm attraktives als ein schönes Gesicht, hohe Wangenknochen und hübsche Augen. Am meisten überraschte es ihn, daß sie, im

Gegensatz zu Martins bisherigen Freundinnen, wesentlich älter war als er. Tony schätzte sie auf Anfang Dreißig. Er reichte ihr eine Hand, um ihr auf die Veranda zu helfen, zögerte dann einen Augenblick zu lange, bevor er sich zu ihr hinabbeugte und ihr einen Kuß auf die kühle Wange drückte.

»Hallo, Evelyn. Wir freuen uns, daß Sie mit uns feiern wollen. Kommen Sie erst mal rein, und tauen Sie sich auf. Ich nehme nicht an, daß Martins ganzer Stolz eine funktionstüchtige Heizung hat.«

»Nein, der Wagen hat keine Heizung«, sagte sie. »Es ist sehr nett von Ihnen und Mrs. Chivers, daß Sie mir gestatten, das Weihnachtsfest mit Ihnen zu verbringen.« Ihre Stimme klang ruhig und kultiviert.

»Es ist uns ein Vergnügen.« Als sie nun das Sweatshirt von ihrem Kopf nahm, kam ein modischer Kurzhaarschnitt zum Vorschein. Tony konnte unmöglich erkennen, was sie für eine Figur hatte, denn sie trug mehrere Lagen Pullover unter ihrem Mantel. »Kommt rein und wärmt euch auf.« Martin zwängte sich mit zwei Koffern an ihm vorbei und flüsterte: »Vielen Dank, Dad. Tut mir leid, wenn das alles für dich und Mummy etwas unerwartet kommt.«

»Zeig du Evelyn schon mal ihr Zimmer, und ich gehe inzwischen in die Küche und sage Mummy, daß ihr heil angekommen seid. Sie hat sich ziemliche Sorgen um euch gemacht. Sieh zu, daß Evelyn alles hat, was sie braucht, und zeig ihr das Badezimmer.«

Er sah ihnen nach, wie sie die Treppe hinaufgingen, und eilte dann in die Küche.

»Er ist da«, verkündete er. »Heil und ganz.«

»Gott, bin ich erleichtert. Und ist ... bei ihm?«

»Ja.«

»Und?«

Tony senkte die Stimme, obschon das kaum nötig war, denn die Dunstabzugshaube machte einen Höllenlärm. »Scheint sehr nett zu sein. Älter als die andern.«

Kate hielt in ihrer Arbeit inne, die Hände mit Puterfüllung beschmiert. »Wieviel älter?«

»Na ja, ich hab' sie nicht gerade darum gebeten, mir ihre Geburtsurkunde zu zeigen ... Ich würde sagen, so um die dreißig.«

»Aha, also schon mit einem Fuß im Grab, was, Daddy«, sagte Jenny. »Mein Bruder, der Gigolo.«

»Wirkt sie denn irgendwie gewöhnlich?«

»Scharf heißt das heute, Mummy«, korrigierte Jenny.

»Und was soll das bedeuten?«

»Das weiß ich auch nicht«, gestand Tony. »Jedenfalls ist sie kein bißchen gewöhnlich. Eher das Gegenteil. Du wirst sie ja gleich selber sehen.«

»Wo hat er sie denn kennengelernt? Hat er am Telefon was gesagt?«

»Nein.«

»Jenny, geh mal rauf und sag Hallo, und dann kommst du wieder runter und sagst mir, was du von ihr hältst. Ich will mich noch ein bißchen zurechtmachen, bevor ich sie begrüße. Und schau mal in Rogers Zimmer nach, wenn du einmal oben bist. Sieh zu, daß alles okay ist.«

»Na, das ist ja wohl kaum möglich.«

»Wie meinst du das?«

»Ich nehme nicht an, daß es in Richtung Mekka zeigt.«

»Jenny, ich verbitte mir solche Scherze«, sagte Tony.

»Schade, daß Andy das alles verpaßt. Er wird jeden Moment anrufen, also laßt mich ans Telefon gehen, wenn es klingelt. Und übrigens, Daddy, ich bin noch nicht unter die Abstinenzler gegangen, wie wär's also mit 'nem Drink für die Küchenhilfe, wenn ich wieder runterkomme?«

»Hab' ich was von Drinks gehört?« fragte Martin, der plötzlich in der Tür stand. Er trat zur Seite, und vor ihnen stand Evelyn.

»Mummy, das ist Evelyn. Meine Mutter, meine Schwester Jenny.« Kate trocknete ihre Hände ab und ging auf Evelyn zu. Sie gab sich betont freundlich und redete zu schnell. »Hallo, Evelyn, schön, daß Martin Sie endlich einmal mitgebracht hat. Verzeihen Sie, daß ich Sie nicht schon früher begrüßen konnte, aber wie Sie sehen, sind wir schwer damit beschäftigt, den Puter zu füllen. Ist Ihr Zimmer in Ordnung? Ich habe alles zurechtgelegt, was Pat ... was Sie vielleicht benötigen, aber wenn noch etwas fehlt, schreien Sie einfach.«

»Alles in bester Ordnung, Mrs. Chivers.«

»Ach, nennen Sie mich ruhig Kate.«

»Kann ich Ihnen irgendwie behilflich sein?«

»Nein, nein, ihr beide müßt euch erst mal am Kaminfeuer aufwärmen. Jetzt, wo ihr da seid, trinken wir erst mal ein Gläschen.«

»Ich kümmere mich um die Drinks«, sagte Tony. »Was darf ich Ihnen anbieten, Evelyn, Rotwein oder Weißwein?«

»Weißwein, bitte.«

»Ich hätte lieber ein Bier, Dad«, sagte Martin.

»Bedien dich, der Kühlschrank ist voll. Ach, und Martin«, fügte er beim Verlassen der Küche hinzu, »laß dich von deiner Mutter über gewisse Neuigkeiten betreffend deinen Onkel Roger ins Bild setzen.«

Als Tony den Wein holen wollte, lief er seinem Vater in die Arme, der auf dem Weg ins Badezimmer war. »Also, ich hab's ihm gesagt.«

»Was denn, Pa?«

»Roger. Verdammt lächerlich, wie er sich aufführt.«

»Ach so. Ja. Aber vielleicht sollten wir die Sache während der Feiertage lieber für uns behalten. Jenny, Martin und seine Freundin sind angekommen. Geh sie mal begrüßen. Sie sind alle in der Küche.«

»Okay. Ich geh nur noch schnell aufs Klo.« Er ging auf die Treppe zu.

»Benutz doch das hier unten. Diese Tür da.«

Nachdem er eine Flasche Weißwein aus dem Eis genommen hatte, warf Tony einen Blick in sein Arbeitszimmer. Roger saß in einem Sessel und starrte abwesend auf den Fernsehschirm.

»Pa hat dir also die Meinung gesagt, was?«

»Was hast du denn erwartet? Er hat sich mächtig ins Zeug gelegt.«

»Konntest du das Thema Religion vermeiden?«

»Ja, haarscharf.«

»Gut. Möchtest du bleiben, wo du bist?«

»Wo bin ich denn? Vielleicht kannst du mir das ja verraten.«

»Möchtest du was Alkoholfreies trinken?«

»Nein, danke. Es war ein großer Fehler, hierherzukommen. Das ist mir jetzt klargeworden.«

»Na ja, versuch einfach, das Beste draus zu machen. Ich verspreche dir, ich werde keine blöden Bemerkungen mehr machen.«

Als er zurück in die Küche kam, hörte Tony, wie sein Vater sich gerade bei Evelyn danach erkundigte, wie lange sie seinen Enkel schon kannte. »Wenn es um Mädchen geht, ist er ein echter Casanova, wissen Sie, hält es nie lange bei einer aus, hat immer wieder eine andere. Natürlich hatten wir nicht damit gerechnet, Sie kennenzulernen.«

»Vielen Dank auch, Opa, nun mach aber mal halblang, ja?« sagte Martin. Er sah seine Schwester an und verdrehte die Augen. »Kann ich mir ein Sandwich machen?«

»Nein, lieber nicht, sonst hast du beim Abendessen keinen Appetit mehr. Geht alle ins Wohnzimmer«, sagte Kate. »Los, laßt mich jetzt meine Arbeit machen, wenn ihr heute abend was zu essen haben wollt.«

Sie trotteten gehorsam ins Wohnzimmer. Tony wußte, was auf ihn zukam: jetzt, da er ein neues Publikum hatte, würde sein Vater zu Hochform auflaufen. Tony und seine Kinder würden eine gemeinsame Front bilden müssen, um Evelyn vor dem Alten zu schützen. »Es ist bald Zeit für die Siebenuhrnachrichten, nicht wahr?« sagte Jenny. »Kann ich mir die ansehen?«

»Natürlich«, sagte Tony, »die Fernbedienung liegt da drüben.«

»Heutzutage gibt es sowieso nichts mehr, was sich anzusehen lohnt«, murrte Pa. »Sie wollen die ›Black and White Minstrel Show‹ und ›Sunday Night at the Palladium‹ wieder zeigen und sogar ›It's That Man Again‹.«

»War das nicht eine Radiosendung, Pa?« fragte Martin.

»Klar war es das«, erwiderte er. »Die hat uns im Krieg aufrecht gehalten, sag' ich euch.« Er wandte sich an Evelyn. »Sie sehen bestimmt viel fern, nicht wahr?«

»Na ja, ich mag die Theaterstücke, die sie manchmal senden, aber eigentlich bin ich nicht aufs Fernsehen versessen.«

»Ich hab' vor ein paar Tagen eins gesehen, über einen Mann, dem seine Frau ein Kleid genäht hat, in dem er dann einkaufen gegangen ist. Sie haben kein Recht, für so was Gebühren zu kassieren. Mit den Fußballspielern ist es genau dasselbe. Diese Knutscherei jedesmal, wenn sie ein Tor geschossen haben. Harold Wilson ist daran schuld, er hat mit dem ganzen Blödsinn angefangen.«

Bruder und Schwester tauschten vielsagende Blicke aus. Das unterdrückte Lachen trieb ihnen die Tränen in die Augen. Opa-Aufziehen war schon immer eins ihrer Lieblingsspiele gewesen. »Hilf mir mal auf die Sprünge, Pa, für wen hat er gespielt?« fragte Martin.

»Wer?«

»Na, Harold Wilson.«

»Gespielt? Er hat überhaupt nicht gespielt, er war Premierminister. Die bringen euch aber nicht viel bei auf der Uni, was?« Dann hatte er schon wieder den Faden verloren. »Die meisten Leute beschäftigen sich natürlich nicht so intensiv mit Politik wie ich.« Mit funkelnden Augen und zusammengekniffenen Lippen, die Zungenspitze vorgestreckt, blickte er sich im Zimmer um.

»Evelyn beschäftigt sich damit, Pa. Es ist ihr Fach, sie unterrichtet Politologie.«

»Ach ja?« sagte er, ohne großes Interesse zu zeigen, denn er gab die Hauptrolle selten freiwillig ab.

»Können wir uns wenigstens die Kurzmeldungen ansehen?« fragte Jenny, als die Ansagerin auf dem Bildschirm erschien. Ich weiß, warum sie sie unbedingt sehen will, dachte Tony. Wenn Andy in Belfast war, hatten die Nachrichten immer eine besondere Bedeutung für die ganze Familie. Diesmal wurde im Hauptbeitrag über ein Eisenbahnunglück in Italien berichtet. Die Leichen von vierzig Pilgern, die für die Weihnachtsansprache des Papstes nach Rom reisen wollten, waren aus den Trümmern geborgen worden. »Da hat Gott sich ja mal wieder prompt um seine Schäfchen gekümmert«, stellte er fest.

»Das ist einer der größten Verbrecher, dieser Papst«, sagte sein Vater, bemüht, sich wieder in den Mittelpunkt zu rücken.

»Ja, Pa, aber laß uns jetzt nicht über Religion diskutieren.« Die Bestimmtheit, mit der Tony das gesagt hatte, verfehlte ihre Wirkung nicht. Obwohl es ihm nicht schwerfiel, seinem Vater in einer Diskussion recht zu geben, anstatt sich mit ihm zu streiten, war er fest entschlossen, Jenny zuliebe jedes Thema zu vermeiden, das die Situation in

Irland berühren könnte. Schweigend sahen sie sich die Kurzmeldungen an. Glücklicherweise wurde der Konflikt mit keinem Wort erwähnt, und sein Vater machte keine Anstalten, eins der eben angeschnittenen Themen weiter zu verfolgen; ein Glas Wein nach dem Sherry und das knisternde Kaminfeuer lullten ihn ein, und der Friede dauerte bis nach dem Abendessen.

Tony ergriff die Gelegenheit, Evelyn in ein Gespräch zu verwickeln und sie dabei näher in Augenschein zu nehmen. Sie hatte sich nach ihrer Ankunft umgezogen, trug jetzt einen Rock und einen Pullover, und Tony stellte fest, daß sie keine schlechte Figur besaß, ein bißchen viel Oberweite vielleicht, aber ansehnliche Beine. Er fragte sich im stillen, ob sie und Martin wohl miteinander ins Bett gingen, und wo sie es taten – bei ihr oder in Martins Zimmer? Erinnerungen an seine eigene Jugendzeit kamen ihm in den Sinn. Da Kate und er damals beide noch bei ihren Eltern wohnten, hatten sie sich mit der Rückbank eines alten Austin 7 begnügen müssen, und für Kate hatten Autos bis zum heutigen Tag etwas Erotisches. Während er zuhörte, plazierte seine schriftstellerische Phantasie die beiden in ein Boheme-Milieu, was wahrscheinlich eher weltfremd gedacht war. Oxford war ihm nie wie ein zweites Quartier Latin vorgekommen, wobei diese Einschätzung auch seiner Enttäuschung darüber entsprungen sein könnte, daß er selbst nie das Privileg eines Hochschulstudiums genossen und diejenigen stets beneidet hatte, denen dieses Glück beschieden war. Er konnte zwar nicht behaupten, daß Evelyn der Typ Frau war, der eine besondere Anziehungskraft auf ihn ausübte, sie war für seinen Geschmack ein bißchen zu feministisch eingestellt, aber er bewunderte die humorvolle und selbstverständliche Art, mit der sie die Situation trotz der angespannten Atmosphäre innerhalb der Familie meisterte. Vielleicht würde sie den stabilisierenden Einfluß auf Martin haben, den dieser Tonys Meinung nach dringend brauchte. Ohne allzu neugierig zu erscheinen, horchte er sie ein bißchen aus. So erfuhr er, daß Martin und sie sich bei einer öffentlichen Diskussion kennengelernt hatten, wo sie sich beide lautstark eingemischt hatten. Er war überrascht, das zu hören, denn bisher hatte er immer angenommen, Fußball und Frauen seien die einzigen Themen, über die sein Sohn zu diskutieren in der Lage sei. Aber das zeigte eben, wie wenig er über seine beiden Kinder wußte. Er wünschte sich so viel für sie, wahrscheinlich zu viel, ein Land, wo Glück und Sonnenschein herrschten, und manchmal schnürte ihm die Erkenntnis, daß er die Welt nicht für sie ändern konnte, das Herz zusammen. Die Zukunft hielt einem immer eine Wurst vor die Nase, und man verbrachte sein Leben damit, ihr nachzujagen, aber man erwischte sie nie.

Sein Vater wurde wieder munter, als Roger sich zu ihnen gesellte, und Tony stellte mit Bestürzung fest, daß er, mit Evelyn ins Gespräch vertieft, die Anwesenheit seines Bruders ganz vergessen hatte. Ohne Vanessa und die Mädchen schien Roger keine Identität zu besitzen.

»Hast du sie angerufen?« fragte sein Vater unvermittelt.

»Wen?«

»Na, Vanessa und die Mädchen.«

»Nein, noch nicht«, sagte Roger und wandte sich dann an Evelyn. »Wir sind uns noch nicht vorgestellt worden, nicht wahr? Ich bin Roger.«

»Tut mir leid, tut mir leid, das war mein Fehler. Wie unhöflich von mir«, sagte Tony. »Evelyn, das ist mein Bruder.«

Niemand schien dazu aufgelegt zu sein, die Stimmung mit ein bißchen Small talk aufzulokkern. Roger, der keinen Drink hatte, an dem er sich festhalten konnte, stand unbeholfen vor dem Kaminfeuer wie ein Schauspieler, der auf sein Stichwort wartet und nicht weiß, was er mit seinen Händen tun soll. Trotz Pas vernichtender Kritik an der Qualität des Programms war der Fernseher die letzte Rettung, und sie sahen sich gemeinsam den Rest eines alten Films an, ›Das Wunder in der 42. Straße‹, bis Kate verkündete, das Essen sei fertig.

Während der Mahlzeit gab es eine kleine Peinlichkeit, als Martin aus alter Gewohnheit Roger ein Glas Wein einschenkte. Dieser war jedoch so taktvoll, es nicht zurückzuweisen, und ließ es lediglich unberührt stehen. Irgendwie kam die übliche Weihnachtsstimmung nicht zustande; Rogers schlechte Laune, Martins linkische Versuche, Eindruck zu schinden, und der Umstand, daß Evelyn als Außenstehende dem mit Kürzeln und Anspielungen gespickten Familienjargon nicht folgen konnte, trugen dazu bei, daß die Unterhaltung am Tisch gezwungen und oberflächlich blieb, obwohl Kate und Jenny sich alle Mühe gaben, sie nicht versanden zu lassen. Tony empfand große Erleichterung, als nach dem Essen zwei weitere Gäste eintrafen. Ted Turner, ein etwas altmodischer praktischer Arzt, der tatsächlich noch Hausbesuche machte, und dessen Frau Julie waren ihre engsten, wenn nicht ihre einzigen wirklichen Freunde aus der Nachbarschaft. Während der zwanzig Jahre, die Tony und Kate mittlerweile in dem Ort wohnten, hatten sich die meisten anderen Ortsbewohner als schwer zugänglich erwiesen. Zwar hatten sie zu Anfang noch große Anstrengungen unternommen, mit einigen der Leute Bekanntschaft zu machen, aber ihre guten Absichten waren ausnahmslos gescheitert. Eine sehr britische Art von Mißerfolg.

Bei einer Tasse Kaffee tauschten sie mit den Turners Geschenke aus, während Pa sich durch die Ankunft des Arztes bemüßigt fühlte, einen ausführlichen Monolog über seine Krankheitsgeschichte zu halten. Was hatten Ärzte an sich, fragte Tony sich, das die Leute zu der Annahme verleitete, sie könnten eine Gratisdiagnose ergattern? Man sperrte schließlich auch nicht bei jeder Begegnung mit einem Zahnarzt den Mund auf, um ihn zu einer Gratisuntersuchung zu nötigen, warum also traf es regelmäßig die armen Ärzte? Auch er selbst wurde manchmal Opfer dieses Phänomens, wenn auch wesentlich seltener; es konnte vorkommen, daß er wildfremden Menschen in die Fänge geriet, die ihn, nachdem sie ihn genötigt hatten, seinen Beruf preiszugeben, tödlich langweilten, indem sie ihm in aller Ausführlichkeit die Details eines Romans anvertrauten, den sie eines Tages zu schreiben gedachten, wenn sie erst genug Zeit hätten.

»Diese Schmerzen, die ich immer wieder im rechten Bein habe, was glauben Sie, woher die kommen?« wollte sein Vater gerade wissen.

»Wie alt sind Sie jetzt, Pa?« erkundigte Ted sich höflich.

»Zweiundachtzig«, erwiderte Pa voller Stolz.

»Ich würde sagen, das sind wohl späte Folgen Ihrer Jugendsünden.«

Die Antwort gefiel Pa. »Ach so, na ja, ich war zu meiner Zeit ein rechter Draufgänger«, kicherte er.

»Das bist du doch immer noch, Pa«, sagte Jenny.

In diesem Augenblick läutete das Telefon. Als Tony den Hörer abnahm, fragte die Stimme einer jungen Frau, die er als jene Patricias erkannte, nach Martin.

»Es ist für dich.«

»Für mich? Wer ist es denn?«

»Keine Ahnung«, log Tony. »Willst du lieber in meinem Arbeitszimmer sprechen? Da ist es ruhiger.«

»Ja, okay.« Martin schien nichts Gutes zu ahnen, denn sein Gesicht verfinsterte sich, und als er das Zimmer betont lässig verließ, vermied er es, jemanden dabei anzusehen. Tony wartete, bis der andere Hörer abgenommen wurde, und legte auf. Als er zu Kate hinübersah, trafen sich ihre Blicke, und er lächelte sie an. Er schätzte sich glücklich, eine Frau zu haben, die er nach all den Jahren immer noch aufregend und anziehend fand. »Wie bitte?« sagte er. »Entschuldige, ich war gerade in Gedanken woanders«, fügte er hinzu, als er bemerkte, daß Ted mit ihm geredet hatte.

»Ich wollte wissen, ob du mit deinem neuen Buch Fortschritte machst.«

»Langsam.«

»Wovon handelt es diesmal?«

»Die gleiche Mischung wie immer, nur anders angerührt.«

»Das letzte hat mir sehr gut gefallen«, sagte Julie. »Es war allerdings sehr traurig. Und das wundert mich immer, denn du bist doch gar kein trauriger Mensch.«

»Ich sag' ihm immer, er soll doch mal eine Komödie schreiben«, sagte Kate. »Aber er hört nicht auf mich.«

»Was mir von Daddys Büchern am besten gefällt, ist ›Wilderness Years‹, obschon, wenn ich's mir überlege, das hat auch ein trauriges Ende. Wie kommt das nur, Daddy? Julie hat nämlich recht, du kannst regelrecht zum Totlachen sein, wenn du willst.«

»Das hat wahrscheinlich was mit den Genen zu tun. Ich nehme mir nicht vor, traurige Bücher zu schreiben, es passiert einfach.«

»Agatha Christie, das ist eine gute Schriftstellerin«, warf sein Vater ein, begierig, sich in das Gespräch einzuschalten.

»Eine der Besten, Pa. Ich wünschte, ich hätte ihre Verkaufszahlen.«

Seltsamerweise war es Tony immer peinlich, über seine Arbeit zu sprechen, was er darauf zurückführte, daß man als Schriftsteller instinktiv geheimnistuerisch war, da man während des schöpferischen Prozesses stets in einer Welt lebte, die niemandem sonst offenstand.

»Was macht Ihrer Meinung nach ein Buch zu einem Bestseller?« wollte Evelyn wissen.

»Ich wünschte, ich wüßte es.«

»Eine aberwitzige Geschichte«, meinte Ted.

»Nicht unbedingt«, sagte Evelyn. »Ich glaube, daß es mehr ist als das. Aus irgendeinem Grund wollen Leute, die nur ein paar Bücher im Jahr lesen, etwas über Macht lesen. Macht ist das Zauberwort.«

»Nicht Sex?«

»Das auch, aber das eine muß mit dem anderen zu tun haben. Wenn sie nur an Sex interessiert sind, können sie Pornos lesen, davon gibt's genug. Skandale in den oberen Etagen, das ist immer ein sicherer Tip, und Geld, Geld und die Macht, die Geld verleiht. Es ist der Traum des Durchschnittsmenschen vom Unmöglichen, wissen Sie, derselbe Grund, der die Menschen in diesem Land dazu bringt, jede Woche Millionen zu verwetten. Autoren wie Archer und Jackie Collins haben den Bogen raus und sahnen ab. Seifenoper in Buchform.«

»Da hast du's«, sagte Ted. »Jetzt weißt du, wie's funktioniert, fang an zu schreiben.«

»Ich habe noch nie richtige Pornographie gelesen«, gestand Julie. »Wie ist so was eigentlich?«

»Wer möchte ihr diese Frage beantworten?« fragte Tony. »Nun drängelt doch nicht alle so.«

»Ich schon«, sagte Evelyn, während sie sich eine Zigarette anzündete. Dann fragte sie: »Stört es jemanden, wenn ich rauche?«

»Nein, aber Ted wird dich vor den Folgen warnen.«

»Sie haben schon mal etwas Pornographisches gelesen?« Julie kam auf das Thema zurück.

»Ein bißchen.«

»Ich auch«, sagte Kate.

»Wann? Das hast du mir ja noch nie erzählt«, sagte Tony verblüfft.

»In der Schule. Wir haben uns untereinander ›Die schrecklichen Enthüllungen der Maria Mund‹ ausgeliehen.«

»Ach, dieser alte Schinken. Ich habe früher illegale Ausgaben von Frank Harris und Henry Miller gelesen, aber die gelten nach heutigen Kriterien als ziemlich harmlos.«

»Und Männer lesen den ›Playboy‹ natürlich ausschließlich wegen der interessanten Artikel.«

»Ha, ha.«

»Ich kann mich nicht für solche Magazine begeistern«, sagte Ted. »Wenn man so viele nackte Körper gesehen hat wie ich, dann liest man lieber eine nette Gartenzeitschrift.«

»Sollte ich das persönlich nehmen?« fragte Julie.

»Auch bei Ärzten muß es doch ein gewisses Berufsrisiko geben, Ted«, sagte Tony. »Wie oft mußtest du dich eigentlich schon gegen die Annäherungsversuche irgendeiner wildgewordenen Patientin zur Wehr setzen?«

»Das ist doch wirklich eine äußerst erbauliche Unterhaltung zur Weihnachtszeit.« Kate warf ihrem Mann einen warnenden Blick zu. »Verrate bloß keine Berufsgeheimnisse, Ted.«

»Es gibt einen interessanten Aspekt«, fiel Evelyn ein, »nämlich, daß in der russischen Untergrundliteratur vor *Glasnost* Pornographie als politische Waffe eingesetzt wurde. In einer repressiven Gesellschaft sind Sex und Religion natürlich die ersten Dinge, die unterdrückt werden, wodurch sie eine viel größere Bedeutung erlangen.«

»Sie sollten ihn wieder einsetzen«, mischte sich Pa zum erstenmal in die Diskussion ein.

»Wen sollen sie wieder einsetzen, Pa?« fragte Tony in der Hoffnung, daß Pa nicht den Scharfrichter meinte, denn die Todesstrafe war eins seiner Lieblingsthemen.

»Na, diesen, wie heißt er noch, den Zensor. Was sagst du dazu, Roger?«

»Ich finde allerdings, daß gewisse moralische Werte den Bach runtergegangen sind.« Die anderen sahen ihn erwartungsvoll an, aber er führte das Thema nicht weiter aus.

In diesem Augenblick kam Martin zurück. Er wirkte etwas blaß und goß sich sofort einen Drink ein.

»Wer war es, Liebling?« erkundigte sich seine Mutter, eher aus Gewohnheit denn aus wirklichem Interesse.

»Ach, niemand besonderes«, murmelte er. »Jemand aus dem College, der eine Telefonnummer von mir haben wollte. Ich glaub', ich leg' mich hin. Du bist doch sicher auch müde, oder?« fügte er an Evelyn gerichtet hinzu.

»Eigentlich nicht, ich unterhalte mich gut«, sagte sie. »Es sei denn, die anderen gehen jetzt auch alle zu Bett?« Seine abrupte Aufbruchstimmung war ihr offensichtlich peinlich.

»Wie du willst. Ich sag' dann schon mal gute Nacht.« Er gab seiner Mutter und Julie einen Kuß, dann verließ er das Zimmer.

»Mein Bruder ist wieder mal der Charme in Person«, sagte Jenny, während die anderen fragende Blicke austauschten.

»Wir müssen auch langsam aufbrechen«, meinte Julie. »Mein Freund, der Arzt hier, hat morgen Bereitschaftsdienst, ob ihr's glaubt oder nicht. Selbst die Züge fahren morgen nicht, aber mein Mann muß arbeiten. Vielen Dank für die wunderschönen Geschenke, Kate, Liebes.«

»Wir danken auch.«

Nachdem sie allen gute Nacht gesagt hatten, begleitete Tony die beiden zur Haustür. »Es kommt mir ganz komisch vor, keine Strümpfe aufzuhängen, jetzt, wo Vanessa und die Kinder nicht da sind«, sagte Kate, während sie die Gläser und Kaffeetassen einsammelte. »Aber sie feiern bestimmt auch ein schönes Weihnachtsfest.«

»Da bin ich ganz sicher«, sagte Roger.

»Geht ihr jetzt alle ins Bett?« wollte Pa wissen.

»Hat niemand Lust, mit mir eine Partie Whist zu spielen?«

»Nicht heute abend, Pa. Ich glaube, wir sind alle ziemlich erledigt, jedenfalls bin ich es.«

»Aber wir spielen Weihnachten immer Whist.«

»Na ja, vielleicht morgen. Haben Sie alles, was Sie brauchen, Evelyn?«

»Ja, vielen Dank. Und danke auch für das wunderbare Essen. Ich habe schon lange nicht mehr im Familienkreis Weihnachten gefeiert, ich hatte ganz vergessen, wie das ist.«

3

Sie lagen im Bett und hörten den Schnee auf dem Dach ächzen. Ab und zu fiel ein Stück der Schneedecke krachend hinunter.

»Muß Tauwetter sein«, sagte Tony.

»Ach, hoffentlich nicht. Ich wünsche mir weiße Weihnachten.«

»Nun, die erste Runde haben wir ohne Tiefschlag überlebt ... Aber wir sollten trotzdem den Mundschutz anbehalten. Das mit Roger kann ich immer noch nicht fassen. Wie sieht's bei dir aus?«

»Es tut mir für Vanessa leid. Sobald ich Zeit finde, werd' ich sie mal anrufen. Sind Familiengeschichten nicht einfach unglaublich?«

»Ich denke nicht, daß es in unserer Familie so unglaublich zugeht. Weißt du noch, was Keith und Alison letztes Jahr durchgemacht haben? Ihr Vater wurde festgenommen, als er in Frauenkleidern auf einem Autobahnparkplatz Oralverkehr mit einem Mann hatte.«

»Ja, das war furchtbar.«

»Immerhin hat Pa uns bisher mit so etwas verschont ... Was hältst du eigentlich von Evelyn?«

»Sie ist anders, als ich erwartet hatte. Martin ist doch immer wieder für eine Überraschung gut.«

»Ich finde sie sehr nett. Auf jeden Fall kann man mit ihr ein intelligentes Gespräch führen. Wie hieß noch die vom letzten Jahr? Melissa. Die hatte ihren Verstand in den Titten.«

»Kann ich mir denken, daß du dich an die erinnerst.«

»Die kann man wohl kaum vergessen. Sie war ja regelrecht deformiert. Nein, ich muß sagen, Evelyn ist mir wirklich sympathisch, und die Tatsache, daß sie eine erwachsene Frau ist, tut Martin vielleicht ganz gut. Es könnte nicht schaden, wenn er selbst ein bißchen erwachsen würde.«

»Ich weiß nicht, ob ich heute nacht schlafen kann«, sagte Kate. »Mir geht so vieles durch den Kopf. Am besten nehme ich eine Schlaftablette.

Oder vielleicht auch nicht, sonst bin ich morgen früh der reinste Zombie, und ich muß früh aufstehen und den Puter in den Ofen schieben. Ich weiß nie, wie lange die verdammten Viecher brauchen, in jedem Kochbuch steht was anderes.«

»Weißt du, wer eben für Martin angerufen hat? Patricia. Ich bin mir sicher, daß es ihre Stimme war. Ich wette, daß er deswegen so blaß war, als er wieder ins Wohnzimmer kam und so früh ins Bett gegangen ist. Ich frage mich, was sie von ihm wollte … Hast du das gehört!« rief er plötzlich.

»Was?«

»Ich dachte, ich hätte was gehört.«

»Ist die Alarmanlage eingeschaltet?«

»Ja. Das meine ich nicht. Mit halbem Ohr bin ich immer noch bei diesem verdammten Boiler.«

Sie horchten beide angestrengt. »Nein, ich glaub', es war der Schnee.«

»Bist du sicher, daß es nicht die beiden waren?«

»Wer?«

»Martin und Evelyn.«

»Nein, es war ein dumpfes Geräusch.«

»Es könnten die beiden sein … Glaubst du, sie tun es?«

»Wahrscheinlich.«

»Aber er hat sie doch gerade erst kennengelernt.«

»Na ja, wir haben auch nicht viel Zeit verschwendet, falls du dich erinnerst.«

»Das war was anderes.«

»Findest du? Wieso?«

»Na ja, damals war es nicht so gefährlich«, sagte Kate. »Glaubst du, sie tun es jetzt gerade?«

»Liebling, woher soll ich das wissen? Was soll ich deiner Meinung nach tun, an ihrer Tür lauschen?«

»Ich finde, du solltest dich morgen mal mit ihm unter vier Augen unterhalten. Sag ihm, er soll sich nicht zu sehr an sie binden.« Wie jede Mutter versuchte sie, das Leben eines Sohnes zu begreifen, der sie verlassen hatte. »Ich kenne diese Sorte Frauen. Die hat wahrscheinlich schon ein Dutzend Affären gehabt. Die kann ja genausogut verheiratet sein. Hast du irgendwas herausgefunden, als du dich mit ihr unterhalten hast?«

»Nein.«

»Nichts?«

»Na ja, solche Fragen hab' ich ihr nicht gestellt.«

Kate schwieg eine Weile, dann fuhr sie fort: »Es ist nicht normal, mit einer Frau ins Bett zu gehen, die doppelt so alt ist wie er.«

»Kate«, lachte Tony, »denk mal an das alte Sprichwort – ›In der Nacht sind alle Katzen grau‹. Wenn du recht hast, kennt sie sich wenigstens mit so was aus.«

»Findest du sie attraktiv?«

»Sie hat was, ja.«

»Was?«

»Was?«

»Ja.« Kate richtete sich im Bett auf und sah ihn an. »Was findest du an ihr attraktiv?«

»Ich finde sie nicht attraktiv.«

»Aber das hast du doch gerade gesagt.«

»Ich hab' lediglich versucht, es von Martins Standpunkt aus zu betrachten, das ist alles.«

»Aber was meintest du mit ›Sie hat was‹?«

»Für mich nichts, aber ich nehme an, er fährt auf sie ab. Oder vielleicht auch nicht. Vielleicht sitzen sie nur da und halten Händchen und diskutieren über Politik, wer weiß? Sei doch froh, daß er keine Drogen nimmt. Hör zu, schluck deine Schlaftablette und hör auf, dir den Kopf zu zerbrechen.«

»Ich kann nichts dagegen machen. Ich zerbreche mir über alles den Kopf.«

Sie waren auf einen Kollisionskurs geraten, den sie schon einmal gefahren waren, als Jenny damals die Phase der natürlichen Auslese durchgemacht hatte. Und nun ging es um Martin. »Schätzchen«, sagte Tony sanft, »Martin muß sein eigenes Leben leben. Es hat keinen Zweck, sich da einzumischen. Am Anfang warst du auch von Andy nicht besonders begeistert, und jetzt hältst du ihn für den Traumprinzen. In Martins Alter weiß niemand so richtig, was er tut. Bei mir war das nicht anders. Das sind die Hormone. Erinnere dich doch mal daran, wie wir es damals getrieben haben.«

»Das war was anderes«, wiederholte sie.

»Und was war so anders daran?«

»Es war einfach was anderes«, erwiderte sie trotzig. »Wir waren jedenfalls mehr oder weniger gleichaltrig.«

»Darum geht es nicht.«

»Alles, was ich sagen will, ist, wir wußten, daß wir heiraten würden.«

»Ach ja?«

»Ja, natürlich wußten wir das.«

»Wie schnell man vergißt. Alles, was mich interessierte, war, dich so oft wie möglich flachzulegen. Hormone. Ich bin damals mit einer Dauererektion rumgelaufen.« Er nahm sie in den Arm. »Wir waren auch nicht anders, wir haben bloß Glück gehabt.«

»Wahrscheinlich hast du recht. Wie meistens. Ich mach' mir mal wieder Sorgen um nichts. Ich weiß nicht, was mit mir los ist, aber in letzter Zeit wirft mich einfach alles aus der Bahn, und mit diesem Weihnachtsfest ist es bisher nur schiefgegangen.«

Tony küßte zärtlich ihren Nacken.

»Ich kann jetzt nicht«, sagte sie. »Ich brauch' meinen Schlaf.«

»Vielleicht schläfst du dann besonders gut ein. Meine altbewährte Medizin.« Plötzlich sprang er aus dem Bett.

»Was ist denn jetzt los?«

»Moment. Beinahe hätte ich's vergessen.« Er kramte auf dem Boden seines Kleiderschranks herum und förderte ein Geschenkpaket zutage. »Ich möchte, daß du mein Geschenk jetzt auspackst.«

»Aber es ist doch noch nicht Weihnachtsmorgen.«

»Doch, es ist schon nach Mitternacht. Mach es auf.«

»Warum?«

»Das wirst du schon sehen. Los, morgen früh kannst du es in der ganzen Hektik nicht genießen.«

Vorsichtig öffnete sie das Päckchen. Es enthielt ein langes, weißes Batistnachthemd.

»Gefällt es dir?«

»Oh, es ist wunderschön.«

»Probier's an.«

»Jetzt?«

»Ja, jetzt. Dafür ist es gedacht.«

Sie stand auf, zog ihren Schlafanzug aus und das Nachthemd über.

»Du siehst toll darin aus. Schau dich mal an.« Sie trat vor den Spiegel. »Sehr sexy.« Während sie ihr Spiegelbild bewunderte, umarmte er sie von hinten und legte seine Hände auf ihre Brüste.

»Hmm …«, sagte Kate, während sie sich betrachtete. »Du hast recht, es ist sexy …« Sie wandte sich zu ihm um und küßte ihn. »Überredet.«

4

Tony fühlte sich wie gerädert, als er aus einem mehr oder weniger erotischen Traum von seiner früheren Lehrerin erwachte. Sie hatten gemeinsam in einem Whirlpool gebadet, aber merkwürdigerweise hatte Miss Anderson im Gegensatz zu ihm, der vollkommen nackt gewesen war, Strapse getragen und dazu eine Zigarre geraucht. Was zum Teufel hatte dieser Traum zu bedeuten? Während er langsam in die Wirklichkeit zurückkehrte, drehte er sich auf die andere Seite und streckte seinen Arm nach Kate aus, aber sie war nicht da. Er tastete nach seiner Armbanduhr und stellte fest, daß es erst kurz nach sieben war. Die gegenüberliegende Wand schimmerte im Licht der fahlen Morgensonne, das, vom Schnee reflektiert, besonders intensiv war. Wieso Miss Anderson? fragte er sich. Es muß an die dreißig Jahre her sein, daß ich von meiner Schulbank aus versucht habe, einen Blick unter ihren Rock zu erhaschen, wenn sie an ihrem Pult saß. Sie war das Pin-up-Girl der ganzen Klasse gewesen, das Objekt der sexuellen Phantasien von pubertierenden Jungs. Tatsächlich waren diese Phantasien sozusagen bestätigt worden, als sie eines Tages mit Pip Harrison, dem Mannschaftskapitän der Schule, *in flagranti* im Kricketpavillon erwischt wurde! Aber Zigarre rauchend!

dachte er, während er mit diesem Bild vor Augen ins Badezimmer ging, das war ein eindeutiges sexuelles Symbol, das nur eine Deutung zuließ. Mit trübem Blick und einer Frisur, die an die mysteriösen Kornfeldkreise erinnerte, untersuchte er die Verwüstungen der vergangenen Nacht im Spiegel. Liebe Miss Anderson, dachte er, wo sind Sie? Wo sind wir alle?

Beim Rasieren fielen ihm noch mehrere Traumfetzen und auch längst vergessene Erinnerungen aus der Vergangenheit ein: Cohen, der Junge, der in der Bank vor ihm gesessen hatte, das Gesicht mit Akne übersät; Mathews, sein bester Freund, der einen Tag, nachdem er sich ein Motorrad gekauft hatte, damit tödlich verunglückte; und Violet Smith, die Lust und Plage seines letzten Schuljahres, die ihn nie auch nur eines Blickes gewürdigt hatte. Auch während er sich anzog, gelang es ihm nicht, die melancholische Stimmung abzuschütteln, und er trauerte den Jahren seiner Jugend nach, die unwiderbringlich vergangen waren. Miss Anderson in einem Whirlpool, dachte er. Träum nur weiter.

Kate und Jenny waren bereits fleißig bei der Arbeit in der Küche.

»Fröhliche Weihnachten«, sagte Tony und gab beiden einen Kuß. »Ist der Kaffee schon fertig?«

»Da drüben.«

»Ich hab' vielleicht einen merkwürdigen Traum

gehabt«, begann er, entschloß sich jedoch dann, das Thema nicht weiter zu erörtern. Die eigenen Träume hatten für andere keine Bedeutung, und außerdem hatte er plötzlich das Gefühl, die Erinnerung an Miss Anderson hüten zu müssen.

»Wann bist du denn zu dir gekommen?« fragte Kate. »Sei doch bitte so lieb und mach das Feuer an, ja? Ach, und Emily hat irgendwas Ekelhaftes auf der Fußmatte abgelegt, das Jenny und ich nicht ansehen können.«

»Wie kommst du darauf, daß ich mir das ansehen kann?«

»Weil sie deine Katze ist.«

»Seit wann?«

Tony nahm seinen Kaffee und untersuchte das Corpus delicti, das sich als hinteres Ende eines Eichhörnchens entpuppte. Er zog ein Paar Gummihandschuhe an, hob es mit abgewandtem Gesicht auf und brachte es nach draußen. Die klare, eiskalte Luft verschlug ihm zunächst den Atem, und der Boden knirschte unter seinen Füßen, als er zum Mülleimer ging. Einen Moment lang blieb er stehen und lauschte in die seltsame Stille, die die Welt am Weihnachtstag einhüllt – das übliche Verkehrsrauschen von der Autobahn war nicht zu hören, und es schien, als sei die gesamte Bevölkerung über Nacht evakuiert worden. Während er dort stand und seinen Kaffee schlürfte, brach ein Eiszapfen von der Dachrinne ab und landete wie ein Dolch im Schnee. An einer Tanne im Vorgarten des Hauses gegenüber brannten bunte Lichter, und Tony erinnerte sich an eine Zeit, als sein Glaube an das Weihnachtsmysterium noch unerschütterlich gewesen war. Wann hatte er diesen Glauben verloren? Mit einemmal bemerkte er, daß er auf Pantoffeln hinausgegangen war, die inzwischen völlig durchnäßt waren. Als er sich umwandte, um ins Haus zurückzugehen, tauchte Emily plötzlich auf und stolzierte verächtlich durch den Schnee. Hin und wieder hob sie ihre Pfoten und schüttelte mit einem starren Ausdruck im Gesicht den Schnee ab.

»Du Mörderin«, sagte Tony, »weißt du denn nicht, daß Weihnachten das Fest des Friedens auf Erden und des Wohlwollens gegenüber allen Eichhörnchen ist?«

Emily, die Meisterin des plötzlichen Sprints, schoß an ihm vorbei und schlüpfte in die Küche, bevor es Tony gelang, die Tür zu schließen.

»Die Katze ist drinnen«, rief er.

»Dann fang sie ein und wirf sie raus. Wenn sie irgend etwas von dem Essen hier auch nur ansieht, sind ihre Tage gezählt«, erwiderte Kate.

Tony zog seine nassen Pantoffeln aus und begab sich auf die erfolglose Suche nach der Katze. Schließlich gab er auf und ging daran, Feuer zu machen. Sie hatten immer noch Holz von Bäumen, die der letzte schlimme Sturm niedergerissen hatte, hauptsächlich Birken, die Tony in dem Jahr gepflanzt hatte, als sie in das Haus eingezogen waren. Er benutzte trockene Kiefernzapfen zum Anzünden und blieb fasziniert vor dem Kamin im Wohnzimmer hocken, bis die Flammen zu lodern begannen. Seine Kniegelenke knackten vernehmlich, als er sich wieder aufrichtete. Ein völlig zerzauster Martin stand in der Tür.

»Morgen, alter Junge«, sagte Tony. »Fröhliche Weihnachten.«

»Ja, fröhliche Weihnachten, Dad.«

»Wie geht's? Gut geschlafen?«

»Geht so. Wo sind die anderen?«

»Na ja, deine Mutter und Jenny haben den ersten Flug nach Paris genommen, dein Großvater und Roger sind draußen und spielen Eishockey... Was glaubst du wohl, wo die anderen sind? Geh in die Küche und jag ihnen einen Schrecken ein.«

Sein Versuch, humorvoll zu sein, erntete nichts als einen ausdruckslosen Blick.

»Hast du einen Augenblick Zeit für mich, Dad?«

»Klar«, sagte Tony, obwohl seine elterliche Radarantenne bereits eine unheilvolle Scudrakete ausgemacht hatte, die direkt auf ihn zukam.

Martin begann ganz vorsichtig, während er im Türrahmen von einem Bein aufs andere trat. Sein alter Morgenmantel mit den eingerissenen Taschen ließ ihn wesentlich jünger wirken als zwanzig.

»Die Sache ist die, es könnte sein, daß ich mich in eine Art Zwangslage gebracht habe.«

»Aha. Was für eine Art Zwangslage? Geht es um Geld?«

»Nein, nicht um Geld ... na ja, vielleicht auch Geld ... Du erinnerst dich an Patricia?«

»Sehr gut. Möchtest du nicht lieber reinkommen und die Tür zumachen?«

Martin befolgte den Vorschlag. »Sie hat gestern abend angerufen«, begann er von neuem, brach jedoch wieder ab.

»Ja, ich hatte den Eindruck, daß sie das war.«

»Es hat was mit Patricia zu tun.«

»Das sagtest du bereits. Ich dachte, das wäre vorbei?«

»Na ja, das war es auch, aber gestern hat sie mich angerufen, um mir zu sagen, daß sie glaubt, sie steckt möglicherweise in Schwierigkeiten.«

Tony blickte in die Flammen und wartete ab. Als Martin sich jedoch nicht genauer ausdrückte, fragte er: »Was für Schwierigkeiten?«

»Na ja, sie ist sich nicht ganz sicher, weißt du, eigentlich kein Grund zur Sorge, sie hat sich vielleicht einfach im Datum vertan ... aber ... na ja, sie hat schon zweimal keine ... also, die letzte hat sie vor zwei Monaten gehabt.«

»Aha. Du meinst ihre Tage?«

»Ja.« Eine gewisse Erleichterung machte sich auf

Martins Gesicht bemerkbar, nachdem das Stichwort endlich gefallen war. »Normalerweise bekommt sie sie immer regelmäßig, und deswegen macht sie sich jetzt solche Sorgen.«

»Und sie wollte dir Bescheid sagen?«

»Ja.«

»Aus Gründen, die wir als naheliegend betrachten können?« Martin nickte. »Okay. Also, nur keine Panik. Es könnte genausogut falscher Alarm sein.«

»Meinst du?«

»Klar, das passiert häufig. Frauen sind seltsame Kreaturen. Ihr Körper funktioniert auf geheimnisvolle Weise. Aber ich möchte dich etwas fragen. Die Vorkehrungen, die du triffst ... Ich nehme an, ich *hoffe*, daß du Vorkehrungen triffst, ja? ... Könnte es sein, wäre es möglich ...« Nun war es Tony, der nach Worten rang. »Kannst du dich an eine Gelegenheit erinnern, als du den Eindruck hattest, daß das seinen Zweck nicht erfüllt hat?«

»Äh ... vielleicht. Ja, wahrscheinlich.«

»Also, was denn nun?«

»Ja.«

»Was benutzt ihr, die Pille oder Kondome?«

»Kondome.«

»Zu meiner Zeit nannten wir die Dinger Pariser. Man konnte sie nur beim Friseur kaufen. Nach dem Haareschneiden fragte der Friseur im Flüsterton: ›Haben Sie sonst noch einen Wunsch, Sir?‹ Das ging alles ganz diskret«, sagte Tony, darum bemüht, das Peinliche der Situation zu überspielen. Aber Martins Gesichtsausdruck blieb unverändert. Tony machte einen erneuten Versuch: »Du meinst also, du könntest einen Blindgänger erwischt haben, he?«

»Na ja, ungefähr zu der Zeit, als es passiert sein könnte, hatten wir den Eindruck, daß eins von den Dingern nicht hundert Prozent dicht war.«

Ich sollte gelassen mit der Situation umgehen, dachte Tony. Ruhig bleiben, ihn nicht unnötig in Panik versetzen, aber gleichzeitig den nötigen Ernst walten lassen, klar und verständnisvoll sein, den richtigen Rat geben. »Ihr habt es doch nachher getestet, ja?«

Martin nickte, die Situation wurde ihm plötzlich zu intim.

»Nun, dann müssen wir uns damit abfinden, daß die Möglichkeit besteht. Pat fürchtet offenbar das Schlimmste. War sie aufgeregt?«

»Sie macht sich vor Angst in die Hose«, rief Martin. »Ihre Eltern sind katholisch, weißt du.«

»Hat sie es ihnen erzählt?«

»Lieber Himmel, nein. Das ist das letzte, was sie vorhat.«

»Und was sollst du jetzt tun?«

»Nichts. Sie hat nur geheult.«

»Sag mir nur eins, denn es ist wichtig – warum

habt ihr euch getrennt? Willst du eine Zigarette?«

»Ja, danke.« Tony gab ihm Feuer und zündete sich selbst eine an. O Gott, dachte er, jetzt fange ich an, mich mit ihm zu verbünden.

»Es ist eigentlich alles ziemlich blöd gelaufen«, erklärte Martin. Daß sie gemeinsam einem Laster frönten, schien seine Zunge zu lösen. »Ich bin ein paarmal mit Evelyn ausgegangen, nur so unter Freunden, nichts Ernstes, und ich hab' Pat nichts davon erzählt. Aber sie hat's rausgefunden, und wir hatten einen Riesenkrach.«

»So was kommt vor. Magst du sie immer noch?«

»Ich weiß nicht. Ja, ich glaub' schon.«

»Wie sehr?«

»Ziemlich.«

»Weiß Evelyn davon?«

»Nein, ich hab's ihr nicht erzählt.«

»Nun, meistens ist man hinterher klüger, aber unter den gegebenen Umständen wäre es vielleicht besser gewesen, ihr hättet euch wieder vertragen und wärt wie geplant zusammen hergekommen.«

»Ja, das seh' ich auch so. Aber ich war eben auch sauer. Wirst du es Mummy sagen?«

»Möchtest du, daß ich das tue?«

»Lieber du als ich.«

In diesem Augenblick hörten sie Rogers Stimme im Flur. »Okay, lassen wir es erst mal dabei«, sagte Tony. »Ich werde darüber nachdenken, und wir reden später noch einmal darüber. Bleib ruhig hier.«

Roger trat ein. »Ach, hier bist du. Morgen. Morgen, Martin. Fröhliche Weihnachten.«

Martin murmelte ein paar Begrüßungsworte und machte sich aus dem Staub.

»Ich dachte, ich sag' dir besser, daß das Klo in meinem Badezimmer über Nacht zugefroren zu sein scheint«, verkündete Roger.

»Klar ist es zugefroren«, sagte Tony grimmig. »Dieses Haus ist als Filmkulisse für ›Alptraum in der Elm Street‹ vorgesehen. Okay, ich werd' mich darum kümmern. Du hast nicht zufällig die Katze gesehen?«

»Nein, warum sollte ich die Katze sehen?«

»War ja nur 'ne Frage. In der Küche ist Kaffee, falls du welchen möchtest. Hast du versucht, in das zugefrorene Klo zu pinkeln?«

»Natürlich nicht. Ich bin es schließlich gewohnt, auf andere Leute Rücksicht zu nehmen.«

»Na ja, du kannst das Klo hier unten benutzen.« Tony warf einen letzten Blick auf das Feuer, um sicherzugehen, daß es gut brannte, stellte den Kaminschirm auf und folgte seinem Bruder in die Küche. »Habt ihr einen Kessel mit Wasser aufgesetzt?« erkundigte er sich bei Kate. »Ich brauche heißes Wasser.«

»Der Boiler ist doch hoffentlich nicht endgültig ausgefallen?«

»Nein, es geht um was anderes. Frag mich lieber nicht, worum.«

»Morgen, Roger«, sagte Kate. »Fröhliche Weihnachten. Martin, steh da nicht so rum, nimm dein Frühstück mit ins Eßzimmer. Laß dich mal ansehen. Du siehst ja ganz blaß aus, du kriegst doch hoffentlich keine Grippe?«

»Nein, Mummy, es geht mir gut. So seh' ich am frühen Morgen immer aus.«

Tony nahm einen Kessel mit kochendem Wasser und ging nach oben, um sich mit dem Klo auseinanderzusetzen. Er kam gerade rechtzeitig, um Evelyn, die gerade aus ihrem Zimmer trat, an dessen Benutzung zu hindern.

»In diesem hier ist eine mittlere Katastrophe passiert, Evelyn. Nehmen Sie unser Bad, die Tür da drüben. Ich hoffe, Sie haben in der Nacht nicht gefroren.«

»Ich bin auf der Stelle eingeschlafen.«

»Na, wunderbar. Fröhliche Weihnachten.«

»Ihnen auch.«

Ihr seidener Morgenmantel schmiegte sich an ihren Körper und zeigte auf diese Weise mehr als er verhüllte. Ich kann mir schon vorstellen, was Martin an ihr findet, dachte Tony, während er ihr nachsah, auch wenn er möglicherweise dabei ist, Vater zu werden. Als er das Anstoß erregende

Bad betrat, bemerkte er, daß jemand das Fenster über Nacht offengelassen hatte. Er goß das heiße Wasser über das Eis, klappte den Klodeckel herunter und stieg dann darauf, um das Fenster zu schließen. Auf dem Fensterbrett entdeckte er einen angekauten Zigarrenstummel von der Sorte, die sein Vater rauchte, und erneut tauchte das verschwommene Bild der appetitlichen Miss Anderson mit den endlos langen Beinen vor seinem geistigen Auge auf. Warum war das Leben so gemein?

Bevor er sich wieder nach unten begab, warf er einen Blick in das Zimmer, das sein Vater bewohnte. Er lag immer noch im Bett, und zu seinen Füßen hatte sich Emily zusammengerollt.

»Ach, da ist sie ja! Ich hab' sie schon im ganzen Haus gesucht. Los, raus mit dir!« Er wollte sie auf den Arm nehmen, aber Emily krallte sich an die Tagesdecke wie ein Bergsteiger an die Eigernordwand. »Alles in Ordnung, Pa? Hast du gut geschlafen?«

»Nicht schlecht. Sind alle andern schon auf?«

»Ja. Aber laß dir Zeit. Keine Eile. Ach, und sei vorsichtig, wenn du das Klo benutzt, ich hab' gerade versucht, es aufzutauen.«

»Ist es zugefroren?« Katastrophen machten seinen Vater stets munter. »Na ja, kein Wunder, bei dem Wetter. Hast du die Leitungen nicht richtig isoliert?«

»Jemand hat das Fenster offengelassen.«

»Das reicht natürlich auch aus«, stimmte sein Vater zu. Er hatte sein Gebiß noch nicht angelegt, so daß er nuschelte. »Das ist eine sichere Methode. Es gibt wohl keine Zeitung heute, was?«

»Nein, heute erscheinen keine Zeitungen.«

»Schade, schade. Wie ist das Wetter draußen?«

»Sonnig und klar.« Mit seiner freien Hand zog Tony die Vorhänge zurück, während er mit der anderen die zappelnde Katze festhielt.

»Geht Roger heute in die Kirche? Wenn ja, geh' ich mit ihm. Ich gehe gern einmal im Jahr in die Kirche.«

»Ich bin nicht sicher, ich werd' ihn fragen«, sagte Tony, als er sich auf den Weg nach unten machte, um die entnervte Emily an die Luft zu befördern. Er sah noch einmal nach dem Feuer. Als er noch ein Scheit auflegte, gingen die Lichter am Weihnachtsbaum aus. Er trat an den Baum und schüttelte ihn. Der Engel neigte sich zur Seite. Leicht in Panik geraten, stieg er auf einen Stuhl und war gerade damit beschäftigt, den Schaden zu beheben, als Kate ihn auf frischer Tat ertappte.

»Was machst du da?«

»Wonach sieht es denn aus? Der Baum muß während der Nacht ein bißchen gekippt sein.«

»Wie denn? Es war doch niemand hier unten.«

»Vielleicht war es ein Poltergeist.«

»Und was ist schon wieder mit den Lichtern passiert? Ich dachte, du hättest Roger gebeten, sie zu reparieren.«

»Mach' ich noch, mach' ich noch. Bisher habe ich – und der Tag hat gerade erst begonnen – lediglich eine Eichhörnchenleiche entsorgt, das Kaminfeuer angezündet, das Klo aufgetaut, die verschwundene Katze wiedergefunden und einen Liebeskranken getröstet.«

»Was soll das heißen?« fragte Kate, die bei seiner letzten Bemerkung hellhörig geworden war.

»Das hat noch Zeit.«

»Nein, ich will es jetzt wissen.«

»Ich möchte dich nicht beunruhigen.«

»Tony ... ich will es wissen.«

»Ach, Martin ist ein bißchen mit den Nerven runter. Der Anruf gestern Abend war von seiner Ex-Freundin, die uns möglicherweise demnächst zu Großeltern machen wird.«

»Mein Gott!«

»Siehst du. Ich wollte es dir erst später sagen.«

»Wie lange ist sie denn schon drüber?«

»Nach dem, was dein Sohn mir erzählt hat, zwei Monate.«

»Wieso ist er plötzlich mein Sohn?«

»Dann eben *unser* Sohn. Wahrscheinlich stellt sich sowieso heraus, daß es falscher Alarm ist.«

»Sie will doch nicht etwa herkommen?«

»So wie sich dieses Fest bisher entwickelt, wer

weiß? Aber ich bezweifle es. Jetzt reg dich nicht wieder auf.«

»Du hast gut reden. Na ja, ich werde nicht darüber nachdenken. Ich habe im Moment andere Dinge im Kopf. Dieses Zimmer muß noch aufgeräumt werden, bevor Jennys Freunde hier eintreffen. Ich möchte, daß es hier anständig aussieht.«

»Ich mach' das schon, kümmer du dich um deine Arbeit.«

»Keiner denkt an mich«, sagte Kate und ließ sich in die Sofakissen fallen. »Bist du dir darüber im klaren, daß wir drei vollkommen fremde Menschen im Haus haben werden?«

»Das ist doch verständlich, Liebling. Wahrscheinlich vermißt sie Andy und wollte ein paar Freunde in ihrem Alter um sich haben.«

»Ich vermisse Andy auch, aber das heißt noch lange nicht, daß ich ein Schild an die Tür hänge mit der Aufschrift ›Kein Notleidender wird abgewiesen‹. Was hast du zu Martin gesagt?«

»Nichts Besonderes.«

»Aber du mußt doch etwas gesagt haben.«

»Ich hab' versucht, die Sache herunterzuspielen.«

»Babys kann man nicht herunterspielen. Wenn sie da sind, sind sie da. Die Ärmste, sie ist bestimmt völlig fertig. Mein Gott, unsere Kinder. Martin kann in seinem Alter doch nicht Vater werden, er ist schließlich noch an der Uni!«

»Das kommt vor.«

»Also, ihm wird das jedenfalls nicht passieren. Du mußt die beiden zur Vernunft bringen.«

»Liebling, heute kann ich sowieso nichts mehr machen, stimmt's? Es fährt kein einziger Zug, und ich glaube kaum, daß heute eine Abtreibungsklinik offen hat.«

»Schrei mich nicht an, und werd nicht gemein.«

»Okay, in Ordnung, ich wollte nicht schreien. Ich werde mich darum kümmern, sobald wir diesen Tag hinter uns gebracht haben.«

»Versprich es mir. Himmel, ich muß den Wecker für den verdammten Puter einstellen. Jenny und ich haben es kaum geschafft, ihn in diesen blöden Ofen zu stopfen. Ich hätte nicht so einen großen kaufen sollen, aber woher sollte ich auch wissen, daß die Hälfte unserer Gäste nicht kommt? Er soll fünf Stunden im Ofen bleiben, also erinnere mich kurz vor eins daran. Hast du die Gläser zurechtgestellt und die Drinks vorbereitet?«

»Nein, aber das mach' ich noch. Liebling, wir müssen versuchen, das Beste aus diesem Weihnachtsfest zu machen, sonst werden wir noch beide verrückt. Komm, los, lach doch mal, es wird schon alles gut werden.«

»Ich wünschte, ich hätte deinen Optimismus.«

»Das ist kein Optimismus, das ist Fatalismus. Und jetzt beruhige dich und wünsch mir frohe Weihnachten.« Sie küßten sich, und im gleichen

Moment gingen die Lichter wieder an. »Siehst du! Da kann Uri Geller abtreten. Nach dem Mittagessen werd' ich vielleicht ein paar Löffel verbiegen. Hör zu, wir werden es überleben. Geh dich ein bißchen zurechtmachen, und ich sorge in der Zwischenzeit für frischen Kaffee.«

»Nein, das geht nicht, ich hab' noch nicht nach Pa gesehen, und du weißt doch, daß er immer ein warmes Frühstück braucht.«

»Ich werde mich darum kümmern.«

»Wirklich? Er bekommt zwei gekochte Eier, Toast und Tee. Bist du sicher, daß du das schaffst?«

»Du kennst mich doch. Ich bin die perfekte Hausfrau mit Bart. Geh nur.«

Er trottete zurück in die Küche, wo Jenny mit Aufräumen beschäftigt war. »Was sind das für Freunde von dir, die gleich kommen?«

»Harvey und Bill.«

Da Andy so oft auswärts war und Jenny militärische Unterkünfte nicht mochte, hatte sie in London eine kleine Wohnung gemietet und bei einer amerikanischen Computerfirma einen Job als Sekretärin angenommen.

»Sie sind nett, sie werden dir gefallen.«

»Das hoffe ich. Was machen sie denn beruflich?«

»Harvey ist das Phantom der Computerwelt, und Bill arbeitet bei einer Werbeagentur. Es macht dir doch nichts aus, daß sie kommen?«

»Nein, überhaupt nicht.« Tony tat zwei Eier in eine Kasserolle mit Wasser, und augenblicklich platzten die Schalen. Weiße Fäden kräuselten sich im Wasser, wurden zu Schaum und quollen über den Topfrand. Voller Entsetzen starrte Tony auf den Schlamassel.

»Wieso ist das denn passiert?«

Jenny warf einen Blick auf den Topf und nahm ihn vom Herd. »Laß mich das machen, du kümmerst dich um den Toast. Du hättest sie in kaltes Wasser legen müssen.«

»Blöde, verdammte Dinger. Die sind genauso blöd wie die Hühner, die sie gelegt haben. Ich hab' Hühner noch nie ausstehen können. Sie rupfen sich gegenseitig die Federn am Arsch aus, und das ist mit Sicherheit nicht im Sinne des Erfinders. Weißt du noch, wie ich einmal versucht hab', Hühner zu halten – einer meiner vielen fehlgeschlagenen Versuche, reich zu werden – und die Eier am Ende auf den horrenden Preis von sieben Schilling und sechs Pence kamen? Komisch ...«

»Was ist komisch?«

»Ich hab' den Preis in altem Geld genannt.«

»Aber du hast immer toll Huhn für uns gespielt, Daddy.«

»Ha, das kann ich noch immer.« Begeistert, daß sie sich an solchen Schwachsinn erinnerte, ging er in die Hocke, bewegte die angewinkelten Arme wie Flügel und ließ dann ein leises, langgezogenes

Glucken hören, das sich zu einem lauten, aufgeregten Gegacker steigerte, während er ein imaginäres Ei legte.

»Ich hab' ihnen allen Namen gegeben«, sagte Jenny lachend. »Erinnerst du dich noch an das, das Jesus hieß? Ich hab' furchtbar geheult, als er – sie – geschlachtet wurde. Daddy, da ich die Frühstückseier für dich gerettet habe, darf ich meine Geschenke auspacken?«

»Klar, sobald die anderen alle unten sind. Was hältst du eigentlich von Evelyn?«

»Nett. Natürlich nichts von Dauer. Sie ist zu clever für Martin.«

»Und zu alt?«

»Ach, das spielt keine Rolle. Heutzutage ist alles möglich.«

»Ich bin froh, daß du und Martin euch jetzt besser versteht. Das tut ihr doch, nicht wahr?«

»Ja, in geringen Dosen. Er ist in Ordnung, aber ein ziemlicher Blödmann.«

Tony machte plötzlich einen Satz, als eine verkohlte Scheibe Toast wie eine Challengerrakete aus dem Toaster katapultiert wurde, konnte sie jedoch nicht schnappen.

»Daddy, laß mich dieses Frühstück machen.«

»Die Küche ist nicht mein Biotop. Aber man kann schließlich nicht in allem perfekt sein.«

»Ich nehme an, die Neuigkeiten von Patricia machen dich ein bißchen nervös, was?« Jenny steckte zwei frische Scheiben Brot in den Toaster.

»Ich würde sagen, sie versucht zu klammern. Wie lange muß Andy denn noch drüben bleiben?«

»Es heißt, seine Truppe soll nächsten Monat abgelöst werden.«

»Und dann?«

»Er weiß es noch nicht. Es gab das Gerücht, daß sie nach Bosnien sollten, aber ich hoffe inständig, daß das nicht passiert. Ist es nicht schrecklich, was auf der Welt alles passiert?«

»Furchtbar. Aber du bist wenigstens glücklich. Du bist doch glücklich, nicht wahr?«

»Natürlich, warum fragst du?«

»Nur so.«

»Es ist schwierig, wenn man so oft voneinander getrennt ist, aber das ist das einzige.«

»Hättest du nicht Lust, für eine Zeitlang wieder zu uns zu ziehen?«

»Daddy, wir haben unsere eigene Wohnung. Es ist nicht für ewig, ich muß es einfach durchstehen.«

Als er sie so ansah, überkam ihn eine Sehnsucht nach vergangenen Zeiten. Dabei schob er die Erinnerung an die Jahre beiseite, als sie ihn und Kate, wie Martin jetzt, beinahe zur Verzweiflung getrieben hatte – als sie sich wie ein Fernfahrer gekleidet und einen milchgesichtigen Verehrer nach dem anderen ins Hause gebracht hatte. Erst seit ihrer Heirat hatte sich ein entspanntes Verhältnis zwischen ihnen entwickelt. Vorher hatte immer eine latente Spannung zwischen ihnen geherrscht, wahrscheinlich, so erklärte er sich das im nachhinein, weil sie und Kate um seine Zuneigung und Zuwendung konkurriert hatten, während er es stets vermieden hatte, Partei zu ergreifen, was wiederum zu Streitigkeiten geführt hatte. Jetzt hatte er keinen Grund mehr, die besondere Liebe, die er immer schon für Jenny empfunden hatte und die mit nichts anderem vergleichbar war, zu verbergen. Er hatte sich über sich selbst gewundert, als er feststellte, daß er Andy gegenüber keine Ressentiments empfand; er fühlte sich im Gegenteil geschmeichelt, wenn Jenny oft sagte »Er ist dir so ähnlich, Daddy«. Zu welchem Zeitpunkt vollzog sich die Metamorphose vom streitsüchtigen Teenager zum selbstbewußten Erwachsenen? fragte er sich, während er zur Seite trat, um sie nicht beim Herrichten des Frühstückstabletts zu behindern. Ich bin doch ihr Vater, warum ist sie mir so sehr ein Rätsel? Wie würde ich ihren Charakter darstellen, wenn sie eine meiner Romanfiguren wäre? Es würde mir nicht an Worten fehlen, ihre körperlichen Vorzüge zu beschreiben – der auffallend große Mund, den sie von Kate geerbt hat und der ihr Lächeln so ansteckend macht, der kleine Busen, der ebenfalls wie Kates, nie erschlaffen wird, die nervtötende Art, mit der sie sich dauernd den Pony aus der Stirn streicht – all das wäre kein

Problem, aber wie steht es mit ihren heimlichen Gedanken?

»Warum siehst du mich so an?« wollte Jenny wissen.

»Wie hab' ich dich denn angesehen?«

»Irgendwie verwirrt.«

»Ich bin immer verwirrt«, sagte er, »das ist nichts Neues.«

»Es ist doch alles in Ordnung, oder?«

»Könnte nicht besser sein.«

Das Tablett mit dem Frühstück für ihren Großvater war komplett. »Ich bringe ihm das eben hinauf, er wird sich freuen, wenn er im Bett frühstücken kann, und außerdem brauche ich dann hinterher nicht den Eßzimmertisch sauber zu machen.«

»Er ändert sich doch nie, was?«

»Warum sollte er?«

»Nein, da hast du wohl recht. Wahrscheinlich werde ich auch so unausstehlich sein, wenn ich alt bin.«

»Was für ein Geschenk hast du für Mummy gekauft? Sag's mir, ich werd's ihr nicht erzählen.«

»Nichts.«

»Nichts? Das glaub' ich dir nicht.«

Er schnitt ihr ein Gesicht. »War nur Spaß. Ich hab's ihr gestern abend schon gegeben, wenn du mir meine Ausdrucksweise verzeihst.« Jenny zog die Brauen hoch, was er mit einem Augenzwinkern quittierte.

Als Jenny mit dem Tablett im Zimmer ihres Großvaters ankam, saß er auf der Bettkante und starrte aus dem Fenster, und einen Moment lang dachte sie, es ginge ihm nicht gut. »Ich bringe dir dein Frühstück, Pa. Tut mir leid, daß es so lange gedauert hat.«

»Das ist nett von dir, Liebes.«

Jenny fielen seine mit Altersflecken übersäten Hände auf und die altmodische Armbanduhr mit dem abgetragenen Lederband, als er das Tablett entgegennahm. Plötzlich schämte sie sich dafür, daß sie sich manchmal in seiner Gegenwart irritiert fühlte. Wie er so dasaß in seinem Flanellschlafanzug, der auch schon bessere Zeiten gesehen hatte, wirkte er regelrecht zerbrechlich, was normalerweise nicht so offensichtlich war. Denn, was immer man über ihn sagen konnte, er achtete stets auf ein geschniegeltes Äußeres. Die weißen Stoppeln, die nun im Morgenlicht leuchteten, erinnerten Jenny an einen Landstreicher, vor dem sie sich einmal als Kind gefürchtet hatte. Sie beugte sich zu ihm und gab ihm einen Kuß auf die Wange.

»Ich hoffe, die Eier sind dir hart genug. Wenn du fertig bist, werden die Geschenke ausgepackt.«

»Ich hab' meine auch mitgebracht«, sagte er. »Dort in der Reisetasche.«

»Oh, ich bin gespannt, was darin ist. Du verwöhnst uns immer so.«

»Dazu ist Weihnachten schließlich da, Liebes. Und dann gehen Roger und ich in die Kirche.«

»Wirklich?« Sie bemühte sich, keinen zweifelnden Unterton durchklingen zu lassen.

»Jemand hat das Fenster über Nacht offengelassen, und da ist es natürlich zugefroren.« Seine Gedankensprünge waren immer wieder verblüffend.

»Wie bitte?«

»Na, das Klo da drüben.«

»Ich seh's mir mal an.« Als sie aus dem Zimmer trat, sah sie Martin und Evelyn im Flur in ein ernsthaftes Gespräch vertieft. Martin schob Evelyn jedoch in ihr Zimmer und schloß die Tür, als er Jenny erblickte. Im Erdgeschoß war ihr Vater dabei, Holzscheite hereinzuschleppen.

»Pa sagt, Roger würde mit ihm in die Kirche gehen. Hältst du das für wahrscheinlich?«

»Nur, wenn Pa in eine Moschee gehen will.«

»Ach, Daddy, du bist schrecklich. Mir hast du gesagt, ich soll mich nicht darüber lustig machen. Ich hoffe, daß die anderen sich beeilen, ich möchte meine Geschenke auspacken. Heute morgen hab' ich einen Strumpf am Kopfende von meinem Bett vermißt.«

»Strumpf? Da war doch sonst immer ein Kissen.«

Jenny untersuchte die Geschenkanhänger an den Päckchen unter dem Baum. »Das hier ist von dir. Was ist es? Gib mir einen Tip.«

»Kommt nicht in Frage.«

»Ich wette, du hast die Geschenke noch nicht mal selbst verpackt.«

»Ich wette, ich hab' sie noch nicht mal selbst gekauft.«

»Ach, Daddy, du bist doch wirklich zum Schießen.«

Sie hockte auf dem Boden und sah zu ihm hinauf. Dann, als das Telefon klingelte, änderte sich ihr Gesichtsausdruck, und sie beeilte sich, das Gespräch als erste entgegenzunehmen. In diesem Moment wurde Tony klar, daß es, was immer sie für ihn empfinden mochte, jetzt noch jemanden in ihrem Leben gab, der lustiger war, als er es je sein konnte. Der Ausdruck freudiger Erwartung in ihrem Gesicht war verschwunden. »Oh, hallo, Vanessa, wie geht es euch? Die Kinder sind bestimmt ganz aufgeregt. Haben sie dich wieder in aller Herrgottsfrühe geweckt? ... Ja, sie will dich auch sprechen. Ich werde sie rufen.«

Sie legte den Hörer neben das Telefon und ging zur Treppe. »Mummy, Vanessa ist am Telefon. Sag Bescheid, wenn du abgenommen hast, dann leg' ich hier unten auf.«

»Er wird bestimmt anrufen, sobald er die Gelegenheit dazu findet«, sagte Tony.

»Ja. Manchmal gibt es einfach kein Telefon in der Nähe.«

In ihrer Enttäuschung wirkte sie plötzlich wesentlich jünger als noch vor wenigen Minuten.

5

Es dauerte noch eine weitere halbe Stunde, bis die gesamte Familie sich unter dem Weihnachtsbaum versammelt hatte und das Ritual des Geschenkeauspackens beginnen konnte. Es war schon immer Pas Privileg gewesen, seine Geschenke als erster verteilen zu dürfen. In diesem Jahr waren es ein als Neuheit angepriesener Korkenzieher für Roger (ohne böse Absicht nicht ganz das richtige Geschenk), zwei Disney-Videos für Martin, über die er sich vor ein paar Jahren viel mehr gefreut hätte, ein Schweizer Armeemesser für Jenny, dessen Bedienung sich dem Benutzer nur mit Hilfe einer ausführlichen Gebrauchsanweisung erschloß, und schließlich, als Geschenk für Tony und Kate, die Hauptattraktion, eine abscheuliche Keramikfigur, ein auf einem bunten Felsen hockenden Angler mitsamt Angel und einem an der Schnur baumelnden Fisch, der sofort herunterfiel. Alle Geschenke waren grob verpackt und wie kleine Mumien mit meterweise Klebeband umwickelt.

»Vielen Dank, Pa, genau das, was wir uns gewünscht haben«, sagte Kate, während die Kinder ihre Gesichter abwandten. »Er ist ganz reizend, findest du nicht auch, Liebling?«

»Phantastisch«, stimmte Tony zu.

»War gar nicht leicht zu finden«, sagte sein Vater, den Augenblick genießend. »Der Mann in dem Laden hat gesagt, so was findet man so schnell nicht wieder. Die Dinger sind limitiert. Der Name des Künstlers steht unten drunter.«

Der Preis klebte ebenfalls noch unter der Figur. »Tatsächlich«, sagte Kate scheinbar begeistert. »Das ist wirklich etwas ganz Besonderes, und es hat bestimmt viel Geld gekostet. Das wäre doch nicht nötig gewesen.«

»Einen Moment, einen Moment. Du denkst, ich hätte was vergessen, stimmt's, meine Liebe?« Er reichte Kate ein letztes Päckchen aus seiner Tasche.

»Laß mich raten«, sagte sie. In einem unbedachten Augenblick hatte sie einmal erzählt, daß sie gerne saure Gurken aß, und seitdem hatte er ihr gnadenlos jedes Jahr ein Glas Essiggurken überreicht. Als sie die Verpackung aufriß, kam ein weiteres Glas zum Vorschein, das die Sammlung, die sie im Keller versteckt aufbewahrte, weiter vervollständigen würde. »Du hast daran gedacht!« rief sie.

»Deine Lieblingssorte«, bemerkte Martin boshaft, während Evelyn in Unkenntnis des Familienwitzes verdutzt dreinblickte.

Und dann, nachdem man die Vorrechte des Alters gebührend gewürdigt hatte, wurden die restlichen unter dem Baum gestapelten Geschenke verteilt.

»Wenn man sich vorstellt, wieviel Regenwald jedes Jahr für diesen Firlefanz abgeholzt wird«, bemerkte Tony, während er die Berge von Geschenkpapier betrachtete, die sich inzwischen im ganzen Zimmer angesammelt hatten.

»Na ja, aber Geschenke müssen eben eingewikkelt werden.«

»Wieso, wir reißen die Verpackung doch sowieso wieder ab.«

»Ich nicht«, sagte Jenny. »Ich packe meine Geschenke immer ganz vorsichtig aus.«

»Aber das Papier wirfst du trotzdem weg.«

Jenny hatte von ihren Eltern eine teure Seidenbluse mit passendem Gürtel bekommen, die beim Auspacken kleine Freudenjauchzer auslöste. Frauen und Klamotten, dachte Tony, als seine Tochter nach oben eilte, um die neue Bluse anzuprobieren. Den meisten sind sie wichtiger als gutes Essen.

Evelyn, die Außenstehende bei dieser familiären Geschenkorgie, holte nun zögernd ihre Gaben hervor. Da sie außer Martin niemanden kannte, war sie auf Nummer Sicher gegangen und überreichte allen außer Tony, dem sie eine in Leder gebundene Ausgabe von Connollys ›Das Grab ohne Frieden‹ schenkte, einen Geschenkgutschein für ein Buch.

»Ich hoffe, Sie haben es noch nicht.«

»Nein, das ist phantastisch. Ich hatte mal eine

Originalausgabe, aber die hat sich irgendwann in Wohlgefallen aufgelöst. Eine tolle Überraschung. Seht mal, was ich bekommen habe.« Er hielt das Buch hoch, damit die anderen es bewundern konnten.

»Und was steht da drin?« wollte Pa wissen.

»Das ist eine Art moderner Klassiker«, erklärte Tony.

»Ach so, so was wie Dickens? Ist es spannend?«

»Eher autobiographisch.«

Sein Vater zog die Stirn kraus. »Wie ich dich kenne, macht's dir trotzdem Spaß, es zu lesen. Ich lese ja lieber was richtig Spannendes.«

»Das ist unser Geschenk für dich«, sagte Kate und überreichte ihm ein großes Paket. »Wir können es umtauschen, wenn es nicht paßt.« Als Pa das Geschenkpapier entfernte, kam ein dicker Frotteebademantel zum Vorschein, und im ersten Augenblick wirkte der Alte, der noch nie ein solches Kleidungsstück besessen hatte, völlig verblüfft. »Sehr schön, meine Liebe, sehr schön. So was trägt man im Haus, nicht wahr?«

»Nach dem Baden.«

»Ach so. Kann ich gut gebrauchen.«

»Zeig mal, wie er dir steht, zieh ihn mal über.«

Er erhob sich schwerfällig aus seinem Sessel, und Kate half ihm in den Bademantel und band ihm den Gürtel um den stattlichen Bauch.

»So! Paßt. Du siehst richtig schick darin aus. Sieht er nicht schick aus?«

Er setzte sich wieder in den Sessel, den Bademantel immer noch an und äußerst zufrieden.

Martin hatte allen drei Frauen Parfüm und allen Männern Krawatten geschenkt – »Ihr kennt mich ja, immer äußerst phantasievoll« –, während Rogers Geschenke wie üblich ostentativ teuer waren, so als habe er es nötig, die Familie immer wieder auf den Unterschied zwischen seinem Lebensstandard und dem seines Bruders aufmerksam zu machen. Als er sein Päckchen auswickelte, das den Wander-Pullover enthielt, tauschten Tony und Kate nervöse Blicke aus.

»Ich hoffe, er ist nicht zu gewagt«, sagte Kate.

»Nein, nein. Vielleicht nicht gerade die Sorte, die ich selbst ausgesucht hätte, aber er hat was.«

Tony und Kate atmeten auf. Allerdings gab es noch eine Schrecksekunde, als Martin meinte: »Du hast doch auch so einen ähnlichen Pullover, Dad.« Ein warnender Blick seitens seiner Mutter hielt ihn jedoch davon ab, das Thema weiter zu vertiefen.

Jenny kehrte zurück, um ihre neue Bluse vorzuführen. »Was sagst du, Mummy? Und bei Harrod's hab' ich einen wunderschönen Hosenanzug gesehen, der genau dazu paßt. Den kauf' ich mir von meinem nächsten Gehalt. Ich finde sie einfach toll.« Sie wandte sich zu ihrem Großvater um, damit auch er die neue Bluse bewundern konnte. »Du siehst aber auch toll aus, Pa. Ach ja, und das ist für dich, Daddy, von Andy und mir.« Sie gab ihm einen Kuß. »Ich hoffe bloß, es ist das Richtige. Ich hab' selber keine Ahnung, aber Harvey hat es ausgesucht, also beschwer dich bei ihm, wenn es das Falsche ist.«

»Aber nein, im Gegenteil.« Er hielt die Schachtel in die Höhe, damit alle sie sehen konnten. »DOS 6! Nicht zu fassen, ich hatte vor, mir das demnächst selbst zu spendieren.«

»Was ist das?« fragte Pa.

»Etwas für seinen Computer, glaub' ich«, sagte Kate.

»Das neueste Update.«

»Mummy, wo sind deine Geschenke für Daddy?«

»Da drüben.« Wie es sich gehörte, wurden die Päckchen eins nach dem anderen ausgepackt – der Pullover, von dem er bereits wußte, ein Waterman-Füller, identisch mit dem, den sie ihm vor zwei Jahren geschenkt hatte, was er jedoch taktvoll überging, und ein Jahresabo für ›PC World‹. Jetzt lagen nur noch die Geschenke unter dem Baum, die für Vanessa und die Kinder bestimmt waren.

»Die nimmst du ihnen dann mit, nicht wahr?« sagte Kate spitz.

»Ja, natürlich«, erwiderte Roger.

»Meine auch«, mischte sich sein Vater ein. »Vergiß nicht, meine auch mitzunehmen.«

»Sie hat eben angerufen. Du wirst die Mädchen doch sicher vor dem Mittagessen zurückrufen«, sagte Kate mit unüberhörbarem Nachdruck.

»Ja, das habe ich vor.«

Jenny spürte dicke Luft aufkommen. »Hol doch deine Polaroidkamera, Dad, und mach ein paar Fotos. Ich möchte Andy gern eins schicken.«

Sie stellten sich alle für die Fotos auf. Roger wirkte ziemlich steif, während Pa, der immer noch seinen neuen Bademantel trug, ein diabolisches Grinsen aufsetzte. Alle waren sich einig, daß sie, wie immer, wundervolle Geschenke bekommen hatten. Der Fußboden war mit den Überresten der Geschenkorgie übersät, und nicht zum erstenmal dachte Tony, wie schnell alles vorüberging: die wochenlangen Vorbereitungen verschwanden wie ein chinesisches Essen, das einen zunächst satt macht, nur um einen kurze Zeit darauf wieder hungrig werden zu lassen.

»Zeit, in die Kirche zu gehen«, drängte sein Vater. »Bist du fertig, Roger?«

»Was ist los, Pa?«

»Kirche. Wir sollten uns langsam auf den Weg machen.«

»Ich glaube, mir ist heute nicht danach. Nimm 's mir nicht übel«, sagte Roger. »Ich hab' ein bißchen Kopfschmerzen.«

»Oh.« Der Alte war sichtlich enttäuscht.

»Ich gehe mit dir, Pa«, fiel Jenny schnell ein. »Ich will mir nur schnell etwas Wärmeres anziehen.«

»Ja, pack dich warm ein«, sagte ihre Mutter.

Als sie gegangen waren, nahm Tony sich seinen Bruder vor. »Du hättest dich ein bißchen bemühen können, es hätte dir nicht geschadet, ihn zu begleiten.«

»Das macht doch nichts, Jenny ist ja mitgegangen«, wehrte Kate mit Rücksicht auf Evelyns Anwesenheit ab. Sie machte sich daran, das überall verstreute Geschenkpapier einzusammeln. »Ich schlage vor, wir trinken ein Gläschen und essen die Pastetchen. Leg ein bißchen Weihnachtsmusik auf, Tony.«

»Kann ich Ihnen helfen?« fragte Evelyn und begleitete sie in die Küche, während Martin sich verdrückte.

»Du kannst manchmal so ein Scheißkerl sein«, sagte Tony, als er mit Roger allein war. »Du siehst den Alten schließlich nicht so oft, und was hätte es dich schon gekostet? – Eine Stunde deines Lebens.«

»Es liegt mir nicht, zu heucheln.«

»Ach, spar dir den Quatsch. Besser du trinkst wieder. Das hat dich wenigstens etwas menschlicher gemacht. Und denk nicht, daß ich vorhabe, einen Streit vom Zaun zu brechen, ich möchte bloß, daß dieser Tag angenehm und ohne Dramen abläuft.«

»Vielleicht hätte ich besser gar nicht kommen sollen.«

»Das hab' ich nicht gesagt, und ich maße mir auch kein Urteil an. Wenn du Mohammed gefunden hast, schön für dich, aber denk auch ab und zu mal an andere. Wenn du schon nicht in die Kirche gehst, kannst du wenigstens Vanessa und die Kinder anrufen.«

»Dad«, sagte Martin, der ins Wohnzimmer zurückkam, »mach den Fernseher an, da läuft gerade eine Sendung, die wir uns ansehen sollten.«

»Jetzt nicht, Martin, ich rede gerade mit Roger.«

»Es ist ein Bericht über Nordirland.«

Tony horchte auf. »Und was ist damit?«

»Ich weiß nicht. Eine Sondermeldung.«

Tony schnappte sich die Fernbedienung und schaltete den Fernseher an. »Welches Programm?«

»BBC I.«

Sie starrten ungeduldig auf die Mattscheibe, auf der das Bild langsam scharf wurde, verpaßten die ersten Worte, hörten jedoch dann den Nachrichtensprecher sagen: *»... erfolgte heute am frühen Morgen ein Anschlag auf einen gepanzerten Wagen der britischen Armee, der sich auf einer routinemäßigen Kontrollfahrt befand. Das Fahrzeug wurde durch die Detonation einer ferngezündeten*

Bombe schwer beschädigt. Es ist noch nicht bekannt, ob der Anschlag Menschenleben gefordert hat. Durch den Vorfall wurde der 36stündige Waffenstillstand gebrochen, den die IRA angekündigt hatte. Wir werden im Laufe des Abends über nähere Einzelheiten berichten. Und nun zurück zum Weihnachtsgottesdienst in der Kathedrale von Salisbury.«

Tony schaltete das Gerät aus.

»Mein Gott«, stöhnte Roger kopfschüttelnd. »Hört das denn nie auf?«

»Meint ihr, wir sollten Jenny davon erzählen, wenn sie zurückkommt?« fragte Martin.

»Nein, laß uns erst einmal abwarten«, wehrte sein Vater ab. »Es muß ja nicht unbedingt mit Andys Truppe zu tun haben. Wann kommen die nächsten Nachrichten?«

»Ich glaub' um eins.«

»Vielleicht hat Andy ja bis dahin längst angerufen.«

Die drei sahen einander an. »Diese verdammten Typen«, sagte Roger. »Denen ist doch vollkommen egal, was heute für ein Tag ist. Das ist ein Krieg, und je eher wir das begreifen, um so besser. Entweder das, oder wir ziehen uns aus Irland zurück. Die ganze Sache ist kein einziges Soldatenleben wert.«

»Wahrscheinlich würde es ein Blutbad geben, wenn wir das täten.«

»Seit fünfundzwanzig Jahren ist das ein Blutbad, was macht das schon für einen Unterschied?«

»Ich weiß nicht, was Jenny tun würde, wenn Andy etwas zustieße.« Tony warf Martin einen warnenden Blick zu, als Kate und Evelyn mit einem Tablett heißer Pastetchen aus der Küche kamen.

»Hast du den Champagner aufgemacht, Liebling?«

»Bin schon dabei.« Bevor er jedoch dazu kam, die Flasche zu entkorken, sahen sie einen Wagen vorfahren, dem zwei junge Männer entstiegen.

»Ach Gott, das werden Jennys Freunde sein, und jetzt ist sie nicht hier. Wärst du doch mit ihm in die Kirche gegangen, Roger. Mach ihnen die Tür auf, Liebling, und erklär ihnen die Situation. Wie heißen sie überhaupt?«

»Harvey und Bill.« Tony ging an die Tür.

»Können wir den Wagen hier vor dem Haus parken, Sir?« rief einer der beiden jungen Männer.

»Klar, vorerst fährt niemand weg.« Es war schon sehr lange her, seit ihn jemand »Sir« genannt hatte. »Seien Sie vorsichtig, es ist verdammt glatt auf dem Weg. Schön, daß Sie uns gefunden haben.«

»Ja, darüber sind wir auch froh. Jennys Wegbeschreibung war nicht allzu genau. Sie sind ihr Vater, nehme ich an?«

»Ich kann's nicht leugnen.«

»Freut mich, Sie kennenzulernen, Sir. Ich bin Harvey, und das ist Bill.«

»Und ich bin Tony.«

Tony schätzte die beiden Amerikaner auf etwa Ende Zwanzig. Mit ihren gepflegten, kurzgeschnittenen Haaren erinnerten sie ihn daran, wie junge, dynamische Geschäftsleute in Filmen dargestellt wurden: lässig elegant in sportlichen Jacketts, Designerjeans, Oxfordhemden und Pullover mit rundem Halsausschnitt. Als er ihnen die Hände schüttelte, bemerkte er, daß der, der sich Bill nannte, einen kleinen goldenen Ohrring trug. Sie hatten aufwendig verpackte Geschenke bei sich.

»Von wo sind Sie denn gekommen?«

»London – Kensingten – über Slough, glaub' ich. Weiß der Himmel, wie wir gefahren sind, aber die Leute, die wir nach dem Weg gefragt haben, waren alle sehr freundlich.«

»Es tut mir leid, daß Jenny nicht hier ist, um Sie zu begrüßen. Sie ist mit ihrem Großvater in die Kirche gegangen, aber sie werden bald wieder dasein. Sie kommen genau rechtzeitig. Ich war gerade dabei, den Champagner zu entkorken, also kommen Sie nur herein, damit ich Sie den anderen vorstellen kann.«

Nachdem sich alle begrüßt hatten, überreichte Harvey Kate sein Päckchen. »Eine Kleinigkeit zu Weihnachten.«

»Wie aufregend. Das Papier kenne ich doch.« Sie öffnete das Päckchen. Es enthielt eine kleine Porzellandose von Tiffany. »Das ist aber nett von Ihnen, vielen Dank. Sieh mal, was ich bekommen habe, Tony.«

Bill hielt Tony sein Geschenk hin. »Es gibt aber keinen Preis für den, der errät, was drin ist«, sagte er.

Tony unterbrach seinen Kampf mit dem Champagnerkorken und schüttelte das Päckchen. »Fühlt sich verdächtig nach etwas Flüssigem an.« Er riß das Papier auf, und zum Vorschein kam eine Flasche Single Malt Whiskey. »Meine Lieblingsmarke. Woher haben Sie das bloß gewußt?«

»Ich glaube, Ihre Tochter hatte etwas damit zu tun.«

»Den werden wir später probieren. Vielen Dank.« Er nahm sich erneut die Champagnerflasche vor, und schließlich schoß der Korken mit einem Plopp heraus und gegen den Weihnachtsbaum, woraufhin die Lichter wieder ausgingen.

»Ins Schwarze getroffen«, rief Bill aus.

»Kennen Sie sich mit so was gut genug aus, um sie dazu zu bringen, daß sie nicht dauernd ausgehen?«

»Keine Chance ... In solchen Dingen hab' ich zwei linke Hände«, erwiderte er mit einem Südstaatenakzent.

»Sind Sie beide zum erstenmal in England?« erkundigte sich Kate.

»Ja. Wir sind aber jetzt schon ein halbes Jahr hier.«

»Wo kommen Sie denn her?«

»Also, Harvey kommt aus der ›Windy City‹, aber ich bin in Georgia geboren. Meine Eltern leben jetzt in Atlanta.«

»Ah, ›Vom Winde verweht‹«, platzte Kate heraus und wünschte augenblicklich, sie hätte sich die Bemerkung geschenkt.

»Was meinen Sie mit der ›Windy City‹?« wollte Martin wissen.

»Chicago«, erklärte Harvey.

»Für mich bitte nur ein Perrier«, sagte Roger.

»Mir gefällt Chicago viel besser als New York. Das Museum war einfach phantastisch«, fiel Evelyn ein.

»Yeah, ich bin immer ein bißchen hin- und hergerissen, aber ich stimme Ihnen zu, es ist eine großartige Stadt.« Harvey hob sein Glas. »Also, fröhliche Weihnachten, und noch mal vielen Dank dafür, daß Sie uns gestatten, das Weihnachtsfest mit Ihnen zu verbringen.«

Die nun folgende Unterhaltung drehte sich um die Unterschiede im Lebensstil zwischen Amerika und England und Vergleiche alltäglicher Gebrauchsgüter und Dienstleistungen.

»Ich war ja völlig entgeistert über die Benzinpreise hier drüben«, sagte Bill. »Also wenn die bei uns auf die Idee kämen, uns den Sprit für zwei Dollar pro Gallone zu verkaufen, wir würden glatt das Weiße Haus anzünden.«

Ich kann mir vorstellen, warum Jenny die beiden mag, dachte Kate. Das altmodische Wort »Grazie« kam ihr in den Sinn, denn die beiden hatten sich innerhalb von wenigen Minuten, ohne in Verlegenheit zu geraten, in eine Gruppe von ihnen vollkommen fremden Menschen integriert, etwas, das den meisten von Martins Freunden nie gelingen würde. Vielleicht liegt das daran, daß die Amerikaner kein Klassenbewußtsein kennen, dachte sie; die Tatsache, daß sie, ohne snobistisch zu sein, einfach davon ausgehen, daß sie nicht weniger wert sind als andere, während wir Briten mit unserem überkommenen Respekt vor Titeln stets auf der Hut sind. Sie war fasziniert von Bills Südstaatlerakzent, von der Art, wie er Dinge beschrieb, so wie er ihr zum Beispiel gerade ein Kompliment machte: »Ich liebe diese englischen Häuser, besonders eins wie Ihres. Für mich ist das wirklich das Gelbe vom Ei.« Harvey, der weniger extrovertierte, bot sich an, Tonys neue Computersoftware zu installieren, und Tony verschwand sogleich mit ihm in seinem Arbeitszimmer.

»Kennen Sie sich auch so gut mit diesen Dingen aus, Bill?« wollte Kate wissen. »Tony gerät regelrecht in Panik, wenn sein Computer ein paar Seiten von dem Buch löscht, an dem er gerade arbeitet. Ich könnte damit überhaupt nicht umgehen. Wenn mir so etwas passierte, würde ich mir einen Hammer nehmen und das Ding zu Kleinholz verarbeiten.«

»Mir geht's genauso. Das ist für mich ein Buch mit sieben Siegeln.«

»Es ist überhaupt nichts dabei, mit den Dingern umzugehen«, fiel Martin ein. »Aber Dads Computer ist ein Museumsstück. Mindestens ein Jahr alt.«

»Hört euch den Experten an. Wo liegen denn Ihre Interessen, Bill?«

»Kochen.«

»Wirklich? Was für Dinge kochen Sie denn gern?«

»Eigentlich alles. Ich bereite gern kreolische Gerichte zu und ein höllisch scharfes Pastagericht mit Pecorino.«

»Es ist ein Trugschluß, daß amerikanisches Essen langwellig ist«, sagte Evelyn. »Ich habe in den Staaten immer gut gegessen. Es ist wie überall, man muß sich nur auskennen. Letzte Woche hab' ich in London in einem Restaurant gegessen, das im ›Telegraph‹ empfohlen wurde, und das Essen war grauenhaft. Total aufgemotzt und hat nach nichts geschmeckt.«

»Sie sollten es mal im Ziani probieren. Da gehen Harv und ich oft hin.«

»Kreolische Küche hört sich an wie etwas, das meine Fähigkeiten bei weitem überfordert«, gestand Kate. »Ich bin eher eine Köchin, die nach dem Motto kocht: Wirf alles von der Tür aus in den Topf und hoffe, daß es was wird. Wie Sie in Kürze feststellen werden.«

»Glauben Sie ihr kein Wort«, sagte Martin, der sich mit seiner Mutter solidarisierte. »Mum ist eine tolle Köchin. Ihr solltet mal probieren, was ich am College zu essen bekomme.«

»Nett von dir, dich für mich ins Zeug zu werfen, Liebling, aber es stimmt nicht. Ich bin eine sehr durchschnittliche Köchin.«

»Darf ich einen Blick in Ihre Küche werfen?« fragte Bill.

»Gern, wenn Sie wollen. Es herrscht aber im Moment ein fürchterliches Durcheinander.«

»Darf ich auch mitkommen?« fragte Evelyn. »Kennen Sie die Kochbücher von Lee Bailey?«

»Welch eine Frage! Gibt es die hier in England zu kaufen?«

»Nein, ich glaube nicht. Ich habe meins in New York gekauft.«

»Lee ist meine Bibel«, sagte Bill auf dem Weg in die Küche. »Ich mache keinen Schritt ohne ihn. Sein Huhn mit Pfirsichsoße ist einfach göttlich.«

»Die haben sich ja sehr schnell eingewöhnt«, bemerkte Martin. Roger zog die Nase kraus. »Aber so sind die Amerikaner eben, stimmt's? Ich bin noch nicht so vielen von ihnen begegnet, aber die, die ich kennengelernt hab', wirken viel selbstbewußter als unsereins.« Er wollte zeigen, daß er sich auskannte.

»Zu selbstbewußt«, erwiderte sein Onkel. »Die Hälfte aller Katastrophen in der Welt sind geschehen, nur weil sie dem Irrglauben anhängen, der allmächtige Dollar könne jedes Problem lösen. Glücklicherweise hat die Geschichte bewiesen, daß sie unrecht haben.«

»Aber die, die ich kennengelernt hab', waren alle sehr nett.«

»Ich finde es komisch, wie Bill sich fürs Kochen und die gute Küche begeistert, wenn man bedenkt, daß sie die ganze Welt mit Fastfood überschwemmt haben.«

»Du meinst McDonald's? Ich esse gern einen Big Mac. Und sie machen die besten Pommes frites. Du weißt gar nicht, was dir entgeht, lieber Onkel.« Martin hatte den Champagner zu schnell getrunken, und seine Aussprache wurde undeutlich. »Magst du denn auch keine amerikanischen Filme?«

»Ich gehe nicht oft ins Kino. Es gibt zu selten Filme, die es wert sind.«

»Hast du nicht mal ›Basic Instinct‹ gesehen?«

»Nein.«

»Der war super. Ich hab' ihn dreimal gesehen.«

»Und was war daran so besonders?«

»Also, es ging um diese Frau, die alle ihre Liebhaber umbrachte, und dann hat sich der Bulle, der die Mordfälle untersuchte, in sie verliebt, und da gab es eine Szene, wo sie sie verhört haben – sie haben einen Verdacht, aber noch keine Beweise – und die Frau, die von Sharon Stone gespielt wird – die hat die Rolle irrsinnig gut gespielt –, saß ihnen gegenüber, und also, na ja, sie hatte nichts an unter ihren Klamotten, und eine Sekunde lang konnte man es genau sehen.«

Roger starrte ihn an. »Und das hat den Film sehenswert gemacht?«

»Wir fanden das jedenfalls alle.«

»Hört sich nicht nach meinem Geschmack an.«

Klar, dachte Martin, aber ich wette, du fährst nach Hause und leihst dir das Video aus. Für ihn stand schon lange fest, daß sein Onkel ein Volltrottel war, und, durch den Champagner enthemmt, den er auf mehr oder weniger nüchternen Magen getrunken hatte, ritt er weiter auf seinem Thema herum. »Dieser Film und ›Das Schweigen der Lämmer‹ sind meine Lieblingsfilme.«

»Ich bin überrascht, daß du so viel Zeit hast, ins Kino zu gehen. Ich dachte, du würdest ein ernsthaftes Studium betreiben.«

»Das tue ich ja auch, aber man muß doch auch mal ausspannen.«

»Wenn du den Ernst des Lebens kennenlernst, Martin«, sagte sein Onkel, »dann wirst du feststellen, daß das Leben nichts mit der Kinowelt gemein hat.«

»Wer hat das denn behauptet? Das weiß ich selbst. Ich lese schließlich Zeitung. Und deswegen genieße ich das Leben, solange ich das noch kann.« Noch während er das sagte, lief es ihm eiskalt über den Rücken, und er mußte an das große Fragezeichen denken, das bedrohlich über ihm hing. O Gott, was wäre, wenn Patricia tatsächlich schwanger war? Seit ihrem Anruf versuchte er verzweifelt, seine wahren Gefühle für sie zu ergründen. Evelyn war ihm damals als die perfekte Lösung erschienen, sie war eine neue Erfahrung, aber nun wurde die Erinnerung an Patricias geschmeidigen Körper wieder wach. Sie mochte nicht so gebildet sein wie Evelyn, aber dafür hatte sie andere Qualitäten. Er hatte jedenfalls nichts vermißt, als er mit ihr zusammengewesen war. Der letzte Schluck Champagner brachte ihn plötzlich zum Würgen, das überhitzte Zimmer verschwamm vor seinen Augen, und er spürte, daß er sich übergeben mußte.

»Entschuldige bitte«, stieß er hervor, »ich muß nur schnell etwas nachsehen.«

Nachdem er sich übergeben hatte, kniete er noch eine Weile auf dem Boden vor dem Klo, den Kopf auf den kalten Rand der Kloschüssel gestützt und in der Gewißheit, daß sein Leben zu Ende war. Wenn ich das durchstehe, schwor er sich selbst, dann werde ich dem Sex und dem Alkohol abschwören und ernsthaft studieren. Er raffte sich auf und spülte sich den Mund mit frischem Wasser aus. Dann hob er den Kopf und betrachtete sein Gesicht im Spiegel. Es kam ihm wie das eines Fremden vor. Martin fühlte sich erdrückt von dem unergründlichen Rätsel, das Frauen umgab, und von seinen eigenen Schuldgefühlen.

Durch laute Geräusche, die plötzlich von unten zu ihm heraufdrangen, wurde er aus seinem Selbstmitleid gerissen. Er ging ans obere Ende der Treppe und sah, wie sein Großvater von einem fremden Mann ins Haus geführt wurde. Jenny und seine Mutter gluckten um die beiden herum, und dann tauchten sein Vater und die anderen auf, übernahmen seinen Großvater von dem Fremden und führten ihn ins Wohnzimmer. »Was ist passiert?« rief er.

»Großvater ist auf dem Eis ausgerutscht, als wir aus der Kirche kamen«, sagte Jenny.

»Hat er sich verletzt?«

»Er hat sich den Fuß verstaucht.«

Martin wartete ab, bis sein Vater den Taxifahrer bezahlt hatte und ging dann zu den anderen ins Wohnzimmer. Man hatte seinen Großvater in einen Sessel neben dem Kamin gesetzt, und Kate war gerade dabei, ihm den Schuh und den Socken auszuziehen.

»Jemand soll Ted anrufen.«

»Das mach' ich«, erklärte Martin.

»Wie blöd von mir«, sagte Pa. »Ich bin doch normalerweise ganz gut zu Fuß.«

»Das kann jedem passieren, Pa. Laß mich mal sehen. Leg deinen Fuß hier drauf.« Der Fuß war bereits deutlich angeschwollen. »Hol ein bißchen Eis, Jenny, und sieh nach dem Puter, wenn du schon in der Küche bist. Am besten, du schaltest für alle Fälle den Ofen ein wenig herunter.«

Auf dem Weg in die Küche küßte Jenny ihre Freunde zur Begrüßung. »Hey, ihr beiden! Schön, daß ihr es geschafft habt. Bei uns wird's nie langweilig, was? Ich bin gleich wieder da.«

»Das sind die beiden Jungs aus Amerika, von denen Jenny uns erzählt hat, Pa«, erklärte Kate.

»Amerika, wie? Das laß ich mir gefallen. Normalerweise bin ich topfit«, sagte er zu ihnen.

Harvey bemühte sich, seine offensichtliche Verlegenheit zu überspielen. »Das kann jedem passieren.«

»Probier mal, ob du die Zehen bewegen kannst«, befahl Kate. Pa kam der Aufforderung nach und stöhnte auf. »Laß es lieber sein, wenn es weh tut.«

»Glaubst du, der Knöchel ist gebrochen?«

»Nein, ich glaube nicht, eher eine schlimme Verstauchung.«

»Das ist unangenehm genug«, sagte Bill, als Jenny mit einer Schüssel voller Eiswürfel erschien. Die Eiswürfel wurden in eine saubere Serviette gewickelt und auf das Fußgelenk gepackt.

»Das ist ein bißchen kalt, Pa, aber es hilft.«

»Ich kann Schmerzen ertragen, Liebes. Schmerzen haben mir noch nie viel ausgemacht«, versicherte er, aber sein Gesichtsausdruck strafte ihn Lügen.

»Ted ist gerade auf Hausbesuch«, berichtete Martin. »Sie piepsen ihn an.«

»Wollen Sie damit sagen, Ihr Arzt macht tatsächlich Hausbesuche?« rief Harvey aus, als ob solche archaischen Sitten in der heutigen Welt nicht mehr existieren könnten.

»Aber ja.«

»Ich werd verrückt! Bei uns könnte jemand wegen einer Lungenentzündung im Sterben liegen, dann würden sie ihm trotzdem sagen, er soll sich warm anziehen und in die Notaufnahme kommen.«

»Man hört nichts als Horrorgeschichten über das amerikanische Gesundheitswesen«, sagte Roger. »Ich habe gehört, daß man, wenn man das Pech hat, eine größere Operation zu benötigen, einen Kredit auf sein Haus aufnehmen muß.«

»Bei uns wird es demnächst auch so sein«, sagte Tony. »Wir haben nur das Glück, daß es hier in der Gegend einen altmodischen Arzt gibt. Wie sieht's aus, Pa, hilft das Eis?«

»Ja, es wirkt wahre Wunder. Meine Güte, wie dumm von mir, so das Gleichgewicht zu verlieren.«

»Ich wette, in Null Komma nichts bist du wieder auf den Beinen, Pa«, versuchte Jenny ihn zu beruhigen. »So ein zäher, alter Soldat wie du.«

Bei dem Wort »Soldat« warf Tony einen kurzen Blick auf seine Armbanduhr, was Kate fälschlicherweise als Wink auffaßte. »Mach dir keine Sorgen um das Mittagessen«, sagte sie, »da wird schon nichts verderben.«

»Soll ich noch mal nach dem Braten sehen?« bot Bill an.

»Würden Sie das tun?«

Tony machte seinem Sohn ein Zeichen. »Komm und hilf mir, noch ein paar Holzscheite hereinzuholen.« Als er mit ihm allein war, sagte er: »Vergiß die Scheite, geh nach oben in unser Schlafzimmer und sieh dir in unserem Fernseher die Nachrichten an. Und dann komm und erzähl mir, was sie gesagt haben.«

Tony war noch draußen, als der Range Rover des Hausarztes vorfuhr. »Tut mir leid, dich vom Mittagstisch wegzuholen, Ted, aber der alte Herr ist auf dem Eis bös gestürzt. Ich dachte, du solltest dir das mal ansehen.«

»Du brauchst dich nicht zu entschuldigen. Schließlich muß ich mein Weihnachtsfest finanzieren«, lachte Ted, nahm seine Tasche vom Beifahrersitz und folgte Tony ins Haus.

»Also, Pa«, sagte er, »was haben Sie denn angestellt? Haben Sie zu viel vom Abendmahlswein getrunken?«

»Genau«, sagte der Alte, allerdings fragten sich die andern, ob er den Witz überhaupt verstanden hatte. Obschon er direkt vor dem Kaminfeuer saß, war sein Gesicht sehr blaß.

»Dann woll'n wir mal sehen.« Ted nahm die Serviette mit dem Eis von dem verletzten Fuß; inzwischen war der geschwollene Knöchel blau angelaufen. Vorsichtig tastete er die Schwellung ab. »Wo tut es Ihnen weh, wenn ich das mache? Hier… oder hier?«

»Ungefähr da.«

»Und was ist, wenn ich das mache?«

»Ja, da.«

»Wie?«

»Da tut's weh.«

»Und wie steht's ansonsten? Haben Sie Schmerzen im Rücken? Was ist mit Ihrem Hals?« Während er sprach, tastete er den alten Mann mit geübten Händen ab.

»Nein.«

»Glücklicherweise ist er in einer Schneewehe gelandet«, sagte Jenny.

Ted überprüfte Pas Blutdruck und hörte sein Herz ab. Kate und Tony beobachteten das Gesicht des Arztes, der ihnen zunickte, bevor er seinem Patienten erklärte: »Passen Sie auf, Pa, ich würde sagen, wir lassen ein paar Röntgenaufnahmen machen, um sicher zu gehen, daß Sie sich nichts gebrochen haben.« Er packte seine Instrumente ein. »Ich bringe ihn ins Krankenhaus. Hat er ein Paar Pantoffeln?«

»Ich hole sie schnell«, sagte Kate.

»Ich fahre mit Pa«, rief Jenny ihr nach. »Es wird bestimmt nicht lange dauern.«

Kate wollte sich gerade mit den Pantoffeln in der Hand nach unten begeben, als sie den Fernseher in ihrem Schlafzimmer hörte. »Was machst du denn hier?« wollte sie von ihrem Sohn wissen.

»Dad hat mich gebeten, mir die Nachrichten anzusehen. Es hat einen Anschlag auf ein paar Soldaten gegeben.«

Kate erstarrte. »Andy?«

»Sie haben keine Namen bekanntgegeben, erst wenn die nächsten Verwandten benachrichtigt sind.«

»Hast du seine Pantoffeln?« rief Tony von unten.

»Ja, ich komme.« Sie starrte auf den Bildschirm, wo Bilder von dem Bombenkrater und dem ausgebrannten Fahrzeug gezeigt wurden. »Sag um Gottes willen Jenny nichts davon.«

»Natürlich nicht.«

Kate riß sich los.

»Wir werden dich Cinderella nennen, Pa«, sagte Jenny, während sie ihm vorsichtig den Pantoffel überzog. »Du wirst jetzt auf den Ball gehen.«

Tony und Ted trugen den Alten bis zum Range Rover.

»Verstauchungen sind eine Sauerei«, bemerkte Harvey. »Viel schmerzhafter als ein Bruch. Ich weiß, wovon ich rede, mir ist das ein paarmal beim Basketball passiert. Schauen Sie nicht so besorgt drein, Mrs. Chivers, ich bin sicher, es wird ihm bald wieder gutgehen.«

»Ja, Ted ist ein guter Arzt, er geht kein Risiko ein ... Pa tut so, als sei er immer noch so fit wie eh und je, aber uns ist aufgefallen, daß er in letzter Zeit ziemlich wackelig auf den Beinen ist.« Ihre Sorge um ihn war echt, aber ihre Gedanken waren ganz woanders, seit Martin ihr die Neuigkeiten erzählt hatte. »Laßt uns den Champagner austrinken. Mach doch noch eine Flasche auf, Liebling, wir können alle noch ein Glas brauchen, nach allem, was passiert ist ... Ich bin in ein paar Minuten wieder da.« Sie ging in die Küche, nahm den Telefonhörer ab und wählte 900. Die Vermittlung meldete sich. »Polizei, Feuerwehr oder Krankenwagen?«

»Polizei.«

»Ihr Name, bitte.«

»Chivers, Mrs. Chivers.«

»Und Ihre Telefonnummer und Adresse?«

Kate machte die gewünschten Angaben.

»Bitte warten Sie einen Moment.«

Nach einer kurzen Pause meldete sich eine Polizistin.

»Können Sie mir vielleicht helfen?« bat Kate. »Wir haben gerade die Nachrichten im Fernsehen gesehen ... den Bericht über den Vorfall in Nordirland. Und möglicherweise ist unser Schwiegersohn ... er ist als Soldat da drüben im Einsatz ... möglicherweise gehört er zu den Opfern des Anschlags. Können Sie mir eine Notfallnummer geben, wo ich anrufen und mich nach ihm erkundigen kann?«

»Moment, Mrs. Chivers, ich sehe mal nach.«

Während sie wartete, kam Tony in die Küche und reichte ihr ein Glas Champagner.

»Wen rufst du an?«

»Die Polizei. Ich hab' die Nachrichten gesehen, als ich oben war. Ich will wissen, ob es eine Nummer gibt, unter der wir Näheres erfahren können, bevor Jenny zurückkommt. Haben sie inzwischen noch weitere Einzelheiten bekanntgegeben?«

»Es sind offenbar vier Soldaten bei dem Anschlag ums Leben gekommen, zwei weitere sind verwundet.«

»Haben sie die Namen genannt?«

Er schüttelte den Kopf. »Möchtest du vielleicht etwas Stärkeres als Champagner?«

»Gern.«

Er schenkte ihr etwas Brandy aus der Flasche ein, die für den Weihnachtspudding vorgesehen war. Sie nahm einen Schluck, hustete, als er ihr in der Kehle brannte, und sprach dann ins Telefon.

»Ja? Gut.« Tony schob ihr einen Bleistift und einen Block Papier zu, und sie notierte die Nummer. »Vielen Dank, und entschuldigen Sie die Belästigung.« Sie sah angestrengt auf die Nummer und wählte erneut.

»Es muß ja nicht unbedingt Andys Patrouille gewesen sein. Es gibt bestimmt viele davon.«

»Und warum hat er dann nicht angerufen?«

Sie preßte den Hörer an ihr Ohr. »Besetzt.«

»Wahrscheinlich rufen jetzt viele Leute dort an.«

»Ich versuch's weiter. Geh du zurück ins Wohnzimmer, sonst schöpfen die anderen noch Verdacht.« Sie war bereits dabei, die Nummer erneut zu wählen, als er die Küche verließ.

»Ich habe gerade gesagt«, wurde er von Harvey begrüßt, »es gibt doch nichts Besseres als ein Kaminfeuer. Das produziert eine unglaubliche Hitze.«

»Ja«, sagte Tony, »wenn es nur nicht so schnell herunterbrennen würde. In gewisser Weise haben wir Glück gehabt, denn ein schlimmer Sturm hat die Hälfte unserer Bäume niedergerissen, und jetzt haben wir noch immer jede Menge Kaminholz.« Er gab sich große Mühe, sich interessiert zu zeigen.

»Ist Kaminholz hier teuer? Für einen Klafter Holz mußte mein Vater immer einen ganzen Batzen hinlegen.«

»Harvey und ich haben festgestellt, daß wir einen gemeinsamen Freund haben«, sagte Evelyn. »Ein Fakultätsmitglied der University of Chicago. Ich habe dort mal im Zusammenhang mit einem Austauschprogramm für ein halbes Jahr unterrichtet.«

»Wie klein die Welt doch ist.«

»Und sie wird immer kleiner«, fügte Bill hinzu. »Haben Sie schon von diesen neuen Telefonen mit Bildschirm gehört? Da kann man seinen Gesprächspartner sehen. Ist das nicht eine schreckliche Vorstellung? Stellen Sie sich vor, so ein Typ, dem Sie den Laufpaß gegeben haben, ruft Sie an, und es gibt kein Entrinnen?«

»Nein, darauf könnte ich verzichten.« Andererseits, dachte Tony, hätten wir ein Problem weniger, wenn wir Andys Gesicht jetzt auf dem Telefonbildschirm sehen könnten. Immer noch in Gedanken woanders, füllte er die Gläser seiner Gäste noch einmal. »Da fällt mir ein, ich muß den Wein für das Essen entkorken, damit er Zeit zum Atmen hat. Bin gleich wieder da.«

Er ging zurück in die Küche. »Hast du jemanden erreicht?«

»Ja, aber sie wollen mir keine Auskunft geben.«

»Warum nicht?«

»Sie geben die Informationen nur an nächste Verwandte.«

»Warum hast du dich nicht als Jenny ausgegeben?«

»Es ist mir zu spät eingefallen, da hatte ich ihnen schon meinen Namen genannt. Wieso müssen sie solche blödsinnigen Vorschriften haben?«

»Das ist wahrscheinlich ganz vernünftig. Es könnte sie in große Schwierigkeiten bringen, wenn sie die falschen Leute informierten.«

»Das ist doch einfach blöd«, sagte sie und fing an zu weinen.

»Liebling, es ist besser, wenn die anderen dich nicht so zu sehen bekommen. Hast du ihnen unsere Telefonnummer gegeben?«

Sie nickte und wischte sich die Augen mit einem Geschirrtuch. »Was ist, wenn er es doch ist, was ist, wenn Andy tot ist, was machen wir dann?«

»Laß uns nicht gleich das Schlimmste annehmen.«

»Wie können Menschen nur so etwas tun?«

Selbst voller Sorge und unfähig, Fragen zu beantworten, auf die es keine Antwort gab, ging Tony in einer Küche auf und ab, in der jede verfügbare Fläche mit Utensilien und Speisen für eine mittlerweile vollkommen irrelevant gewordene Feier übersät war.

6

Während er sich die Zeit vertrieb, bis Jenny vom Krankenhaus zurückkehrte, dachte Tony an all die anderen Krisen, die sie in ihrem Leben mit den

Kindern durchgemacht hatten: der Verdacht auf Meningitis bei Martin, als dieser sieben Jahre alt war, wie Jenny aus dem Baumhaus gefallen und zwei Stunden lang bewußtlos gewesen war, und die endlose Woche der Unsicherheit, als zu befürchten stand, daß sie auf einem Auge blind werden könnte, nachdem ein Pony sie getreten hatte. Das war auch an Weihnachten passiert, so als sei jemand der Meinung, die guten und die schlechten Dinge im Leben müßten sich die Waage halten. Egal, wie sehr man sich bemühte, egal, welches Alter die Kinder erreichten, man konnte sie nie vor den Unbilden des Lebens schützen, stets lauerte der nächste Schrecken um die Ecke, und die eigene Lebenserfahrung nützte einem fast gar nichts. Andere Zeiten bargen andere Gefahren. Tony war nicht religiös, er hatte keinen Glauben, an den er sich klammern konnte, aber unwillkürlich betete er im stillen: Laß alles gut werden, teil diese Karten nicht aus, bitte, gib mir Karten, mit denen ich leben kann. Aber es hatte keinen Zweck, über die göttliche Vorsehung zu spekulieren; die Würfel waren bereits gefallen. Angespannt wartend, hörte er mit halbem Ohr dem Geplänkel um das Kaminfeuer zu, spielte den Fremden in ihrer Mitte zuliebe den nonchalanten Gastgeber, aber es war, als versuchte er, das Programm von zwei Radiosendern gleichzeitig zu verfolgen.

Als er das Motorengeräusch des Range Rovers hörte, der draußen vorfuhr, sprang er auf und stieß dabei sein Champagnerglas um.

»Keine Sorge«, sagte Bill, »Champagner macht keine Flecken. Ich werd' einen Lappen holen und das aufwischen.« Aber Tony hörte ihn kaum. Als er die Haustür öffnete, sah er Jenny allein auf das Haus zukommen.

»Sie behalten ihn zur Beobachtung für die Nacht dort«, sagte sie. »Eine Schande, daß der arme Pa Mummys Essen verpaßt, aber er schien recht guter Dinge zu sein. Als ich ging, war er gerade dabei, mit den Schwestern zu schäkern. Du weißt ja, wie er ist, wenn er ein neues Publikum hat.«

»Haben sie irgendwas gefunden?«

»Es könnte ein Haarriß sein, und Ted hat gesagt, bei Leuten in seinem Alter muß man auf eine verspätete Schockreaktion gefaßt sein.«

»Ja, das stimmt. Besser, man geht auf Nummer Sicher.« Er nahm ihr den Mantel ab.

»Hat Andy vielleicht angerufen, während ich weg war?«

»Nicht daß ich wüßte.«

»Na ja, du hättest es sicher mitbekommen. Er ist so unzuverlässig, nie ruft er zum verabredeten Zeitpunkt an. Wo ist Mummy?«

»In der Küche.«

»Ich werd' ihr ein bißchen helfen. Ist sie schon ganz aufgeregt?«

»Weswegen?« Es gelang ihm nicht, die Besorgnis in seiner Stimme zu verbergen, aber Jenny schien nichts zu bemerken.

»Na, wegen des Mittagessens. Du weißt doch, wie nervös sie immer ist, und ihr seid wahrscheinlich alle am Verhungern.«

Als sie die Küche betrat, bot sich ihr ein merkwürdiger Anblick: ihre Mutter kniete vor Bill auf dem Boden und war dabei, seine Hose unterhalb des Gürtels mit einem Lappen zu bearbeiten.

»Huch! Was ist denn hier passiert?«

»Ich hab' ihn überall mit Puterfett bespritzt. Der verdammte Vogel ist so schwer, er ist mir einfach aus den Händen gerutscht, als ich ihn aus dem Ofen genommen habe. So geht es einem, wenn man versucht, alles gleichzeitig zu machen.«

»Gut, daß du eine plausible Erklärung hast. Die Position, in der ich euch beide angetroffen habe, könnte auch falsch interpretiert werden.«

»Also wirklich, gib acht auf dein loses Mundwerk, junge Dame«, sagte Bill.

Zu jedem anderen Zeitpunkt hätte Kate die Situation mit Humor genommen; jetzt wirkte sie nur entnervt und gestreßt. »So! Ich glaub', ich hab' alles rausbekommen, aber die Hose muß trotzdem in die Reinigung.«

»Kein Problem. Das sind nur billige Jeans.«

Kate richtete sich auf und beeilte sich, den Rosenkohl vom Herd zu nehmen. »Gott, heute läuft aber auch alles schief. Wie geht es Pa? Tut mir leid, ich hätte mich sofort nach ihm erkundigen sollen.«

»Sie behalten ihn zur Sicherheit für die Nacht im Krankenhaus.«

»Ach Gott, wirklich? Können Sie das abschütten, Bill? Aber es ist doch nichts Ernstes?«

»Nein, nur eine Vorsichtsmaßnahme. Ich mach' das schon, Mummy. Mach dich doch nicht verrückt, wir haben alles unter Kontrolle. Sag mir einfach, was ich tun kann.«

»Also, wenn du und Bill diesen verdammten Vogel auf diese Platte legen und dann die Soße anrühren könntet, wäre das eine große Hilfe.«

»Es gibt doch nichts Schöneres, als die Gäste arbeiten zu lassen.«

»Mir macht's Spaß«, sagte Bill, während sie den Puter mit vereinten Kräften aus dem Bräter hievten. »Was für ein Monstrum.«

»Ich hatte noch drei weitere Gäste erwartet«, sagte Kate. »Und Pa ist jetzt auch nicht hier. Ich weiß nicht, ich kriege das mit den Mengen nie richtig hin.«

»Mach dir nicht so viele Gedanken«, sagte Jenny. »Dann können wir anderen um so mehr essen. Das duftet ja ganz köstlich.«

Als sie alle endlich um den gedeckten Tisch saßen, bekam Kate kaum einen Bissen herunter, obschon sie sich Jenny zuliebe alle Mühe gab. Falls Harvey und Bill die gespannte Atmosphäre spürten, waren sie taktvoll genug, um es sich nicht anmerken zu lassen. Sie lobten alles, was ihnen vorgesetzt wurde, vor allem den flambierten Weihnachtspudding, von dem beide erklärten, so etwas noch nie zuvor gegessen zu haben.

»Sie müssen mir unbedingt das Rezept geben«, sagte Bill. »Er ist einfach göttlich. Und was ist das für eine Soße?«

»Rumbutter.«

»Keine Kalorien«, sagte Jenny.

»Oh, natürlich. Drei Sekunden im Mund, drei Zentimeter auf den Hüften.«

»Erzähl ihnen, wann du den Pudding gemacht hast, Mummy.«

Kate blickte auf. »Wie bitte?«

»Der Pudding. Wann hast du den gemacht?«

»Ach, das ist der vom letzten Jahr, glaub' ich.«

»Was sagt man dazu! Werden die so lange gelagert wie Wein?«

»So ungefähr. Sie werden besser, wenn man sie lange ziehen läßt.«

»Was sagt man dazu!« sagte Bill noch einmal.

Sie ließen das Tischfeuerwerk knallen, setzten die Papierkronen auf, die wie üblich einrissen, und lasen sich gegenseitig die banalen Witze vor. Jenny, die ihre Mutter immer wieder von der Seite ansah, spürte, daß irgend etwas nicht stimmte.

»Sehen wir uns die Ansprache der Queen an?« erkundigte sich Roger.

Tony warf ihm einen strafenden Blick zu. »Ich fürchte, die haben wir verpaßt.«

»Wenn Pa hiergewesen wäre, er hätte uns den Hals umgedreht«, sagte Jenny. »Er nimmt diese Dinge sehr ernst. Früher mußten wir immer aufstehen, wenn sie die Nationalhymne spielten, und dann mußten wir alle auf die Queen anstoßen. Für ihn war es immer ein Riesenereignis.«

»Wincarnis«, sagte Tony plötzlich. »Es war immer Wincarnis.«

»Was ist Wincaris?« wollte Harvey wissen.

»Ein Dessertwein. Pa hat immer darauf geschworen. Ein etwas jüngerer als der, den wir gerade trinken, muß ich sagen.«

In diesem Augenblick läutete das Telefon, und Jenny sprang auf. »Das wird Andy sein. Ich geh' ran.« Sie rannte aus dem Zimmer.

Tony sah Kate über den Tisch hinweg an. Zwei weiße Flecken hatten sich auf ihren Wangen gebildet, ein warnendes Zeichen, das ihm vertraut war. Plötzlich schob sie ihren Stuhl zurück. »Es nützt nichts«, sagte sie. »Ich muß hören, was passiert ist.« Sie ging hinter Jenny her.

»Stimmt irgend etwas nicht?« fragte Harvey in die mit einmal eingetretene Stille.

Nach kurzem Zögern sagte Tony: »Ja. Es ist etwas geschehen, das möglicherweise nichts Gutes bedeutet. Ich hoffe es nicht, aber im Moment wissen wir nichts Genaues. Eigentlich kann ich es Ihnen auch sagen, denn früher oder später werden Sie es sowieso erfahren. Die IRA hat heute morgen einen Bombenanschlag verübt, bei dem vier britische Soldaten ums Leben gekommen sind.«

»Mein Gott! Und Sie glauben, einer davon könnte Andy sein?«

»Nun, es ist einfach komisch, daß er nicht wie versprochen angerufen hat. Wir haben es heute morgen in den Nachrichten gesehen, aber wir haben Jenny nichts davon erzählt in der Hoffnung, er würde anrufen und sagen, daß ihm nichts passiert ist. Wenn Sie mich entschuldigen wollen, ich gehe lieber zu den beiden, für alle Fälle. Bleib sitzen, Martin, bleib du hier.«

Nachdem er das Zimmer verlassen hatte, saßen die restlichen vier reglos um den Tisch, so als könnte die geringste Bewegung irgendwie die Ereignisse beeinflussen.

Tony fand Kate und Jenny im Wohnzimmer neben dem Telefon. Kate hielt ihre Tochter in den Armen, und beide weinten, aber Tony konnte zunächst nicht erkennen, ob aus Kummer oder Erleichterung. Seine Stimme krächzte, als er sich dazu durchrang zu fragen: »Was haben sie gesagt?« Kate machte über Jennys Schulter hinweg eine abwehrende Handbewegung. »Aber ich muß es wissen«, beharrte er.

»Es *war* Andys Patrouille«, sagte Kate. »Aber er ist nicht tot, er hat nur eine schwere Gehirnerschütterung. Offenbar befand er sich nicht in dem Fahrzeug, als das Ding explodiert ist ... Er hatte sich von seinen Männern getrennt, um allein irgend etwas zu überprüfen, das ihm verdächtig vorgekommen war.«

»Gott sei Dank!« Er ging auf die beiden zu und zog sie in seine Arme, und er spürte, wie die Tränen seiner Tochter sich mit den seinen mischten.

»Oh, Daddy, glaubst du, er wird es überleben?«

»Da bin ich ganz sicher, Liebes.«

»Eine Gehirnerschütterung ist nicht tödlich, nicht wahr?«

»Nein, natürlich nicht.«

»Ich meine, davon wird man wieder ganz gesund, nicht wahr?«

»Das verspreche ich dir.«

»Sie haben Andy und den anderen mit dem Hubschrauber weggebracht.«

»Hör zu, sie werden die bestmögliche Behandlung bekommen. Es gibt hervorragende Ärzte mit viel Erfahrung für diese Art von Verletzungen.«

»Ich werde zu ihm fahren«, erklärte Jenny.

»Selbstverständlich«, stimmte er zu.

»Kannst du mich zum Flughafen bringen? Ich nehme das nächste Flugzeug, egal welches.«

»Überlaß das mir.«

»Ich hab' nicht genug Geld bei mir.«

»Mach dir darüber keine Gedanken, ich werde mich darum kümmern ... Möchtest du, daß ich mit dir komme?«

Sie schüttelte den Kopf. »Nein, ich möchte lieber allein fliegen.«

»Bist du ganz sicher? Würdest du dich nicht besser fühlen, wenn ich bei dir wäre?«

»Nein, es wird schon gehen. Ich möchte nur so schnell wie möglich dort sein.«

»Okay, dann geh und pack deine Sachen zusammen, und ich rufe in der Zwischenzeit beim Flughafen an. Kate, geh doch rüber und erklär den anderen, was passiert ist.« Die konkreten Informationen hatten Tony schlagartig aus seiner Starre gerissen. Er war jetzt völlig klar und Herr der Lage. »Bist du ganz sicher, daß du lieber allein fliegen willst?«

»Ja, Daddy, bring mich nicht wieder zum Weinen. Vielen Dank für dein Angebot, aber ich möchte wirklich lieber allein fliegen.« Sie hatte das mit großem Nachdruck gesagt, als wolle sie ihm klarmachen, daß sie das, was immer sie am Ende ihrer Reise erwartete, allein durchstehen mußte. Tony kannte dieses Gefühl, das Bedürfnis, die eigenen verworrenen, überreizten Emotionen von anderen fernzuhalten. Vielleicht war dies der Grund, warum so viele Menschen, die Selbstmord verübten, das in anonymen Hotelzimmern weit weg von zu Hause taten.

7

Schneematsch zischte unter den Reifen des Volvo, als Tony von Heathrow zurück nach Hause fuhr. Es herrschte wenig Verkehr auf der Autobahn – das Wetter und die jährliche »Kein Alkohol am Steuer«-Kampagne schienen dazu beizutragen, daß die Leute an ihrem Kaminfeuer sitzen blieben. Auch der Flughafen war ungewöhnlich menschenleer gewesen, bis auf die Crew, die das Pech gehabt hatte, über die Feiertage Dienst tun zu müssen, und ein paar Grüppchen von Leuten aus der Karibik und einigen Pakistanis, die mit ihren Habseligkeiten in der Wartehalle hockten. Tony hatte keine Schwierigkeiten gehabt, Jenny ein Ticket für den Flug nach Belfast zu besorgen, denn kaum jemand hatte am Weihnachtstag das Bedürfnis, in diese Stadt zu reisen. Obwohl Tony noch nie dort gewesen war, waren ihm die Straßen Belfasts nach zwanzig Jahren Fernsehkommentaren vertraut. Als er sich mit einem Kuß von seiner Tochter verabschiedete, konnte er sich lebhaft vorstellen, wo sie in der kommenden Nacht schlafen würde, falls sie überhaupt zum Schlafen kam. Sie war sehr ruhig, als sie sich trennten, ruhiger als er. Es schien, als wären ihre Rollen vertauscht worden und er nun derjenige, der Trost brauchte. Erst auf der Heimfahrt ließ er seinen

Gefühlen freien Lauf; Tränen verzerrten ihm die Sicht, und sein Schluchzen klang in dem geschlossenen Wagen doppelt laut. Er weinte, wie er seit seiner Kindheit nicht mehr geweint hatte. Um sich zu beruhigen, fuhr er auf einen Parkplatz und zündete sich eine Zigarette an. Am liebsten wollte er die Rückkehr in sein halbleeres Haus so lange wie möglich hinausschieben.

Gegen Ende der Fahrt kreisten seine Gedanken um Martin. Tony überlegte, was er angesichts Martins Problems zu tun und zu sagen hatte, und legte sich im stillen die Worte zurecht. Er hatte das Gefühl, als sei in den letzten vierundzwanzig Stunden sein gesamtes Familienleben auf den Kopf gestellt worden, als habe das Glück, das ihnen im Vergleich zu anderen Familien meistens vergönnt war, sie plötzlich verlassen.

Nachdem Tony mit seinem ersten Roman einen kleinen Erfolg gelandet hatte, war seine kreative Energie nie versiegt, und er hatte Jahr für Jahr ein neues Buch geschrieben. Damit hatte er sich zwar keine goldene Nase verdient, aber die Taschenbuchausgaben und ein paar Übersetzungen in verschiedene Sprachen hatten genug eingebracht, um ihm und seiner Familie ein komfortables Leben zu ermöglichen – genug für ein anständiges Auto und den jährlichen Familienurlaub, den sie meistens in Südfrankreich verbrachten, wo er – das war sein heimlicher Wunschtraum – sich später einmal zur

Ruhe setzen wollte. Das England, das er früher einmal für das ideale Land gehalten hatte, war während der Thatcherjahre zu einem Land der krassen Gegensätze geworden. Als sie zu Anfang aus ihrer beengten Stadtwohnung nach Chalfonts gezogen waren, um einen ersten Vorgeschmack vom guten Leben zu erhalten (womit sie dem Klischee aus einer damals sehr beliebten Fernsehserie entsprachen), hatten sie keinen Gedanken an ihre Sicherheit verschwendet; während der ersten sieben Jahre hatten sie kaum jemals die Haustür über Nacht abgeschlossen. Inzwischen hatte die innerstädtische Gewalt sich bis in die ländlichen Gegenden ausgebreitet; ihre Versicherungsbeiträge (nicht daß sie irgend etwas besäßen, das sich zu stehlen lohnte) hatten sich verdreifacht. Außerdem verlangten die Versicherungen von ihren Klienten den Einbau einer Alarmanlage, die sich als Quelle täglichen Ärgernisses entpuppt hatte. »Sobald die Katze einen Furz läßt, geht das verdammte Ding los, und wir müssen mitten in der Nacht Gastgeber für die Polizei spielen«, sagte Kate gern. Vor dem örtlichen Einkaufszentrum, wo kürzlich der Besitzer eines Weinladens am hellichten Tag niedergestochen und der Herrenbekleidungsladen verwüstet worden waren, hatte man nicht nur Parkuhren installiert, sondern ebenfalls den Einsatz der vielgehaßten Parkkrallen eingeführt. Jede Woche berichtete das Lokalblatt über maskierte Rowdys, die in Häuser einbrachen und ältere Damen vergewaltigten, und druckte gleichzeitig Statistiken ab, aus denen die geringe Aufklärungsrate dieser Gewaltverbrechen hervorging. Mehr und mehr beschlich Tony ein Gefühl der Verunsicherung, wenn er und Kate abends zu Bett gingen, wenn sie selbst während der Fahrt die Autotüren verriegelten und er an das im Keller versteckte Tränengas dachte, das ein Freund ihnen heimlich besorgt hatte. Es betrübte ihn, daß sämtliche Bastionen britischen Stolzes von Skandal umwittert waren – die königliche Familie, die City, der Nationalsport –, so als habe sich ein Bandwurm der Korruption in den Eingeweiden einer Gesellschaft eingenistet, die einst für ihre Stärke und Größe bewundert worden war. Eine zusehends nihilistische Boulevardpresse leistete dem Aufkommen eines gemeinsamen Nenners Vorschub, der unter aller Kritik war, und enthüllte auf undifferenzierte und geschmacklose Weise alles, was den Niedergang beschleunigte. Es war, als hätte jemand beschlossen, die Tradition und all jene über Generationen hinweg errungenen und gepflegten kulturellen Attribute, die andere Länder zur Nacheiferung angestachelt hatten, auszuhöhlen und zu demontieren und an ihrer Stelle eine Gesellschaft entstehen zu lassen, in der das Mittelmaß König war.

Es begann wieder zu schneien, und Tony drehte die Heizung höher. Er drosselte seine Geschwindigkeit, als er nun die Autobahn verließ und über die noch leereren und bei diesem Wetter noch gefährlicheren Landstraßen fuhr. Es hatte beinahe etwas Hypnotisierendes, wie die Schneeflocken auf die Windschutzscheibe fielen und dort zerschmolzen. Tony gingen noch einmal die Ereignisse des Tages durch den Kopf. Der Weihnachtsmann hatte diesmal wahrhaftig einen Sack voller Überraschungen mitgebracht – ein Schwiegersohn und ein Vater im Krankenhaus, ein Bruder, der dem Ruf Mohammeds gefolgt war, und ein Sohn, der ein Mädchen geschwängert hatte. Während er im Vorbeifahren die erleuchteten Fenster der Häuser betrachtete, fragte er sich, ob andere wohl ebenfalls solche frohen Botschaften erhalten hatten. Wieso ich? fragte er sich. Wieso bin ausgerechnet ich auserkoren worden? Einen Augenblick lang war er unkonzentriert. Er merkte, wie sein Wagen die Bodenhaftung verlor und quer über die Straße zu schlittern begann. Panik ließ die Sekunden wie Stunden erscheinen, bis er sein Fahrzeug wieder im Griff hatte. Nachdem er das Auto endlich erfolgreich in der Garage abgestellt hatte, stand ihm der kalte Schweiß auf der Stirn. Als Kate kam, um nach ihm zu sehen, saß er noch immer hinter dem Steuer und rauchte eine Zigarette.

»Was machst du denn hier?« fragte sie.

»Ich hab' gerade überlegt, ob ich einen Schlauch

an das Auspuffrohr montieren soll. Was glaubst du denn wohl, was ich hier mache?«

»Sei nicht so ungehalten, Liebling. Ich hab' mir Sorgen um dich gemacht. Hat sie einen Flug bekommen?«

»Ja.«

»Und wie ging es ihr?«

»Ganz gut, glaub' ich. Jedenfalls war sie in besserer Verfassung als ich. Ich denke, es geht immer besser, wenn man zu einer Entscheidung gekommen ist. Nur das Warten macht einen verrückt. Sie hat versprochen, uns sofort anzurufen und uns zu sagen, wie es ihm geht. Haben sie noch irgendwas Neues in den Nachrichten gebracht?«

»Ich hab' sie mir nicht angesehen. Komm erst mal rein. Du kannst doch nicht hier sitzen bleiben, die anderen werden sich fragen, was passiert ist.«

Er drückte seine Zigarette aus und stieg aus dem Wagen. »Und was ist in der Zwischenzeit hier alles passiert?« fragte er, als sie ins Haus gingen, eine Frage, die einem irrationalen Widerwillen gegen seine Rückkehr in die Häuslichkeit entsprungen war. »Hat Roger aus dem Koran vorgelesen, um die Moral hochzuhalten?«

»Nein, ich muß sagen, er benimmt sich wirklich anständig. Er trinkt immer noch keinen Alkohol, aber einmal hat er sich tatsächlich an einer Unterhaltung beteiligt.«

»Immerhin.«

»Glaubst du, er überlegt sich das alles vielleicht noch einmal? Hast du mit ihm sprechen können?«

»Bin noch nicht dazu gekommen. Ich hab' über seine Situation nachgedacht, als ich da draußen Nabelschau gehalten habe. Wie geht's übrigens Pa? Hast du im Krankenhaus angerufen?«

»Es geht ihm gut. Er hat ein bißchen Fieber, aber die Schwester meinte, sie behalten ihn im Auge. Ich hab' auch mit Pa gesprochen, und er schien regelrecht in seinem Element zu sein. Lauter hübsche Krankenschwestern, und alles ist wunderbar, was mich sehr erleichtert hat, weil es mir so leid getan hat, daß er den heutigen Abend verpaßt.«

»Komm her.« Er nahm sie in die Arme. »Tut mir leid.«

»Ich kann es nicht ausstehen, wenn du so muffig bist«, sagte sie.

»Es hat nicht dir gegolten, aber es ist einfach so ein langer, scheußlicher Tag gewesen, und ich bin mit dem Wagen übers Eis geschlittert, das hat mich auch ganz schön mitgenommen.«

»Na ja, aber du hättest es nicht an mir auslassen müssen. Ich hab' auch nicht gerade ein besinnliches Weihnachtsfest gehabt, als du weg warst.«

»Ich könnte einen Kaffee gebrauchen.«

»Es ist frischer Kaffee da. Ich hab' gerade für die anderen welchen aufgegossen.«

Tony schenkte sich eine Tasse ein. »Unsere beiden Gäste aus Amiland werden sich auch fragen, in was sie hineingeraten sind. Kommt und genießt ein englisches Weihnachtsfest, ha ha!«

»Sie waren sehr nett. Bill hat mir beim Spülen geholfen.« Sie senkte die Stimme. »Glaubst du eigentlich, daß er schwul ist?«

»Ist Spülen ein Kriterium?«

»Nein. Nur ein paar Bemerkungen, die er gemacht hat. Ich glaub' nicht, daß sie ein Pärchen sind, obschon das natürlich möglich wäre. Ich muß Jenny danach fragen, wenn sie wiederkommt. Ist das nicht das seltsamste Weihnachtsfest, das wir je hatten? Was kann eigentlich noch alles passieren?«

»Nun, wenn du recht hast, dann könnte Bill mir Avancen machen. Das würde dem Tag die Krone aufsetzen. Oder auch Evelyn. Sie ist eher mein Typ.«

»Ach ja?«

»Nein, natürlich nicht, du Dussel.«

»Ich kann sie ganz gut leiden. Zu Anfang war das nicht so, ich glaub', man muß sie erst näher kennenlernen. Ich finde aber immer noch, daß sie für Martin zu alt ist. Wir sollten uns zu den anderen setzen.«

»Ja.« Er starrte den halb aufgegessenen Puter auf der Anrichte an. »Hast du dir schon mal überlegt, daß halb England für den nächsten Monat von kaltem Puter leben wird?« Er verstellte seine Stimme. »Hättest du gern Rührei zum Frühstück, Liebling? Nein danke, ich hätte lieber Puter. Und was gibt's zum Mittagessen? Oh, ich würde sagen, Puter, was meinst du? Und zum Abendessen? Liebling, ist noch was von dem kalten Puter übrig? Sie haben ein erbärmliches Leben, findest du nicht? Sie werden häßlich geboren, werden gemästet und dann, Vorhang. Niemand schreibt jemals etwas Nettes über sie. Ich meine, Beatrix Potter hat nie einen Puter zu einer Kinderbuchfigur gemacht, wie Roger Rabbit, nicht wahr? Sie werden einfach zu anonymen Leichen.«

»Na, das wär doch was für dich. Du kannst ja als nächstes ein Kinderbuch über einen Truthahn schreiben.«

»›Die Geschichte von Tim Truthahn‹ ... ›Die Abenteuer von Pia Pute ...‹« überlegte er laut. »Nein, das klingt irgendwie pornographisch.«

»Vielleicht ist das genau das, worauf die Verleger warten. Ach, ich bin froh, daß ich dich habe. Wenn ich mit einem Mann wie Roger verheiratet wäre, würde ich nicht warten, bis er von alleine geht, ich würde ihm die Koffer vor die Tür stellen.«

Der Mief im Wohnzimmer, ein Gemisch aus Zigarettenqualm und Rauch von einem Kaminfeuer, das bereits den ganzen Tag brannte, verschlug Tony fast den Atem. Nicht zum erstenmal fand Tony, daß dies ein besonders anheimelnder

Raum war, nicht »das Gelbe vom Ei«, wie Bill sich ausgedrückt hatte, vielleicht ein bißchen aus der Mode, die Polstermöbel leicht abgewetzt, die Farbe an den Wänden etwas vergilbt, aber vor allem und erst recht, nachdem Kate es so hübsch weihnachtlich dekoriert hatte, gemütlich. Und genau das war es, was er jetzt brauchte. Er wollte es sich gemütlich machen und sich entspannen. In dem Augenblick, als er es sich in einem Sessel bequem gemacht hatte, begannen die Ereignisse des Tages zu verblassen.

»Mann, tut das Feuer gut«, sagte er, als Kate ihm ein Glas Whiskey in die Hand drückte.

»Ist alles gutgegangen?« Evelyn war die erste, die sich erkundigte. »Wir machen uns alle solche Sorgen um Jenny.«

»Alles in Ordnung, es geht ihr gut. Ich war derjenige, der aus dem Häuschen geraten ist. Als wäre es ihr erster Schultag gewesen.«

»Ganz schön tapfer von Jenny, daß sie da allein hinfährt, das muß man ihr lassen«, stellte Bill anerkennend fest.

»Sie hat das Richtige getan«, sagte Evelyn. »Ich weiß noch, wie mein Ex-Mann mal krank wurde, als er gerade im Ausland war – er war oft geschäftlich auf Reisen. Er war damals in Gambia in irgendeinem gottverlassenen Ort, wo ihn eins von diesen fürchterlichen Insekten gebissen hatte, und er wäre garantiert gestorben, wenn ich ihn nicht persönlich da rausgeholt hätte. Ich hab', wie Jenny, einfach den nächsten Flieger genommen und bin hin.«

Es war das erste Mal, daß ein Ehemann erwähnt wurde, was Kate und Tony ein wenig zu auffällig zur Kenntnis nahmen.

»Ich habe gehört, Gambia soll besonders schlimm sein«, warf Tony so beiläufig wie möglich ein.

»Ja, ich hab' auch vor kurzem in einer Zeitschrift einen haarsträubenden Artikel gelesen«, sagte Kate.

»Was stand denn in dem Artikel, Kate?« erkundigte sich Harvey.

»Nun, offenbar fliegen ganze Scharen von Engländerinnen, also, sagen wir mal, solche, die nicht mehr in der vollen Blüte ihrer Jugend stehen, dorthin, um sich flachlegen zu lassen.«

»Wirklich?«

»Wirklich. Ich hab's dir doch gezeigt, nicht wahr, Tony? Er meinte nämlich, ich hätte die Geschichte erfunden.«

»Stimmt«, bestätigte Tony. »Es gab sogar ein ganzseitiges Foto von ein paar Prachtexemplaren mit fortgeschrittener Cellulitis, die sich mit ihren einheimischen Gigolos am Strand tummelten. Unter einem anderen Foto wurde eine Großmutter aus Hull zitiert, die erklärte, ihr Boy hätte ihr ein Stück Afrika gezeigt, wobei ›Stück‹ das entscheidende Stichwort war. Vorsichtshalber hab' ich Kates Reisepaß einziehen lassen.«

»Ich bin einmal in Tanger gewesen«, sagte Bill. »Nachdem ich diesen Film gesehen hatte, bekam ich plötzlich so eine Sehnsucht nach Mondschein in der Wüste und all dem romantischen Zeugs.«

»Welcher Film war das?«

»›Der Himmel über der Wüste‹ mit Debra Winger und John Malkovich. Ich glaub', der war ein ziemlicher Flop, aber ich fand ihn Spitze.«

»Ach ja«, sagte Tony. »Das war diese Verfilmung von dem Roman von Paul Bowles. Wir haben den irgendwie verpaßt, nicht wahr, Liebling? Ich muß mir mal das Video besorgen.«

»›The Dream at the End of the World‹«, bemerkte Evelyn.

»Wie bitte?«

»Das ist eine Biographie über Bowles und seine Clique, die kürzlich erschienen ist.«

»Was wollten Sie denn von Tanger erzählen, Bill?« fragte Kate, bestrebt, die Unterhaltung von dem Thema weg zu dirigieren, das sie eigentlich beschäftigte. »Haben Sie dort gefunden, was Sie gesucht haben?«

Bill zögerte einen Moment, bevor er antwortete. »Na ja, was ich vom Leben erwarte und was ich am Ende bekomme, ist meistens zweierlei. Sagen wir einfach, es war nicht mein ›Traum am Ende der Welt‹.«

»Reisen ist längst nicht mehr so romantisch, wie es früher einmal war«, sagte Tony. »Kate und ich haben uns einmal von einem dieser Prospekte verlocken lassen, die einem ständig ins Haus geflogen kommen, und eine Kreuzfahrt gemacht.«

»Erzählen Sie doch mal davon«, bat Harvey. »Das hat mich auch schon immer gereizt. So etwas scheint mir der absolute Luxus zu sein.«

»Na ja, auf unserer Kreuzfahrt kam die Besatzung aus dem Film ›Die Schatzinsel‹, und Long John Silver war unser Steward.«

»Erzähl ihnen doch mal von den Passagieren auf dem Schiff«, sagte Kate.

»Wir hatten wohl in unserer naiven Vorfreude erwartet, es gäbe jeden Abend ein rauschendes Fest, gutes Essen, ein spitzenmäßiges Unterhaltungsprogramm und jede Menge junge Leute, die sich amüsieren wollen.« Tony machte eine theatralische Pause. »Von wegen. Das Schiff war einer von Gottes Wartesälen, völlig überfüllt mit Tattergreisen, von denen die meisten an Bord gekommen waren, um zu sterben. Das ist nicht übertrieben. Bei jeder Mahlzeit saßen zwei Pärchen an unserem Tisch, die eigentlich an eine Herz-Lungen-Maschine gehört hätten. Zugegeben, ein paar von den Alten waren fit genug, um mit Wurfringen zu spielen, aber auch bei denen mußte man jederzeit damit rechnen, daß der nächste Wurf ihr letzter sein würde.«

»Haben Sie denn nie Landausflüge gemacht?«

»Doch, aber das war auch jedesmal eine haarige Sache. Einmal sind sie vor einer Insel an der afrikanischen Küste vor Anker gegangen, die ausschließlich von ehemaligen Nazis bevölkert war. Stellt euch die Nürnberger Prozesse an einem Nacktbadestrand vor, dann wißt ihr, wie es dort zuging.«

»Wie war denn das Unterhaltungsprogramm?« wollte Harvey wissen. »Ich hab' immer gedacht, auf diesen Kreuzfahrten gäbe es die tollsten Shows.«

»Auf unserer jedenfalls nicht. Wir hatten eine Bauchrednerin mit einer Maggie-Thatcher-Puppe – sehr aktuell, dann einen Komiker mit Schottenrock, der mit irischem Akzent Judenwitze erzählte, und als Höhepunkt gab es einen Kostümwettbewerb. Als ersten Preis konnte man übrigens eine Kreuzfahrt gewinnen, wir haben uns also nicht allzu sehr ins Zeug gelegt, um bei dem Wettstreit mitzumachen. Die Teilnehmer mußten ihre Kostüme selber basteln, und das Thema lautete ›Filmstars‹. Also gab es natürlich ein halbes Dutzend Charlie Chaplins, von denen einer von der Bühne fiel und sich ein Bein brach, und mindestens drei Männer, die als Scarlett O'Hara auftraten …«

»Das darf nicht wahr sein!« rief Bill lachend. »Wer hat denn gewonnen?«

»Irgend so ein alter Knacker, der sich mit Klopapier umwickelt hatte und den ›Unsichtbaren‹ darstellte.«

»Aber das muß doch zum Totlachen gewesen sein.«

»Wir waren inzwischen viel zu erschöpft, um noch lachen zu können. Danach mußten wir erst mal Urlaub vom Urlaub machen, um uns zu erholen, stimmt's Liebling?«

Kate nickte. »Jenny muß inzwischen angekommen sein.« In Gedanken war sie immer noch bei ihrer Tochter. Als hätte jemand ihre Gebete gehört, läutete in diesem Augenblick das Telefon, und sie sprang auf, um den Hörer abzunehmen.

»Hallo, Liebes, bist du gut angekommen? ... Wie geht es ihm? ... Na, Gott sei Dank. Ich will es schnell den anderen sagen ...« Sie wandte sich um. »Sie glauben nicht, daß er einen dauerhaften Schaden erlitten hat. Das sind die guten Neuigkeiten, auf die wir alle gewartet haben, Liebes. War er bei Bewußtsein? ... Ah, gut, dann weiß er also, daß du da bist. Vergiß nicht, ihn ganz lieb von uns zu grüßen ... Wo bist du jetzt? ... Ach so, und sie haben dir gestattet, heute nacht im Krankenhaus zu bleiben? ... Gib mir doch mal die Nummer.« Sie machte eine Handbewegung zum Zeichen, daß sie einen Stift brauchte. Harvey reichte ihr einen, und sie kritzelte die Nummer auf einen Zettel. »Also, ruf uns morgen früh wieder an, am besten als R-Gespräch. Gib uns Bescheid, falls du noch irgend etwas brauchst. Ja. Und paß auf dich auf, Liebes.«

Tränen der Erleichterung liefen ihr über die Wangen, als sie den Hörer auflegte. »Tut mir leid, ich kann nichts dafür, ich hab' kein Taschentuch.«

»Hier«, sagte Tony. »Und er hat wirklich nichts Ernsthaftes?«

»Nein. Er ist ziemlich mitgenommen, und er hat starke Prellungen, aber sie haben seinen Kopf geröntgt und festgestellt, daß er keine inneren Verletzungen hat.«

»Wunderbar. Außerdem hat die ganze Sache noch etwas Gutes, nämlich, daß sie ihn nach Hause schicken werden, sobald er aus dem Krankenhaus kommt.«

»Dann ist ja alles noch mal gutgegangen«, stellte Roger fest.

»Ich bin froh, daß wir noch hier waren, als der Anruf kam«, sagte Harvey. »Ich hätte bestimmt die ganze Nacht wach gelegen. Aber ich denke, wir sollten jetzt wirklich aufbrechen, was meinst du, Bill?«

»Ja, du hast recht.«

Die beiden erhoben sich. »Wollen Sie nicht noch eine Tasse Kaffee trinken und etwas essen, bevor Sie sich auf den Weg machen?« fragte Kate.

»Sie belieben zu scherzen. Ich werde eine Woche lang fasten, wenn ich nach Hause komme.«

»Lassen Sie mich Ihnen wenigstens eine Thermosflasche mit heißem Kaffee mitgeben.«

»Danke, das ist wirklich nicht nötig.«

Als Tony jedoch die beiden an die Tür begleitete, um sie zu verabschieden, bemerkte er, daß die

Schneewehen bereits einen halben Meter hoch waren, und es schneite immer noch heftig. »In diesem Wetter können Sie nicht fahren«, sagte er. »Am besten, Sie bleiben über Nacht.«

»Na ja ...«

»Ich würde bei diesem Wetter ohne zwingenden Grund nirgendwohin fahren, Ehrenwort, und Sie kennen sich auf unseren Straßen nicht aus.«

»Macht Ihnen das denn nicht zu viele Umstände?«

»Nein, kein Problem.« Als sie ins Haus zurückkamen und Tony die Tür schloß, rief er Kate zu: »Liebling, draußen schneit's wie verrückt, die beiden jungen Herren bleiben also über Nacht.«

»Ist Ihnen das recht?« fragte Bill.

»Selbstverständlich.« Sie bemühte sich, überzeugend zu klingen. »Ich werde Ihnen schnell zwei Betten beziehen.«

»Ich werde Ihnen helfen«, erbot sich Evelyn, und die beiden gingen nach oben.

»Das ist mir ziemlich peinlich«, sagte Harvey. »Schließlich waren wir ursprünglich nur zum Mittagessen eingeladen.«

»Es ist Weihnachten. Kommen Sie in die warme Stube, ich werde eine Flasche aufmachen.«

Roger kam zu Tony in die Küche. »Korkenzieher?« sagte Tony. »Wo ist der Korkenzieher? Sieh mal dort in der Schublade nach.«

Roger reichte ihm den Korkenzieher. »Ich hab' alles ziemlich versaut, was?«

»Es wird schon wieder werden. Laß erst mal ein bißchen Zeit vergehen.«

»Habt ihr beiden euch jemals ernsthaft gestritten?«

»Meine Güte, klar.«

»Ich meine, wirklich ernsthaft. So daß man sich am liebsten trennen möchte?«

»Ja, wenn wir wirklich wütend sind. Es kann manchmal ein Alptraum sein, mit mir zusammenzuleben. Scheiße! Die Hälfte von dem verdammten Korken ist in die Flasche gerutscht.«

»Laß mich mal machen, in so was bin ich gut.« Roger nahm seinem Bruder die Flasche ab. »Es ist immer eine Frage von Stolz, stimmt's? Wir beide geraten jedesmal aneinander. Ich wünschte, ich wüßte, warum das so ist.«

»Wahrscheinlich, weil wir uns so selten sehen. Es muß eine Ewigkeit her sein, seit wir beide zusammen ausgegangen sind.« Während er seinem Bruder zusah, mußte Tony an die Zeit denken, als sie ein gemeinsames Zimmer bewohnt hatten – die Betten über Eck, Kopf an Kopf, in dem Haus, in dem sie beide aufgewachsen waren. Er erinnerte sich an ihre abendlichen Streitereien, an die Rivalität, die Besonderheiten, die ihre Jugend geprägt hatten.

»Ich habe das Gefühl, daß du mich verachtest«, sagte Roger.

»Das stimmt nicht. Gott, das ist ja furchtbar, daß du so etwas annehmen kannst.«

»Wir haben uns einfach nie verstanden. Wenn ich deine Bücher lese, weiß ich nie, was ich dazu sagen soll. Es ist jedesmal so, als würde ich jemanden entdecken, den ich überhaupt nicht kenne. Manchmal schockieren mich die Dinge, über die du schreibst.«

»Sie schockieren dich?«

»Ja. Nicht im moralischen Sinne. Sie schockieren mich, weil sie Gefühle beschreiben, die ich selbst nie kennengelernt habe. Du kannst über Liebe schreiben, und ich glaube, ich habe noch nie Liebe erlebt. Ich beneide dich und Kate um das, was euch verbindet.«

»Ich hab' einfach Glück gehabt. Ob Kate auch mit mir so ein Glück gehabt hat, ist eine andere Frage. Es ist kein Vergnügen, mit einem Schriftsteller verheiratet zu sein.«

»Hast du nie den Wunsch, dein Leben noch einmal von vorne anzufangen?«

»Klar, wer wünscht sich das nicht?«

»Und wie lautet die Antwort? Was würdest du dann anders machen?«

»Was ist die Frage, wie Gertrude Stein gesagt hat. Verdammt, ich weiß es nicht, ich weiß nur, daß wir mit den Karten spielen müssen, die uns zugeteilt wurden. Entweder man blufft, oder man paßt. Ich bin wohl eher der Typ, der sich weitgehend durchs Leben blufft.«

»Ja, aber manchmal reicht das nicht, stimmt's?«

Sie wußten beide nicht, wie sie diese Unterhaltung beenden sollten; es war ihnen peinlich, über ihre Gefühle gesprochen zu haben.

»Laß uns mal zu zweit essen gehen«, schlug Tony schließlich vor. »Das wird unser guter Vorsatz fürs neue Jahr. Und zwar auf meine Kosten.«

8

»Sie und Tony sind nicht gerade von mir begeistert, stimmt's?« sagte Evelyn.

Auf diese Frage war Kate nicht vorbereitet gewesen, doch noch während sie überlegte, wie sie sie auf höfliche Weise beantworten konnte, mußte sie sich eingestehen, daß etwas Wahres daran war: es hatte weniger mit Sympathie oder Antipathie zu tun, es war eher so, daß sie dieser Frau gegenüber, die ihrem Sohn näherstand als sie selbst, eine innere Abwehr empfand.

»Was Tony und mich angeht, so sind wir der Meinung, daß Martin alt genug ist, um sich seine Freunde selbst auszusuchen«, sagte sie.

»Aber er sollte sich Freunde und Freundinnen aussuchen, die in seinem Alter sind, das ist es doch, was Sie meinen, nicht wahr?«

Kate hörte auf, die Betten abzuziehen. Das hat mir gerade noch gefehlt, dachte sie, nicht noch so eine Diskussion. Sie gab sich alle Mühe, nicht zu schroff zu klingen: »In der Erziehung von Jenny und Martin haben wir uns immer bemüht, etwas zu beherzigen, das Enid Bagnold in ihrer Autobiographie geschrieben hat ... und zwar, daß es sehr wichtig für Kinder ist, Geheimnisse vor ihren Eltern zu haben. Das ist nicht immer leicht zu akzeptieren, aber man kann sich eine Menge Aufregung sparen, wenn man es hinnimmt.«

Evelyn faltete das abgezogene Bettlaken zusammen, und die beiden wandten sich wieder der profanen Beschäftigung des Bettenmachens zu, während sie über andere Dinge nachdachten. »Sie sollen nicht denken, ich wäre mir nicht darüber im klaren, daß es ziemlich dreist von mir war, uneingeladen hier aufzutauchen, aber Martin hat mir erst auf dem Weg hierher gesagt, daß er Sie nicht vorgewarnt hat.«

»Machen Sie sich darüber keine Gedanken. Das ist typisch Martin. Er hat dieses Haus schon immer als Hotel betrachtet.« Und jetzt laß es gut sein, dachte Kate, lassen wir das Thema, es ist ein langer Tag gewesen. Erst die Sache mit Pa und dann die Aufregung mit Jenny.

Aber Evelyn wollte die Karten auf den Tisch legen. »Vielleicht kann ich Ihnen das erklären.

Wenn man ständig mit jungen Leuten zusammen ist, dann verwischen sich die Grenzen. Nicht daß ich es auf einen jüngeren Liebhaber abgesehen hätte, nichts liegt mir ferner, aber es hat mir einfach sehr geschmeichelt, daß so einer wie Martin mich interessant findet. Natürlich hätte ich klüger sein sollen, denn schließlich sollte ich in meinem Alter etwas mehr Durchblick haben.«

Kate schüttelte ein Kissen auf. »Okay, wenn wir schon offen miteinander reden, darf ich Sie etwas fragen? Ist das eine feste Beziehung?«

»Ich weiß nicht. Würde es Sie beunruhigen, wenn es so wäre?«

»Ja«, gab Kate zu, »ich denke schon, um ehrlich zu sein. Ich komme Ihnen wahrscheinlich ziemlich altmodisch vor, nicht wahr?«

»Eigentlich nicht. Er ist schließlich Ihr Sohn, und eine geschiedene, ältere Frau ist sicherlich nicht das, was Sie sich für ihn gewünscht haben ... Nun, um Sie zu beruhigen, und ich weiß, was Sie heute alles durchgemacht haben, es ist eine rein freundschaftliche Beziehung, vielleicht eine, die Mißverständnisse herausfordert, aber das ist auch alles. Ich hoffe, Sie können mir das glauben.«

»Ja, natürlich glaube ich Ihnen. Es tut mir leid. Wie Sie schon sagten, das ist nicht gerade ein sorgloser Tag gewesen, und ich bin müde. Ich wollte eben nicht so aggressiv klingen. Es heißt immer,

Mütter hätten ein besonders inniges Verhältnis zu Söhnen, nicht wahr? Aber Martin und ich sind einander immer fremder geworden, seit er ins Internat kam. Vielleicht war es ein Fehler, ihn dorthin zu schicken. Im Moment habe ich keine Ahnung, was in seinem Kopf vorgeht. Sind sie alle so wie er?«

»Ich weiß nicht, ich habe da kaum Erfahrungen.«

»Sie haben selbst keine Kinder?«

»Nein, kein eigenes. Wir haben einmal ein kleines Mädchen adoptiert, aber zu Anfang gibt es eine Probezeit, wie Sie wahrscheinlich wissen, bis die endgültigen Papiere ausgestellt werden – solange kann die richtige Mutter es sich anders überlegen und ihr Kind zurückverlangen.«

Kate hielt in ihrer Arbeit inne. »Und das ist in Ihrem Fall passiert?«

»Ja. Ich möchte nicht behaupten, daß unsere Ehe daran zerbrochen ist, aber ich denke, es hat dazu beigetragen – das heißt, ich weiß, daß es dazu beigetragen hat.«

Sie sahen einander über das teilweise gemachte Bett hinweg an. »So etwas kann ich mir überhaupt nicht vorstellen«, sagte Kate. »Ich glaube, es würde mich umbringen.«

»Na ja, ich denke inzwischen nicht mehr so oft daran. Nur manchmal frage ich mich, wo sie sein mag und was aus ihr geworden ist. Aber nun haben wir genug über mich geredet. Das wichtigste ist, daß es Jenny gut geht.«

»Als er einfach nicht anrief, hab' ich tatsächlich gedacht, er sei tot«, sagte Kate. Sie hätte gern etwas gesagt, das ihre anfängliche Gereiztheit wieder gutgemacht hätte. Sie warf einen prüfenden Blick auf das Bett. »So. Ich muß ihnen noch ein paar frische Handtücher zurechtlegen. Es wird ihnen doch nichts ausmachen, im selben Zimmer zu schlafen? Tony und ich haben uns schon gefragt, ob sie vielleicht ein Pärchen sind. Was meinen Sie?«

»Es ist mir kurz in den Sinn gekommen, als Bill von Tanger erzählt hat. Das ist schon immer ein Tummelplatz für Schwule gewesen.«

»Na ja, wir können sowieso nichts daran ändern. In dieser Herberge ist kein Zimmer mehr frei. Vielen Dank für die Hilfe. Ich hoffe, Sie haben genug Platz in Ihrem kleinen Zimmer. Haben Sie letzte Nacht gut geschlafen? Wir haben noch ein paar Wolldecken, falls Sie welche brauchen.«

»Ich habe geschlafen wie ein Stein.«

»Wieso sagt man das eigentlich – ›geschlafen wie ein Stein‹? Glauben Sie, daß es ursprünglich hieß ›geschlafen wie ein Schwein‹?«

»Ich habe noch nie darüber nachgedacht, aber wahrscheinlich haben Sie recht.«

Kate strich das frisch gemachte Bett glatt. »Komisch, daß man sich heutzutage viel mehr damit beschäftigt. Früher hab' ich nie darüber nachgedacht.«

»Worüber?«

»Na ja, Schwule, Aids. Tony und ich unterhalten uns oft darüber. Ich nehme an, es ist wegen Martin. Die jungen Leute tun mir leid.« Der letzte Satz war ihr so herausgerutscht. »Na ja, Alter hat eigentlich nichts damit zu tun«, fügte sie hinzu. »Es betrifft jeden, es werden ja schon Kinder damit geboren. Was muß das für ein grausamer Gott sein, wenn es denn einen Gott gibt, uns mit einer solchen Geißel zu strafen, nur weil wir Liebe machen ... Kommen Sie, wir haben heute genug Kummer gehabt, wir beide trinken jetzt ein Gläschen.«

Sie packte das schmutzige Bettzeug zusammen, und dann, nachdem sie sich überzeugt hatte, daß das Zimmer zu ihrer Zufriedenheit hergerichtet war, gingen die beiden Frauen nach unten.

»Ich hab' mich heute abend lange mit Evelyn unterhalten«, berichtete Kate, als sie und Tony im Bett lagen, »und ich glaube, ich habe sie anfangs falsch eingeschätzt.«

Tony war in ein Buch vertieft. »Gut«, murmelte er.

»Sie hat ein trauriges Leben hinter sich. Und was ihre Beziehung zu Martin angeht, da haben wir uns auch geirrt. Sie sind einfach gute Freunde.«

»Gut.«

»Sie sagt, sie schlafen nicht miteinander, und ich hab's ihr geglaubt.«

Noch ein »Gut«, diesmal kaum hörbar.

»Hörst du mir überhaupt zu?«

»Ja, du hast gesagt, sie sind gute Freunde.« Er blätterte eine Seite um. »Was ich allerdings bezweifle.«

»Wie meinst du das?«

»Wie ich es gesagt habe.«

»Und wieso?«

»Unmöglich. Kein normaler Mann und schon gar nicht in Martins Alter kann mit einer Frau einfach nur ›gut befreundet‹ sein.«

»Was für eine lächerliche Verallgemeinerung.«

»Laß es dir gesagt sein. Wenn die Säfte steigen, und ich bin sicher, das trifft für Martin zu, dann hat jede Beziehung etwas mit Sex zu tun.«

»Schwachsinn.«

»Okay, wie du willst. Du hast recht, und ich hab' meine Ruhe.« Er wandte sich wieder seiner Lektüre zu. Kate schwieg eine Weile, dann sagte sie: »Ich kann es nicht fassen, daß du so etwas sagst.«

»Vergiß es, es ist vollkommen unwichtig.«

»Aber ich möchte wissen, *warum* du so etwas sagst. Du mußt doch einen Grund haben.«

Seufzend legte er sein Buch ab. »Also, er fühlt sich offenbar von ihr angezogen, sonst wäre sie nicht hier.«

»Ich nehme an, es ist dir noch nicht in den Sinn gekommen, daß er sich von ihrem Verstand angezogen fühlen könnte. Sie ist außergewöhnlich intelligent und sehr belesen.«

»Das war Madame de Staël auch.«

»Was hat die denn damit zu tun?«

»Sie hat Benjamin Constant um den Verstand gebracht. Ältere Frau mit jüngerem Mann. Wieso diskutieren wir dieses Thema überhaupt?«

»Wegen dem, was du eben gesagt hast. Du hast gesagt …«

»Ich weiß, was ich gesagt habe. Es ist eben meine Meinung. Du bist anderer Meinung. Ende der Debatte. Darf ich jetzt weiterlesen?«

»Du kannst manchmal richtig pedantisch sein.« Abermals entstand ein Schweigen. »Sie hat mir erzählt, daß einer ihrer Professoren ein paarmal mit ihr ausgegangen ist, und dann hat er sie gebeten, einen Gummianzug anzuziehen.«

»Und, hat sie's gemacht?«

»Nein, natürlich nicht.« Kate drehte sich um und starrte ihn an, bis er sie widerwillig beachtete.

»Was ist denn jetzt los?«

»Was wirst du ihm sagen?«

»Wem?«

»Martin natürlich. Du mußt dich um die Sache kümmern.«

»Das habe ich vor.«

»Und was wirst du ihm sagen?«

»Das hab' ich mir noch nicht überlegt.« Er las noch immer in seinem Buch.

»Falls sie schwanger ist, muß ziemlich bald etwas geschehen. Wir müssen uns um sie Gedanken machen.«

Tony legte sein Buch ab. »Liebling, hast du heute noch nicht genug Dramen erlebt? Laß uns jetzt nicht darüber diskutieren, bitte. Du bist müde, wir sind beide müde, laß uns nicht streiten.«

»Ich streite doch nicht. Ich mache mir nur Sorgen, das ist alles. Und ich möchte, daß wir unser Leben im Griff behalten.«

»Das werden wir.«

»Das sagst du so, aber du unternimmst nichts.«

»Und was soll ich deiner Meinung nach tun? Ihn wecken und aus dem Bett zerren? Sei doch vernünftig. Ich werde morgen mit ihm reden, das verspreche ich dir, aber bleib doch auf dem Teppich. Möglicherweise ... ich sage möglicherweise ... hat er ein Mädchen geschwängert. Das ist ein Problem, falls es stimmt, aber es ist lösbar. Wir haben noch Glück gehabt, daß heute nicht alles schiefgegangen ist. Andy hätte genausogut tot sein können, und dann würde Jenny sich jetzt die Augen ausweinen.«

»Was meinst du mit ›lösbar‹?«

»Na ja, es gibt drei Möglichkeiten – Alternativen, wenn du willst. ›A‹, es ist falscher Alarm, und wir können aufatmen, ›B‹, sie heiraten und bekommen ein Baby, oder ›C‹.«

»Was meinst du mit ›C‹? Abtreibung?«

»Ja.«

»Das kannst du als Mann leicht sagen.«

»Liebling, ich mache keine Reklame für Abtreibung, ich habe lediglich Möglichkeiten aufgezählt.«

»Aber so, wie du's gesagt hast, bedeutet es, daß du es für eine leichte Sache hältst.«

»Nein. Absolut nicht. Wenn du es genau wissen willst, frage ich mich, ob überhaupt irgendein Mann das Recht hat, sich in die Diskussion einzumischen.«

Nach einer weiteren Pause sagte Kate: »Jedenfalls ist klar, daß er sich nicht um *safer sex* gekümmert hat.«

»Jedenfalls nicht sicher genug.«

»Ich gebe Martin die Schuld.«

»Ja und nein. Es gehören immer zwei...«

»Komm mir nicht mit der alten Platte. Es geht hier nicht um einen Tango, es geht um ein Baby.« Kate versank wieder in Schweigen, aber die Tatsache, daß er sich erneut seinem Buch zuwandte, nervte sie. »Wenn man darüber nachdenkt, ist es alles ungerecht. Auf der einen Seite haben wir Evelyn, die sich verzweifelt ein Kind wünscht und keins bekommen kann, und unser verantwortungsloser Sohn befruchtet alles, was ihm über den Weg läuft.«

»Das scheint mir leicht übertrieben.«

»Was glaubst du, was passieren wird?«

»Woher soll ich das wissen?« sagte Tony geduldig. Er war sich darüber im klaren, daß diese Diskussion die ganze Nacht andauern konnte. »Ich kann nur sagen, ich werde mein Bestes tun, um ihnen aus der Situation zu helfen.«

»Glaubst du, ihre Eltern wissen Bescheid?«

»Das bezweifle ich, nach dem, was Martin mir erzählt hat.«

»Was hat er dir denn noch alles erzählt? Warum läßt du dir die Würmer einzeln aus der Nase ziehen? Warum bist du so geheimnistuerisch?«

»Bin ich nicht. Du weißt genausoviel wie ich.« Nachdem er eine weitere Seite umgeblättert hatte, fügte er hinzu: »Das einzige, was er mir noch erzählt hat, ist, daß ihre Eltern katholisch sind.«

»Da haben wir's! Warum hast du das nicht gleich gesagt?«

»Ich hab's doch gerade gesagt. Herrgott im Himmel, was ist denn mit dir los?«

»Na, das war's dann wohl. Sie muß es bekommen, Martin wird sie heiraten müssen.«

»Okay. Problem gelöst.«

»Wie kannst du nur so gelassen sein? Du nimmst es einfach hin, ja? Einfach so?«

»Kate, Liebling, du bist diejenige, die gesagt hat, er wird sie heiraten müssen. Du hast es gesagt, nicht ich. Also, vielleicht heiratet er sie, vielleicht auch nicht, mir ist es nicht gegeben, in die Zukunft zu blicken, so wie du.«

»Warum bist du eigentlich so gereizt?«

»Weil das eine lächerliche Diskussion ist.« Er knipste seine Nachttischlampe aus. »Gestern abend hast du dir den Kopf darüber zerbrochen, ob er und Evelyn es miteinander treiben – da war *sie* das Problem – und jetzt wäre es dir offenbar ganz recht, wenn sie es miteinander trieben.«

»Das hab' ich nicht gesagt.«

»Aber angedeutet.«

»Na ja, jedenfalls wäre Evelyn erwachsen genug, um damit fertig zu werden. Sie ist eine sehr vernünftige Frau.«

»Selbst vernünftige Frauen werden schwanger. Du bist das beste Beispiel. Jenny war nicht gerade geplant.«

»Das ist was anderes. Wir waren verheiratet.«

»Liebling, du hast mehr als einen Brautstrauß zum Altar getragen.«

»Vielen Dank. Du verstehst es wirklich gut, Salz in Wunden zu streuen.« Sie setzte sich auf, knuffte ihr Kopfkissen wütend zurecht und legte sich wieder hin. »Liebling, ich wollte dich doch nicht ärgern«, versuchte Tony sie zu beschwichtigen. »Laß uns nicht streiten, es bringt überhaupt nichts, mitten in der Nacht solche Auseinandersetzungen zu führen. Ich hab' auch keinen Zauberstab, mit dem ich herumfuchteln könnte, ich wünschte, ich hätte einen. Ich bin ebenso besorgt wie du, und ich werde mein Bestes tun, um eine Lösung zu finden.«

»Okay«, erwiderte sie ruhig.

»Tut mir leid, daß ich diese Bemerkung gemacht hab'.«

»Ist schon gut.«

»Verzeihst du mir?«

»Ja.«

»Das gehört wohl zum Leben. Allerdings haben wir in letzter Zeit ein bißchen viel abgekriegt ... Kinder ... Mir geht es genauso wie dir, ich liege manchmal abends im Bett und frage mich, wann passiert die nächste Katastrophe ... Taugt mein verdammter Roman etwas? Wie lange können wir uns noch leisten, hier zu wohnen? Sollte ich den Boiler reparieren lassen, bevor er uns um die Ohren fliegt? ... Es ist nicht so, daß ich dir absichtlich irgend etwas vorenthalte ... aber was soll ich dich mit all meinen langweiligen Sorgen belasten, damit schaffe ich sie auch nicht aus der Welt, oder?«

Er hob leicht den Kopf, um Kate anzusehen. Ihr regelmäßiger Atem sagte ihm, daß sie eingeschlafen war.

9

»Die Milch ist alle«, verkündete Kate, als Tony am nächsten Morgen völlig verschlafen in die Küche taperte.

»Alle?« Er geriet aus dem Gleichgewicht und stieß sich die Zehen. »Na gut, wenn ich gleich ins Krankenhaus fahre, seh' ich mal, ob sie an der Tankstelle welche verkaufen. Das ist der einzige Laden, der heute offen haben könnte. Wie wir ja alle wissen, macht die Industriemacht namens England bis zum neuen Jahr dicht … Hab' ich gestern abend zuviel getrunken?«

»Wahrscheinlich.«

»Wo ist der Kaffee?«

»Wo er immer ist.«

Er sah nach. »Aber die Kanne ist leer.«

»Dann mach halt frischen. Dreh dich zum Kühlschrank um, mach ihn auf und nimm die Dose heraus, auf der groß und breit ›Kaffee‹ steht.«

»Wieso bist du so sarkastisch?«

»Weil du jeden Morgen in die Küche kommst und fragst ›Wo ist der Kaffee?‹, als ob ich ihn jedesmal absichtlich an einer anderen Stelle verstecken würde.«

Während der nächsten fünf Minuten lungerte er unentschlossen in der Küche herum, ein mißverstandener Mann, der sich in Zeitlupe bewegte. »Sind die anderen schon auf?«

»Evelyn ja. Sie saugt freundlicherweise das Wohnzimmer. Du brauchst dich also nicht mehr anzubieten«, sagte sie in demselben Ton wie zuvor.

»Ich hätte es gemacht, wenn du mich darum gebeten hättest.«

»Manche Leute machen so was, ohne daß man sie darum bitten muß.«

Mit unsicherer Hand füllte er mehrere Löffel gemahlenen Kaffee in die Kanne. »Hast du die Katze gefüttert?«

»Ja, ich hab' ihr was von den Puterbratenresten gegeben.«

»Du hättest ihr den ganzen Rest geben sollen.« Er goß das heiße Wasser in die Kanne und rührte um.

»Du hast hoffentlich nicht vergessen, was du heute morgen tun wolltest.«

»Nein, es war das erste, was ich heute im Kopf hatte. Das und Kopfschmerzen.«

»Je eher du es tust, um so besser.«

»Milch?« murmelte er, nachdem er sich eine Tasse Kaffee eingeschenkt hatte.

»Ich hab' dir doch eben gesagt, daß die Milch alle ist. Das bißchen, das wir noch hatten, wurde nicht in den Kühlschrank gestellt und ist sauer geworden.«

»Hast du schlechte Laune?«

»Nein.«

»Kommt mir aber so vor. Hab' ich dir was getan? Irgendwas, das ich gesagt hab'?«

»Nein, eigentlich warst du sehr lustig, als du gestern abend nach Hause gekommen bist. Du kannst ziemlich lustig sein, wenn du willst.«

»Mit anderen Worten, jetzt bin ich es nicht?«

Kate unterbrach ihre Arbeit und sah ihn an. »Tony, nimm deinen Kaffee, geh in dein Zimmer und laß mich hier weitermachen. Ich habe viel zu tun, und ich kann nicht arbeiten, wenn du mir im Weg herumstehst.«

Bevor er die Küche verließ, fühlte Tony an dem Boiler, um festzustellen, ob er noch funktionierte. Das Staubsaugergeräusch, das ihm entgegendröhnte, als er sich in sein Refugium begab, tat ihm so weh in den Ohren wie Musik von Stockhausen. Er setzte sich an seinen Schreibtisch und betrachtete die säuberlich gestapelten Seiten seines Manuskripts. Auch wenn der Gedanke, die Arbeit daran wiederaufzunehmen, ihn nicht gerade mit Begeisterung erfüllte, nahm er sich die letzte Seite vor und las noch einmal durch, was er zuletzt geschrieben hatte. Aus alter Gewohnheit griff er nach einem Bleistift, strich einige Zeilen aus einem Dialog und machte sich ein paar Randnotizen. Wie die meisten Schriftsteller brauchte er einen Auslöser, um wieder mit dem Schreiben zu beginnen. War dies der Roman, der ihn endlich reich machen würde? Tony hatte seine Zweifel. Der schale Nachgeschmack der Weihnachtsfeiertage stand ihm noch bevor, diese trüben letzten Tage des Jahres, wenn einem alles vorkam wie Ramschware aus dem letzten Schlußverkauf und es um die kreative Energie schlecht bestellt war. Er zündete sich eine Zigarette an und bedauerte es sogleich wieder, was ihn jedoch nicht daran hinderte, sie zu Ende zu rauchen – ein echter Süchtiger gibt nicht so leicht auf. Als nächstes werden uns stapelweise die Rechnungen ins Haus flattern, dachte er. Selbst dringendste persönliche Briefe wurden im weihnachtlichen Hochbetrieb verspätet ausgeliefert, während Kreditkartenabrechnungen, Steuerbescheide und Ähnliches ihr eigenes Vertriebssystem zu haben schienen: sie wurden garantiert pünktlich zugestellt.

Was sich ihm darbot, als er seinen Blick durch das Zimmer schweifen ließ, erschien ihm ebenso trostlos wie die kalte Asche im Kamin. Der leere Bildschirm seines Computers spiegelte ein Gesicht, das ihm noch nie gefallen hatte: es war zu rund, ihm fehlten die markanten Linien, die die Fährnisse des Lebens seiner Meinung nach darin hinterlassen haben sollten, Linien, die ihm eine gewisse wettergegerbte Würde verleihen würden, die dem Ruf eines Schriftstellers angemessen wäre. Nicht daß er Auden nacheifern wollte, das wäre übertrieben, aber vielleicht einem Graham Greene, so daß die Kritiker, wenn sie sein Foto auf einem Schutzumschlag betrachteten, es sich zweimal überlegen würden, bevor sie einen Verriß schrieben. Der Kaffee schmeckte bitter. Er ließ ihn stehen und stand auf, um sich im Spiegel näher zu untersuchen. Ich werde mein Leben lang Peter Pan bleiben, dachte er. Die gestrigen Ereignisse hätten mich über Nacht altern lassen müssen, aber abgesehen von den Bartstoppeln wirke ich widerlich jungenhaft. Er überlegte, ob er sich einen Bart wachsen lassen sollte, die Hemingwaymasche durchziehen. Aber wie er sein Glück kannte, würde der verdammte Bart in Büscheln wachsen, wie ein Feld, auf dem der Dünger ungleichmäßig verteilt worden war. Außerdem hatten Bärte für ihn immer etwas Affektiertes gehabt, Attribute, die sich die steifen Direktoren am Royal Court zulegten. Andererseits hätte ein Bart etwas für sich, denn immerhin würde er seine langweiligen Gesichtszüge kaschieren.

Plötzlich hörte er, wie die Haustür zugeknallt wurde. Er drehte sich abrupt um und sah zu seiner Überraschung, wie Roger in sein Auto stieg und abfuhr. Tony ging zurück in die Küche.

»Roger ist weg.«

»Ich weiß.«

»Ohne ein Wort zu sagen? Verdammt unhöflich.«

»Er hat mir guten Morgen gesagt.«

»Ich wollte mit ihm reden, bevor er abreist.«

»Na ja, er kommt ja noch mal zurück.«

»Er kommt zurück?«

»Ja, er hat mir gesagt, er geht nur zu einer Versammlung.«

»Zu einer Versammlung?«

»Ja, Tony, du brauchst nicht alles zu wiederholen, was ich sage. Eine Versammlung, so hat er sich ausgedrückt.«

»Kein Mensch geht am zweiten Weihnachtsfeiertag zu einer Versammlung.«

Tony zog sich wieder in sein Zimmer zurück. Er schlürfte den kalten, bitteren Kaffee und grübelte über das verschrobene Verhalten seines Bruders nach, als Martin den Kopf zur Tür hereinsteckte. »Die Milch ist alle, Dad«, sagte er.

»Das habe ich auch schon bemerkt.«

»Jetzt kann ich keine Cornflakes essen.«

»Dann iß doch von dem Puter.«

»Puter? Soll ich etwa Puter zum Frühstück essen?«

»Manche Leute wären froh, wenn sie überhaupt ein Stück Puterbraten bekämen, egal, zu welcher Mahlzeit.«

Nachdem er vergeblich nach einem Aschenbecher Ausschau gehalten hatte, machte Tony seine Zigarette schließlich in seiner Kaffeetasse aus und erhob sich. »Wenn ich mir den Schlaf aus den

Augen gewischt und mich rasiert habe, fahre ich ins Krankenhaus. Am besten, du kommst mit, für den Fall, daß ich mit dem Auto im Schnee hängenbleibe. Auf dem Rückweg besorgen wir dann die Milch.«

»Äh, Evelyn und ich wollten eigentlich einen Spaziergang machen.«

»Ihr könnt heute nachmittag spazierengehen. Ich muß mit dir reden. Und du mußt mit mir reden. Ich würde sagen, wir haben es beide nötig, uns miteinander zu unterhalten, meinst du nicht? Ich bin in zwanzig Minuten soweit.«

Sie mußten die Einfahrt freischaufeln, bevor Tony den Volvo aus der Garage fahren konnte. »Schnall dich an«, befahl Tony, »ich fürchte, es ist Glatteis auf den Straßen.« Es lag immer noch Schnee in der Luft, und Tony hatte Mühe, den Wagen in der Spur zu halten. Obschon er die Unterhaltung mit seinem Sohn am Abend zuvor mehrmals in Gedanken durchgegangen war, fiel es ihm schwer, die richtigen Worte zu finden, um das Gespräch zu eröffnen.

»Hast du dir irgend etwas überlegt?« begann er.

»Was soll ich mir überlegt haben?«

»Was wohl? Wie es mit Patricia weitergeht, natürlich.«

»Eigentlich nicht.«

»Weiß Evelyn Bescheid?«

»So in etwa.«

»Also, weiß sie's, oder weiß sie's nicht?«

»Ich hab's irgendwie erwähnt, ja.«

»Und?«

»Du hast falsche Vorstellungen von mir und Evelyn. Ich mag sie einfach als gute Freundin. Ich hab' kein Verhältnis mit ihr oder so.«

»Das hab' ich bereits von deiner Mutter gehört. Sie hat sich gestern abend mit Evelyn unterhalten.«

Martin hielt sich am Armaturenbrett fest, als Tony in eine Kurve fuhr. »Über mich?«

»Über wen denn sonst?«

In diesem Augenblick drehten die Hinterräder durch, was dem Thema vorübergehend ein Ende setzte. Erst als Tony die Kontrolle über das Fahrzeug wiedergewonnen hatte, atmeten sie beide auf und Martin sagte: »Ich weiß nicht, warum die Leute hinter meinem Rücken über mich reden müssen.«

»Wenn du älter wirst, Martin, wirst du feststellen, daß die einzigen Gespräche, die es sich zu führen lohnt, hinter dem Rücken anderer stattfinden. Es wird vielleicht eine Weile dauern, bis du zu dieser Erkenntnis gelangst, aber sie wird kommen, glaub mir. Müssen wir hier abbiegen? Ich kann das Straßenschild nicht lesen.«

»Ich glaube ja.«

Das Krankenhaus, ein unscheinbarer, einstöckiger Bau, war bisher auf wunderbare Weise von allen Eingriffen der schwachsinnigen Bürokraten verschont geblieben, die das englische Gesundheitswesen seit Jahren zugrunde richteten, und leistete der Gemeinde weiterhin treue Dienste. Während der Regierungszeit von Edward VII. war das Haus von einem unbedeutenden Mitglied der Königlichen Familie gegründet und über die Jahre kaum verändert worden. Inzwischen glich es eher einem etwas heruntergekommenen Landhaus als einer medizinischen Einrichtung. In dem Krankenhaus war es schon immer erfrischend unbürokratisch zugegangen, es gab keine streng geregelten Besuchszeiten, und das Personal war freundlich und effizient.

Tony und Martin schlitterten über den vereisten Weg bis zum Haupteingang. Die Eingangshalle war unter Mißachtung der Feuerschutzbestimmungen mit selbstgebastelten Papiergirlanden geschmückt worden. Am Schwarzen Brett in der Anmeldung hingen lauter Weihnachtsgrußkarten neben einer derben Karikatur eines Arztes, der, als gute Fee verkleidet, einen Katheter wie einen Zauberstab schwang.

»Wir möchten gern meinen Vater besuchen«, sagte Tony. »Mr. Chivers. Er ist gestern eingeliefert worden.«

Die Schwester sah in ihrer Liste nach. »Ah ja, er liegt auf der Armitage-Station. Sprechen Sie doch kurz mit der Oberschwester, bevor Sie hineingehen. Dort entlang, und dann der erste Gang links.«

»Wieso riecht es in Krankenhäusern immer so komisch?« flüsterte Martin.

»Ah, Mr. Chivers«, sagte die Oberschwester, als sie auf ihrer Station angekommen waren. »Ihr Vater ist schon ein origineller Kerl. Der Arzt hat ihn sich eben angesehen und meint, wir sollten ihn noch ein paar Tage hierbehalten.«

»Aber es geht ihm doch nicht schlechter?«

»Nein, nein. Er hatte eine unruhige Nacht, aber das war zu erwarten. Er hat kein Fieber mehr, und ich bin sicher, daß er in ein, zwei Tagen wieder zu Hause sein wird. Gehen Sie nur hinein.«

Sie betraten das enge Zimmer, in dem vier Betten standen, von denen aber nur drei belegt waren. Im Bett neben der Tür lag halb aufgerichtet ein Skinhead; über einem Auge trug er einen Verband, und sein ganzes Gesicht war geschwollen und blau angelaufen. Der dritte Patient war ein sehr alter Mann, der zu schlafen schien. Auch das Krankenzimmer war mit Papiergirlanden geschmückt, von denen einige durchhingen, so daß sie aussahen wie bunte Würste.

»Wie geht es dir, Pa?« fragte Tony.

»Gut, mein Junge.« Seine Augen waren wäßrig und blasser als gewöhnlich.

»Wirst du gut versorgt?«

»O ja.«

»Und der Arzt ist wohl auch zufrieden mit dir, was?«

»Er hat gesagt, ich sei ein medizinisches Wunder für mein Alter.«

»Und wie ist das Essen, Pa?«

»Man kriegt eine Speisekarte, und man kann sein Essen selbst aussuchen.«

»Wirklich? Das ist gut. Hast du ein anständiges Weihnachtsessen bekommen?«

»Hervorragend. Aber es gab keinen Eierlikör. Ich hab' der Schwester gesagt, zum Weihnachtspudding gehört Eierlikör.«

»Wie geht's denn deinem Knöchel?« erkundigte sich Tony.

»Der Doktor ist sehr zufrieden mit mir. Sehr zufrieden.«

Die Haut im Gesicht des alten Mannes im dritten Bett sah aus wie Pergamentpapier. Als er nun zu ihnen herübersah, machte er plötzlich beim Ausatmen ein irritierend pfeifendes Geräusch.

»Der Kerl da drüben macht's nicht mehr lange, wenn ihr mich fragt«, flüsterte Pa so laut, daß es Tony und Martin peinlich war. »Heute morgen haben sie einen Wandschirm vor sein Bett gestellt, da hab' ich schon gedacht, er hat's hinter sich.«

Tony bemerkte ein Flackern in den Augen des Alten und hielt es für das Beste, das Thema zu wechseln. »Na, wollen wir hoffen, daß du dich irrst.« Aber sein Vater konnte nicht widerstehen, ihnen alles mitzuteilen, was er wußte. »Die Schwester, die uns morgens den Tee bringt, hat gesagt, daß sie letzte Nacht einen Todesfall hatten. Nicht auf dieser Station, es war eine von den Frauen.«

Werde ich auch dem Tod mit einer so heiteren Gelassenheit entgegensehen, wenn ich in seinem Alter bin? fragte sich Tony im stillen. Wird die Angst geringer, wenn man dem Tod näher rückt?

»Sie ist natürlich eine Farbige, die Schwester, die den Tee bringt. Wie steht's denn zu Hause? Ich nehme an, ihr habt mich alle vermißt.«

»Ja, ja, natürlich.«

»Habt ihr Whist gespielt?«

»Nein, Pa.«

»Schade, schade. Früher haben wir Weihnachten immer Whist gespielt.«

»Wir haben einen ruhigen Abend verbracht, nicht nur deinetwegen, aber Jenny hat schlechte Nachrichten erhalten ... Andy ist bei einem Bombenanschlag verletzt worden.«

Sein Vater starrte ihn an, endlich schweigsam.

»Die IRA hat eins von seinen Fahrzeugen in die Luft gesprengt, aber glücklicherweise war er zu dem Zeitpunkt nicht in dem Wagen und wurde nur leicht verletzt. Er hat nur eine Gehirnerschütterung.«

»Meine Güte. Meine Güte.«

»Jenny wollte bei ihm sein und ist gestern nach Belfast geflogen.«

Das Gesicht, das Tony vor sich sah, war plötzlich wutverzerrt. »Wenn ich was zu sagen hätte, wüßte ich genau, was ich mit denen machen würde, ich würde die ganze Bande erschießen lassen.« Pas ganzer Körper zitterte vor Zorn. »Keine Gerichtsverhandlung, nichts. In dem Moment, in dem sie gefaßt würden, würde ich sie sofort an die Wand stellen lassen.«

»Ja, es ist wirklich ein großes Problem, Pa ... Jedenfalls dachte ich, du solltest es wissen.«

»Das sind schlechte Nachrichten, schlechte Nachrichten, damit hatten wir nicht gerechnet.«

»Die Schwester hat gesagt, sie würden dich gern noch ein paar Tage hierbehalten. Brauchst du noch irgendwas?«

»Nein, nein. Trotzdem vielen Dank. Ich hab' ja den Fernseher, ich seh' mir dann später das Fußballspiel an. Also, dann grüß Jenny mal schön von mir. Das war wirklich das letzte, was ich hören wollte.«

»Kate kommt dich heute abend besuchen. Soll sie dir ein bißchen Obst oder Kuchen mitbringen?«

»Ich hätte gern meinen neuen Bademantel. Die, die sie einem hier geben, sind mir zu eng.«

»Den Bademantel, in Ordnung, ich werd' dran denken.« Tony beugte sich über seinen Vater und gab ihm einen Kuß auf die Stirn. »Paß auf dich auf und flirte nicht zuviel mit den Schwestern.«

»Ich bring' sie zum Lachen, das kannst du mir glauben. Sie sind schwer in Ordnung.«

»Ich kann's mir lebhaft vorstellen. Mit dir bleibt ihnen ja nichts anderes übrig.«

Tony lächelte beim Hinausgehen dem Skinhead zu, bekam jedoch keine Reaktion.

»Pa wird wohl bei euch wohnen müssen, wenn er entlassen wird«, sagte Martin.

»Ja«, sagte Tony. Der Gedanke war ihm ebenfalls gekommen, und die Aussicht löste gemischte Gefühle in ihm aus.

»Er wirkte kleiner und schmächtiger als gewöhnlich. So als sei er ein bißchen geschrumpft.«

»Das tun die meisten Leute, wenn sie älter werden.«

An der Tankstelle kauften sie etwas Milch und tankten den Volvo auf. Dann, nachdem sie eine kurze Strecke gefahren waren, bog Tony in eine Seitenstraße und hielt an. Er ließ den Motor laufen, damit die Heizung weiterarbeitete.

»Ich möchte dir etwas erzählen, bevor wir über dich reden«, begann er. »Etwas, das ich früher einmal erlebt habe.« Er drehte sein Fenster ein paar Zentimeter herunter und zündete sich eine Zigarette an. »Im neuen Jahr hör' ich auf.«

»Schon wieder.«

»Na ja, ich werd's versuchen ... Weißt du«, setzte er noch einmal an, »du bist nicht der einzige, der je in so eine Situation geraten ist. Mir ist das gleiche passiert, bevor ich deine Mutter kennenlernte.«

»Dir?« Martin gelang es nicht, seine Verblüffung zu verbergen.

»Als ich ungefähr so alt war wie du, vielleicht ein bißchen älter, hatte ich eine ernsthafte Beziehung mit einem Mädchen namens Joyce – Joyce Hunter.« Tony war erleichtert, daß er sich nach all den Jahren noch an ihren Nachnamen erinnern konnte. »Es ging so weit, daß wir vorhatten zu heiraten, sobald ich genug Geld zusammengespart hätte. Dann stellte sie eines Tages fest, daß sie schwanger war ... und damals war Abtreibung illegal, unter gewissen Umständen sogar ein Verbrechen, für das man in den Knast wandern konnte ... wenn man genug Geld hatte, gab es natürlich auch andere Lösungsmöglichkeiten. Ansonsten konnte man sein Glück bei irgend so einer alten Frau in einem Hinterhaus versuchen. Das war riskant, das war gefährlich ... Aber so war das, und in der Verzweiflung war das oft die einzige Rettung. Das, oder das Mädchen mußte ein heißes Bad nehmen, eine Flasche Gin trinken und dann eine Fahrt mit dem Bus machen.«

»Mit dem Bus?«

»Es war ein Ammenmärchen, das manchmal funktionierte, nehme ich an. Aber ich sage dir, ich würde glatt ein Kind kriegen, wenn ich eine ganze Flasche Gin austrinken würde.«

»Habt ihr das probiert?«

»Nein, aber wir haben alles andere versucht, was uns einfiel. Dieses Halbwissen war damals sehr gefährlich. Wir hatten viel zuviel Angst, um unsere Eltern um Rat zu bitten, also mußten wir uns auf den Rat von Freunden verlassen, die auch nicht besser Bescheid wußten als wir selbst. Nichts von dem, was wir unternahmen, hatte auch nur den geringsten Effekt, und schließlich war sie im vierten Monat. Und dann hat uns jemand geraten, einen Psychiater aufzusuchen.«

»Einen was?« fragte Martin.

»Hast du das noch nie gehört? Einen Psychiater. Es gab eine ganze Reihe, die recht zugänglich waren. Gegen einen bestimmten Preis waren sie bereit, dem Mädchen zu bescheinigen, daß es psychisch nicht in der Verfassung sei, eine Schwangerschaft durchzustehen. Damit konnte man angeblich die Gesetze umgehen. Es war immer noch eine windige Sache, aber diese Typen kamen meistens damit durch und wurden auch noch reich dabei. Wenn man einmal soweit gekommen war, gaben sie einem die Adresse von einer Privatklinik, wo dann ein ebenso zwielichtiger Arzt die Abtreibung vornahm. Allerdings waren das nur dem Namen nach Kliniken, denn es handelte sich gewöhnlich um einen ziemlich primitiv ausgestatteten OP in einem ganz normalen Haus. Der gängige Preis betrug mindestens hundert Pfund, was heute schätzungsweise tausend entsprechen würde … Natürlich nur Cash auf die Hand, da wurden keine Bücher geführt … Ich weiß gar nicht mehr so genau, wie ich das Geld aufgetrieben hab', ich glaub', ich hab' meine Armbanduhr versetzt, und sie hatte ein bißchen Geld auf einem Sparbuch … Irgendwie haben wir die Summe zusammenbekommen, die sie verlangten … Ich hab' sie zu der Adresse begleitet … in der Nähe der Marylebone Road, aber ich durfte nicht mit reingehen, ich mußte sie allein dort lassen. Sie haben mir gesagt, ich soll in einer Stunde wiederkommen. Das war eine verdammt lange Stunde, das kannst du mir glauben. Die eigentliche Abtreibung haben sie dort gar nicht gemacht, sie haben sie nur eingeleitet, ihr eine Spritze gegeben oder so was, nehm' ich an.«

»Warum konnten sie denn nicht die ganze Sache dort erledigen?«

»Zu riskant … Falls etwas schiefging, dann sollte das nicht bei ihnen passieren. Jedenfalls, als sie wieder rauskam, hab' ich ein Taxi gerufen, und wir sind zu ihrer Freundin gefahren und haben gewartet. Sie hatten ihr gesagt, es würde in ungefähr einer Stunde losgehen. Sie haben sich nicht geirrt. Genau eine Stunde später fing sie an zu schreien.«

Er machte eine Pause, drehte das Fenster noch etwas weiter herunter und schnippte seine Zigarette hinaus in den Schnee.

»Ich bin natürlich völlig in Panik geraten, ich hatte Angst, daß sie mir verblutet ... Ich hätte mir nie vorgestellt ... na ja, ich weiß auch nicht, was ich mir vorgestellt hatte, jedenfalls nicht das, was dann geschah ... Aber wir beide, also die Freundin und ich, haben es irgendwie geschafft, Joyce zu helfen, das durchzustehen, und hinterher ... na ja, ich will jetzt nicht in die Einzelheiten gehen ... jedenfalls, als das Schlimmste vorüber war, haben wir den Arzt der Freundin angerufen und gesagt, Joyce hätte eine Fehlgeburt gehabt. Natürlich wußte er genau, was wirklich passiert war, aber er hat ein Auge zugedrückt und sich um sie gekümmert.«

»Mein Gott«, sagte Martin schließlich.

»Jedenfalls hab' ich dir das alles nicht erzählt, um dich ins Bockshorn zu jagen ... aber danach wollte Joyce nichts mehr von mir wissen. Verständlicherweise. Wir hatten nicht nur das Baby getötet, wir hatten auch alles getötet, was wir für einander empfunden hatten. Ich hatte nichts als Schuldgefühle, und sie konnte mich nicht mehr in ihrer Nähe ertragen, weil sie durch mich immer wieder daran erinnert wurde. Es war vorbei.« Nachdem er geendet hatte, fiel ihm auf, daß er die Geschichte noch nie jemandem erzählt hatte, nicht einmal Kate. Seltsam, wie unterschiedlich man im Leben mit den Dingen umgeht, die man richtig macht, und mit denen, die man falsch macht. Er konnte sich nicht mehr an Joyce' Gesicht erinnern, nur noch an den Schmerz.

»Mein Gott«, sagte Martin noch einmal. »Aber heute ist das doch nicht mehr so, oder? Es gibt richtige Kliniken, wo es ordentlich gemacht wird, nicht wahr?«

»Ja, das zumindest ist heute ganz anders, Gott sei Dank. Das einzige, was sich nicht geändert hat, ist der menschliche Faktor. Ich weiß nicht, was du für Patricia empfindest, aber vorgestern hast du mir gesagt, es wäre aus zwischen euch beiden. Jetzt hat sich die Situation geändert, und ich kann euch beiden nur raten, überlegt euch gut, was ihr tut, bevor ihr eine Entscheidung trefft. Es ist etwas anderes, als sich überlegen zu müssen, ob man ein Auto verkaufen soll oder nicht.«

»Das weiß ich. Glaub nicht, daß ich das nicht wüßte. Auch ohne daß du mir deine Geschichte erzählen mußtest.« Martin fummelte am Handschuhfach herum.

»Hast du sie inzwischen zurückgerufen?« Martin schüttelte den Kopf. »Hast du es vor?«

»Ich trau mich nicht, sie bei ihren Eltern anzurufen.«

»Na ja, gibt es denn vielleicht jemanden, mit dem du in Ruhe darüber reden könntest?«

»Ich könnte zu Deborah gehen.«

»Wer ist Deborah?«

»Ihre beste Freundin.«

»Hast du Deborahs Telefonnummer?«

»Ja.«

»Dann bitte sie doch einfach, bei Patricia anzurufen. Wäre das eine Idee?«

»Ja, ich glaub' schon ... Es ist alles so ein verdammter Schlamassel.«

»Also, wenn wir nach Hause kommen, rufst du sie an. Du mußt dich mit ihr treffen, das Problem geht nicht von alleine weg. Und egal, wie ihr beiden euch entscheidet, ich werde tun, was ich kann, um euch zu helfen.« Tony löste die Handbremse. »Wir sollten langsam zusehen, daß wir nach Hause kommen, ich möchte nicht, daß deine Mutter meint, wir hätten einen Unfall gehabt.«

Sie waren schon fast angekommen, als Martin wieder zu sprechen begann. »Ich bin froh, daß du mir diese Geschichte erzählt hast.« Er vermied es, Tony anzusehen. »Es ist mir nie in den Sinn gekommen, daß dir solche Dinge auch passiert sein könnten.«

»Das bleibt unter uns«, sagte Tony.

10

»Das ist das einzige, das ich noch nicht gelesen habe«, sagte Harvey und nahm ein Buch aus dem Regal. »Als Jenny mir erzählt hat, daß Sie ihr Vater sind, hab' ich mir die anderen sofort gekauft.«

Sie waren nach einem schweigsamen Mittagessen in Tonys Arbeitszimmer gegangen – die vorangegangenen Ereignisse schienen alle so ausgelaugt zu haben, daß bis auf ein bißchen Small talk kein Gespräch mehr zustande kam. Hinzu kam das Gefühl der Leere, das einen regelmäßig am zweiten Weihnachtsfeiertag beschleicht.

»Es ist schwer zu bekommen«, erklärte Tony. »Es ist schon seit Jahren vergriffen, und ursprünglich in einer sehr geringen Auflage erschienen. Erstwerke sind selten erfolgreich. Aber ich kann es Ihnen leihen.«

»Wirklich? Ich gehe sehr gut mit Büchern um, ehrlich, ich gebe sie immer zurück. Das war Ihr erster Roman, sagen Sie?«

»Nicht ganz. Der erste, für den ich einen Verleger gefunden habe. Ich habe davor drei schwülstige Schmöker geschrieben. Es ist natürlich eine nur schlecht verschleierte Biographie. Das Buch ist voller mehr oder weniger profaner Erlebnisse aus meiner vergeudeten Jugendzeit. Ich hab' schon seit Jahren nicht mehr hineingeschaut.«

»Geht es jedem Schriftsteller so mit seinem ersten Buch?«

»Wer weiß? Ich nehme es aber an, wenn sie ehrlich sind, was die meisten von uns nicht sind.«

»Wie sind Sie auf den Titel gekommen?«

»›Stille Gebete‹? Ich kann mich gar nicht mehr erinnern. Ich fürchte, es ist ein Wink mit dem Zaunpfahl – zweifellos hab' ich gebetet, daß jemand es kaufen würde.«

Kate und Bill gesellten sich zu ihnen.

»Wir sollten langsam aufbrechen«, sagte Bill. »Sonst wird das am Ende noch ein Remake von ›Der Mann, der zum Essen kam‹. In unserem Fall müßte es dann allerdings *die Männer* heißen.«

»Hat einer von Ihnen jemals diese wunderbare Geschichte von Stephen Leacock gelesen?« Sie schüttelten beide den Kopf. »Ich hab' sie hier irgendwo. Sie handelt von einem Pfarrer, der so krankhaft höflich war, daß er es nie fertigbrachte, aufzustehen und zu gehen. Er kam zum Tee und blieb, bis er starb.«

»Das hat gesessen, Tony. Mein Mann war schon immer für sein ausgeprägtes Taktgefühl bekannt«, sagte Kate.

»Nein, nein, Bill hat recht, wir müssen uns wirklich auf den Weg machen. Sind die anderen nebenan? Ich möchte mich von allen verabschieden.«

»Evelyn und Martin sind spazierengegangen, und Roger ist noch nicht zurück.«

»Tja, würden Sie sie bitte alle von uns grüßen?«

»Müssen Sie denn wirklich schon gehen?«

»Ja, ich muß eine Präsentation für eine Frühbesprechung vorbereiten, die morgen stattfindet, und ich habe noch nicht mal damit angefangen.«

»Eine Frühbesprechung, gütiger Himmel! Kate, stell dir bloß mal vor, was ich da für eine Figur abgeben würde«, lachte Tony.

»Hören Sie«, sagte Bill, »es wäre doch nett, wenn wir uns im neuen Jahr einmal wiedersehen würden. Ich hoffe, Sie beide kommen demnächst nach London, damit wir Ihre Gastfreundschaft erwidern können. Dann werden Sie Gelegenheit haben, die Küche der Südstaaten kennenzulernen.«

»Angenommen«, sagte Kate. »Wann?«

»Sie haben unsere Telefonnummer. Rufen Sie uns doch heute abend an, dann können wir unsere Terminkalender vergleichen. Und vergessen Sie nicht, uns über Andy auf dem laufenden zu halten.«

»Laß uns für eine halbe Stunde an den Kamin setzen und die Füße hochlegen«, sagte Kate, nachdem die Amerikaner abgefahren waren. »Wir haben es verdient. Außerdem möchte ich gern wissen, wie dein Gespräch mit Martin verlaufen ist. Du hast doch mit ihm geredet, oder?«

»Ja, wir haben eine Gelegenheit gefunden.«

Tony legte noch ein Scheit aufs Feuer und zog die beiden Sessel näher heran.

»Wie hat er denn reagiert, war er durcheinander?«

»Ja, aber ich glaube, er war bereit, sich etwas von mir sagen zu lassen.«

»Er wirkte ein bißchen mitgenommen, als ihr zurückkamt. Was hast du ihm denn gesagt. Liebling, rauch nicht schon wieder. Wie viele hast du heute schon geraucht?«

»Nicht viele. Mach mich nicht verrückt, bitte. Ich rauch' nur diese eine.«

»Vielleicht ist das die eine, die dich umbringt.«

»Nein, die hab' ich schon vor langer Zeit geraucht. Da war ich vierzehn. Willst du nun wissen, was mit Martin war, oder nicht?«

»Ich mach' mir doch nur Sorgen um dich.«

»Ich weiß, ich weiß.« Solche Diskussionen hatten sie fast täglich. »Wenn ich das neue Buch fertig hab', hör' ich auf.«

»Das hast du letztes Mal auch gesagt.«

Er machte einen Zug und warf die Zigarette ins Kaminfeuer, traf jedoch daneben, und sie fiel zurück auf den Teppich.

»Sieh mal, was du jetzt gemacht hast.«

»Nichts passiert, kein Brandfleck.« Er hob die Zigarette auf und traf diesmal besser. »Also, ich hab' ihm die Vor- und Nachteile einer Abtreibung klargemacht, aber ich glaube, was ihn am meisten beunruhigt, sind ihre Eltern. Ich sage dir, ich kann mich noch gut daran erinnern, wie ich mich gefühlt hab', als ich deinen Eltern zum erstenmal gegenübertreten mußte. Sie hatten was gegen mich, weißt du noch?«

»Meine Mutter war regelrecht begeistert von dir.«

»Vielleicht, nachdem ich sie becirct hatte. Aber dein Vater war einmal soweit, daß er mich umbringen wollte.«

»Na ja, das war eben seine Art.«

»Liebling, ich möchte ja nicht schlecht über Tote sprechen, aber dein Vater lebte im tiefsten Mittelalter. Aber laß uns nicht über die Vergangenheit reden, bleiben wir bei Martin. Er hat sich vorgenommen, sich an einem neutralen Ort mit Patricia zu treffen – offenbar hat ihre beste Freundin eine Wohnung, wo sie sich sehen können. Meinetwegen können sie sich auch hier treffen, falls das mit der Freundin nicht klappt.«

»Das hast du doch hoffentlich nicht vorgeschlagen? Ein durchgedrehter schwangerer Teenager im Haus hat mir gerade noch gefehlt.«

»Ich meinte doch nicht, daß sie einziehen soll, sondern daß sie sich hier zu einem Gespräch treffen könnten.«

»Ich will sie nicht hier haben.«

»Okay, okay, du hast recht, das ist keine gute Idee. Sie sollen das lieber unter sich ausmachen.«

»Es klingt alles so klinisch.« Kate starrte in die Flammen.

»Hast du einen besseren Vorschlag?«

»Wenn es Jenny wäre, wüßte ich genau, wie ich mit der Situation umgehen würde, aber an Martin komme ich nicht ran. Er ist so verschlossen.«

»Wir waren genauso. Kaum hatte dein Vater dir verboten, mich noch einmal zu sehen, lagen wir am nächsten Tag zusammen im Bett.«

Kate zog ihre Schuhe aus und begann sich die Zehen zu massieren.

»Gib's zu«, sagte Tony. Er grinste sie an in der Hoffnung, sie würde die lustige Seite an der Sache sehen, aber sie ließ sich nicht beeindrucken.

»Komischerweise hab' ich an dem Abend mit Evelyn darüber gesprochen. Jenny erzählt mir alles.«

»Jetzt vielleicht. Aber du vergißt, daß wir mit ihr genau das gleiche durchgemacht haben. Es gab Zeiten, da wart ihr beiden wie Katz und Hund. Wie viele schlaflose Nächte hat es uns gekostet, als sie mit diesem kinnlosen Scheusal ging – wie hieß er gleich? – Bertram?«

»Brindsley. Jedenfalls hat sie am Ende eine vernünftige Entscheidung getroffen. Andy ist genau der Richtige für sie.«

»Genau. Und wir haben überhaupt keinen Einfluß darauf gehabt. Für Martin gilt das gleiche.

Wenn er es versaut, womit wir nach den Gesetzen der Wahrscheinlichkeit rechnen müssen, dann können wir nicht mehr tun, als die Scherben einzusammeln.«

Kate starrte lange Zeit in die Flammen. »Am Anfang«, sagte sie, »wenn sie noch klein sind, denkt man nie so weit voraus. Man stellt sich vor, daß man, wenn sie erst einmal erwachsen sind und auf eigenen Füßen stehen, alle Sorgen los ist. Diesen Fehler machen alle Mütter. Man bekommt nicht einfach nur ein Baby, sondern etwas, das man ein Leben lang nicht mehr los wird.« Sie war mit einemmal traurig und neidisch zugleich. »Es muß ein großer Trost sein, wenn man, wie die Eltern von Patricia, einen Glauben hat, der einem alle Entscheidungen abnimmt, und man sich nicht ewig den Kopf darüber zerbrechen muß, ob man sich richtig verhalten hat.«

»Es muß wohl so etwas Ähnliches gewesen sein, was Roger auf den Pfad des Islam gebracht hat«, überlegte Tony.

»Ja, wahrscheinlich.« Kate wechselte abrupt das Thema. »Da fällt mir ein, ich hab' Vanessa immer noch nicht angerufen, um ihr zu sagen, daß ich Roger die Geschenke für die Kinder mitgebe. Am Ende denken sie noch, wir hätten sie vergessen. Wo gehst du hin?« fragte sie, als Tony sich erhob und auf die Tür zuging.

»Als du das mit Vanessa erwähnt hast, ist mir

etwas anderes eingefallen. Ich muß mir notieren, daß Harvey sich eins von meinen Büchern ausgeliehen hat. Die Leute sagen immer, sie geben sie auf jeden Fall zurück, und dann tun sie es doch nicht. Aber dieses eine möchte ich nicht verlieren, es ist mein einziges Exemplar.«

Allein im Zimmer, ließ Kate sich von den Flammen hypnotisieren. Sie sehnte sich nach einem Ende dieser schwierigen Zeit und wünschte, sie hätte ein klares Ziel vor Augen. Im Geiste sah sie sich bereits dahinvegetieren wie manche von den ernsten älteren Damen, die sie manchmal beim Einkaufen sah, wie sie sich bei einer Tasse Kaffee über ihren Frisör, über ihre letzte Maniküre, ihren letzten Urlaub in ihrem Ferienhaus an der Costa Brava und den besten Schönheitschirurgen unterhielten – all die Trivialitäten des Wohlstands, die Kate verabscheute.

II

»Letztes Jahr ist in diesem Wald ein Mädchen ermordet worden«, sagte Martin. Er reichte Evelyn die Hand, um ihr über eine vereiste Stelle zu helfen. Die Bäume, hauptsächlich Fichten, standen so dicht, daß kaum Schnee zwischen ihren kerzengeraden Stämmen lag.

Vor ein paar Jahren noch, als Martin hier mit Freunden gespielt hatte, war es ihm nicht schwergefallen, sich Scharen von berittenen Kosaken in den Tiefen des Waldes vorzustellen – ein Bild, inspiriert vom Film ›Dr. Schiwago‹, den er sich mehrmals angesehen hatte und der zum erstenmal die Sehnsucht in ihm geweckt hatte, eine romantische Liebesaffäre mit einer so aufregenden Frau wie Julie Christie zu erleben. Nun sah er den Wald seiner pubertären Träume, wie er wirklich war – ein paar Hektar verwildertes Waldgebiet, das in den letzten beiden Unwettern schlimme Sturmschäden erlitten hatte. Umgestürzte Bäume verrotteten am Wegrand, die kleineren Äste, deren Rinde bereits weggefault war, wirkten wie bleiche menschliche Gliedmaßen, die noch nie das Sonnenlicht gesehen hatten. Die zersplitterten Stümpfe waren mit Efeu-Gundermann überwuchert oder wurden von Termiten zerfressen. Hie und da ragten ihrer Kronen beraubte, von Vögeln ausgehöhlte Baumstämme in den Himmel, und während Martin und Evelyn sich ihren Weg über einen schmalen Pfad bahnten, wurden sie von einem Rotkehlchen begleitet, das immer wieder ein Stück vorausflog und dann wieder wartete.

»Man hat den Mörder nie gefunden«, fuhr Martin fort, »obschon sie einen Mann aus dem

Ort verhaftet haben, der mit dem Mädchen verwandt war. Aber sie haben ihm nie etwas beweisen können und mußten ihn wieder laufen lassen. Ich glaub', hier ganz in der Nähe haben sie die Leiche gefunden.«

»Du mußt es mir ja nicht unbedingt zeigen.«

»Nein, das hatte ich auch nicht vor«, wehrte er hastig ab. In seinem Hinterkopf kreisten seine Gedanken um das, was er mit ihr besprechen wollte, aber er wußte nicht recht, wie er beginnen sollte. Die Erwähnung des Mordes an dem Mädchen hatte ihn auf bedrückendere Gedanken gebracht: die Geschichte, die sein Vater ihm erzählt hatte, war in seiner Phantasie zu seiner eigenen geworden, und Patricia war sein Opfer. Es fiel ihm schwer, sich seinen Vater als jungen Mann vorzustellen, der die gleichen Probleme hatte wie er, aber die Geschichte ließ ihn einfach nicht mehr los. Die Bilder bewegten sich in seinem Kopf wie in einem Daumenkino, bei dem die einzelnen Darstellungen so schnell aufeinander folgen, daß sie zu einer Parodie des Lebens werden. Er richtete sein Objektiv auf ein Mädchen, das wie ein Fötus zusammengekauert auf einem Bett lag. Sie schrie und schien nur noch auf das Ende zu warten; sein Vater, der Übeltäter, stand hilflos daneben und sah ihr zu. Er zwang sich, die nächsten Bilder auszublenden und wandte sich abrupt um, um Evelyn aufzufangen, die über eine Baumwurzel gestolpert war. »Ich hab' dir doch erzählt, daß Patricia angerufen hat, nicht wahr?« sagte er, als er ihren Arm wieder losließ.

»Ja.«

»Heiligabend«, erwiderte er, als verleihe das Datum der Sache eine besondere Bedeutung. Dann fuhr er stotternd fort: »Sie ... hatte einen bestimmten Grund, mich anzurufen ... etwas, was ich dir schon die ganze Zeit erzählen wollte.«

»Ich glaube, ich kann mir denken, worum es geht«, erwiderte Evelyn.

»Wirklich?« fragte er unwillkürlich.

»Na ja, ich habe ein bißchen Menschenkenntnis. Es ist mir nicht entgangen, daß du wegen irgend etwas ziemlich durcheinander warst.«

»Es hat nichts mit dir zu tun, glaub mir. Ich verdammter Idiot bin an allem selber schuld ...« Er fühlte sich gerettet durch den Strohhalm, den sie ihm angeboten hatte. »Es ist einfach so, bevor ich dich kennenlernte, waren Patricia und ich ziemlich eng zusammen ... na ja, ich hab' ja auch nie etwas anderes behauptet, nicht wahr? Sie konnte nicht akzeptieren, daß ich mich mit dir traf, während ich gleichzeitig mir ihr zusammen war. Sie wurde immer eifersüchtiger, und wir haben uns fürchterlich darüber gestritten, was schließlich darauf hinauslief, daß sie mich nie wieder sehen wollte.«

»Und nun hat sie sich's anders überlegt, ist es das?«

»Ja und nein, es ist nicht nur das. Ich wünschte, das wäre alles.«

In diesem Augenblick verließ ihn der Mut, und Evelyn kam ihm zu Hilfe. »Martin, versteh mich nicht falsch, wenn ich dir jetzt etwas sage, aber wenn es dir die Sache erleichtert, denk nicht, daß ich in unserer Beziehung mehr als eine gute Freundschaft gesehen habe. Das soll nicht heißen, daß es mir keinen Spaß gemacht hätte, mit dir zusammenzusein, im Gegenteil, und ich hoffe, daß wir immer Freunde bleiben werden ... Daß ich dich kennengelernt habe und daß ich dieses Weihnachtsfest mit dir und deinen Eltern verbringen durfte, war etwas ganz Besonderes für mich. Aber falls du mir zu erklären versuchst, daß deine Gefühle für Patricia sich nicht geändert haben, dann mach dir meinetwegen keine Gedanken. Ich verstehe dich.«

Ihre Worte machten seine Gewissensbisse nur noch schlimmer: viel lieber wäre es ihm gewesen, sie hätte ihm Vorwürfe gemacht. Er blieb stehen. Die dünne Eisschicht knirschte unter seinen Füßen, als er sich umdrehte und sie zum erstenmal direkt ansah. Schwaches Sonnenlicht drang durch die Bäume; das Rotkehlchen, von Martins plötzlicher Bewegung aufgeschreckt, flog davon.

»Sie glaubt, sie ist schwanger«, sagte er, »deswegen hat sie mich angerufen.« Er suchte nach einer Reaktion in Evelyns Gesicht, er hatte erwartet, sie nach dem, was er ihr soeben eröffnet hatte, erschüttert zu sehen, aber sie ließ sich nichts anmerken. Einen Moment lang dachte er, sie hätte nicht begriffen, und die Anstrengung, die es ihn gekostet hatte, ihr alles zu beichten, sei umsonst gewesen. Doch dann sagte sie: »Na ja, ich brauchte nicht gerade hellseherisch zu sein, um mir denken zu können, daß etwas in der Art passiert sein mußte.«

»Ich hatte Angst davor, es dir zu erzählen.« In seiner Erleichterung wurde er grausam; nicht absichtlich, sondern in der Art, wie junge Leute manchmal reagieren, wenn all ihre Gefühle sich um sie selbst drehen. »Wenn es stimmt und wenn sie es bekommen will, dann glaube ich, und ich habe mich ernsthaft damit auseinandergesetzt – also, eigentlich hab' ich über nichts anderes mehr nachgedacht –, dann möchte ich das Richtige tun und sie heiraten, wenn sie das will.«

Wie jung er doch ist, dachte Evelyn, zu jung für mich. Wie konnte ich mich nur darauf einlassen, mit hierherzukommen? Wie konnte ich nur so dumm sein, so dumm. Und wie altmodisch er sich ausdrückt – »das Richtige tun« – wie in einem viktorianischen Roman. Sein Gesicht war so unbedarft wie sein Kummer, von dem Schmerz, den sie empfand, war nichts darin zu erkennen.

»Das mußt du natürlich«, sagte sie.

»Sich für oder gegen ein Kind zu entscheiden,

ist schließlich nicht dasselbe, wie den Kauf eines Autos zu erwägen, nicht wahr?«

»Nein.«

»Ich meine, es kann schließlich gefährlich sein, stimmt's?« Die Geschichte seines Vaters kam ihm wieder in den Sinn, vermischt mit vagen Erinnerungen an den Biologieunterricht in der Schule – die Schwangerschaft, die Größe des Fötus in verschiedenen Entwicklungsstadien, die Frage, ab wann er als menschliches Wesen zu betrachten war –, das Stückchen Erkenntnis, das unwiderbringlich in Patricias einst so reinen nackten Körper gepflanzt worden war.

Jetzt fiel es Evelyn schwer, die richtigen Worte zu finden. »Aber soweit ist es doch noch nicht, oder? Nach dem, was du gesagt hast, ist es doch bisher nicht mehr als eine Möglichkeit ... Hat sie ihre Tage nicht bekommen?«

»Ja.«

»Wie oft?«

»Zweimal.«

»Passiert ihr das ab und zu?«

»Ich weiß es nicht so genau. Ist das normal?«

»Na ja, es kommt vor. Dafür kann es viele Ursachen geben, die alle nichts mit einer Schwangerschaft zu tun haben müssen.«

»Wirklich?«

»Klar. Möglicherweise macht ihr euch beide völlig grundlos verrückt.«

»Was für Gründe kann es denn haben?«

»Zum Beispiel, wenn man nichts ißt – sie ist doch nicht magersüchtig, oder?«

»Ich glaub' nicht, obwohl sie sich dauernd darüber ausläßt, was sie essen kann und was nicht.«

»Na ja, sie wird schon nicht magersüchtig sein. Ich bin sicher, das hättest du bemerkt. Selbst eine Erkältung kann der Grund sein ... Möchtest du sie heiraten? Oder, anders ausgedrückt, würdest du sie auch heiraten, wenn das nicht passiert wäre?«

In diesem Augenblick tauchte ein Pärchen mit Hund auf. Martin und Evelyn traten nach rechts und links zur Seite, um die beiden vorbeigehen zu lassen. Der Hund, ein Langhaarretriever, dessen Schnauze mit Schnee besprenkelt war, blieb stehen und starrte sie an, bis er von seinen Besitzern gerufen wurde, die auf typisch britische Art so taten, als hätten sie niemanden auf dem Weg bemerkt, was Martin zu der Überzeugung brachte, daß sein schreckliches Geheimnis selbst Fremden nicht verborgen blieb. Martin und Evelyn setzten ihren Spaziergang fort, aber die Stimmung hatte sich geändert. Martin war erleichtert darüber, daß die Unterbrechung ihn davor bewahrt hatte, Evelyns letzte Frage beantworten zu müssen, auch wenn sein Entschluß jetzt feststand. Wie zwei Fremde, die zufällig einen Teil einer Reise gemeinsam zurückgelegt haben, gingen sie schweigend weiter, während der Pulverschnee lautlos von den Bäumen rieselte.

12

Roger kehrte zurück, als Kate gerade losfuhr, um Pa im Krankenhaus zu besuchen. Sie hielt den Volvo neben Rogers wesentlich neuerem Modell an und drehte ihr Fenster herunter. »Wie war die Versammlung?«

»Gut.«

»Ich fahr' kurz ins Krankenhaus.«

»Ach so. Vergiß nicht, Pa von mir zu grüßen.«

Als Roger durch die Garage ins Haus ging, sprang Emily von einem Stapel Kisten, auf dem sie oft schlief, und quetschte sich vor ihm durch die Tür. Im gleichen Augenblick fing sie an zu schnurren, stolz, einen Fremden ausgetrickst zu haben, und folgte Roger in Tonys Arbeitszimmer.

»Darf sie drinnen bleiben?« fragte er seinen Bruder.

»Ja, ausnahmsweise.« Tony nahm die Katze auf den Arm, und aus dem Schnurren wurde ein Knurren. »Sei lieb und bleib einfach vor dem Feuer sitzen und benimm dich wie eine normale Katze.« Nachdem er Emily wieder auf den Boden befördert hatte, starrte sie ihn an, als überlege sie sich, ob sie besser auf ihn hören oder einen Erkundungsgang durchs Haus machen sollte.

»Du warst heute schon früh unterwegs«, stellte Tony fest.

»Ja.«

»Eine geschäftliche Besprechung, nehme ich an?«

»Eigentlich nicht.« Roger setzte sich in den Sessel neben dem Kamin und wärmte sich die Hände. »Ich habe sehr viel über unser gestriges Gespräch nachgedacht. Ich kann verstehen, warum du dachtest, ich scherze.«

»Das habe ich nie gesagt.«

»Als ich anfangs angekommen bin, meine ich. Da warst du ziemlich schnoddrig.«

»Na ja, so bin ich nun mal. Es kam alles so unerwartet. Keine Vanessa, keine Kinder, kein Alkohol, deine Bekehrung, das war ein ziemlicher Brocken, so was muß man erst mal verdauen.«

»Ja, und dazu kommt noch, daß ich dir nicht alles erzählt habe.«

»Gibt es etwa noch was?« fragte Tony.

»In gewisser Weise. Ich hätte vielleicht eines besser erklären sollen ... Diese Versammlung, zu der ich heute morgen gegangen bin, das war ein AA-Treffen. Es gibt hier in der Nähe eine Gruppe, sie sind so verteilt, daß man immer eine erreichen kann. Ich gehe fast jeden Tag zu den Gruppentreffen und manchmal, wenn es besonders schlimm ist, sogar zweimal am Tag.«

»Und das hilft?«

»Allerdings. Vor allem weiß man immer, daß man nicht allein ist.«

»Seit wann gehst du denn dahin?«

»Seit gut drei Monaten. Um genau zu sein, nächsten Mittwoch sind es dreizehn Wochen.« Er sah Tony mit einem matten Lächeln an. »Es kommt immer darauf an, den nächsten Tag zu schaffen.«

»Und wie bist du zu dem Entschluß gekommen?«

Emily sprang plötzlich auf Rogers Schoß und begann, seinen Schenkel mit ihren Pfoten zu kneten.

»Wirf sie runter. Dieses Tier ist ein Alptraum. Vor allem, wenn sie anfängt, Brot zu machen. Weißt du noch, wie wir das früher immer so genannt haben?«

»Ja«, erwiderte Roger. »Ja, das weiß ich noch. Der alte Tiger, so hieß er doch, nicht wahr?«

»Tiger«, sagte Tony. »Daß du dich daran erinnerst.«

»Ich erinnere mich an vieles. Wenn man viel allein ist, fallen einem die Dinge wieder ein.«

»Du wolltest mir doch erzählen …«

»Ich war bei einer von diesen wöchentlichen Besprechungen in unserer Firma. Ich hab' da gesessen und mir die anderen Teilnehmer angesehen, und ich hatte plötzlich das Gefühl, als ob die alle von einem anderen Planeten wären, seltsame Kreaturen, die ihr Leben damit zubringen, Steuertricks auszuhecken, um andere Leute noch reicher zu machen, als sie schon sind. Und ich dachte, ich bin ja genauso, ich werde hier sitzen, bis ich sechzig bin, und dann veranstalten sie ein Abschiedsfest für mich und überreichen mir einen silbernen Teller mit Inschrift, und ich werde nichts aus meinem Leben gemacht haben ... Verstehst du, was ich meine?«

»Solche Gedanken macht sich doch jeder mal«, sagte Tony.

»Ich hab' ihnen überhaupt nicht mehr zugehört, es war fast, als ob ich schwerelos über ihnen schwebte. Mir war plötzlich klar, daß ich abhauen mußte, bevor es zu spät wäre, noch einmal von vorne anzufangen.«

»Mußte es denn gleich so drastisch sein?«

»Du meinst, ob ich auch Vanessa verlassen mußte?«

»Ja, das auch«, sagte Tony. »Aber vor allem das mit der Religion. Ich kann mir vorstellen, daß eine Ehe in die Brüche geht, und Kate und mir tut es wirklich leid, daß ihr beide nicht miteinander auskommt ... aber, ohne wieder schnoddrig sein zu wollen, das Ding mit der Religion scheint mir irgendwie aus dem Rahmen zu fallen.«

Roger nahm sich Zeit mit seiner Antwort. Emily hatte es sich inzwischen bequem gemacht. Sie saß wie eine Sphinx vor dem Kamin und starrte in die Flammen. »Ja, ich kann verstehen, warum du das so siehst ... aber du kannst dir nicht vorstellen, wie leer mein Leben geworden war ... ich hatte das Gefühl, regelrecht zu ersticken. Was dann passiert ist, wodurch sich alles geändert hat ... Es hat angefangen, als ich nach Manchester gefahren bin, um einen wichtigen Kunden zu besuchen. Ich hatte seine Steuererklärung gemacht, und ich hatte einen ziemlichen Bock geschossen, hatte vergessen, einen Antrag rechtzeitig einzureichen, was den Kunden zweihunderttausend Pfund gekostet hat. Er war außer sich und hat mich gefeuert. An dem Abend hab' ich mich so vollaufen lassen, daß ich einen Filmriß hatte. Als ich am nächsten Morgen aufwachte, lag ich zusammen mit einer Nutte in einem wildfremden Zimmer ... und ich konnte mich weder daran erinnern, wie ich dorthin gekommen war, noch, was ich sonst noch alles gemacht hatte ... Und da wurde mir mit einemmal klar, daß ich nicht nur ein starker Trinker war, sondern ein Alkoholiker. Noch am gleichen Vormittag bin ich zu den AA's gegangen und hab' gesagt ›Rettet mich‹. Man muß es offen zugeben, bevor sie einen aufnehmen.«

»Mein Gott«, sagte Tony, als Roger geendet hatte. »Wenn du mir doch etwas gesagt hättest, ich hätte dir vielleicht helfen können.«

Roger schüttelte den Kopf. »Ich glaube kaum. Ich hing schon viel zu tief drin – ich hab' das total geschickt angestellt, so daß niemand etwas davon mitbekam –, das ist typisch für Alkoholiker, weißt du. Ich hatte überall Flaschen versteckt ... und zwar Wodka, denn den kann man am unauffälligsten trinken, weil man davon keine Fahne kriegt wie von Whiskey oder Gin. Und wenn Vanessa mich zur Rede gestellt hat, hab' ich sie natürlich angelogen und alles abgestritten. Ich hab' überhaupt jeden belogen, auch mich selbst. Darin war ich ein Experte. Wenn ich daran denke, was ich alles getan hab', läuft es mir heute noch kalt den Rücken runter.«

»Was denn zum Beispiel?«

»Ich bin mit dem Auto nach Hause gefahren und wußte hinterher nicht mehr, wie ich dorthin gekommen war. Es ist wirklich ein Wunder, daß ich niemanden totgefahren hab'. Ich hab' einfach Glück gehabt, wenn man so was Glück nennen kann ... Das Gute an AA ist, daß alle dasselbe durchgemacht, denselben Alptraum erlebt haben. Man hilft sich gegenseitig. Man kann zu jeder Tages- und Nachtzeit jemanden anrufen, wenn der Druck zu groß wird, und das passiert immer wieder ... Es gibt keine endgültige Heilung, man muß sich permanent unter Kontrolle haben. Und mein wichtigster Kontaktpartner ist eben ein Iraner.«

»Ein Iraner?«

»Ja. Ein Mann, etwa in meinem Alter, der als Diplomat nach England gekommen ist, als der Schah noch an der Macht war. Als die Revolution ausbrach und der Schah gestürzt wurde, saß er hier fest. Ich glaube, eine Zeitlang hat er sogar um sein Leben fürchten müssen. Seine Familie war immer noch im Iran, aber er konnte nicht zurückkehren, und seine Angehörigen konnten nicht raus. Da hat er angefangen zu trinken. Je näher ich ihn kennenlernte, um so mehr hat mich seine innere Ruhe beeindruckt ... Er hat mir gesagt, daß er diese Kraft einzig und allein aus seinem Glauben schöpft. Und er hat mir gezeigt, ... mir, einem, der nie an irgend etwas geglaubt hat, vor allem nicht an das, was die Religion meiner Kindheit mich gelehrt hatte, daß es noch etwas gibt, was man nicht mit den Augen sehen kann ... Also, um es kurz zu machen, er hat mich bekehrt.« Er sah Tony an und zuckte die Achseln. »Ich nehme es dir nicht übel, daß du es für einen Witz gehalten hast, und ich nehme an, daß es immer noch so aussehen muß.«

»Wie steht Vanessa dazu?«

»Ach!« sagte Roger. »Sie hält das Ganze immer noch für einen schlechten Witz. Nicht die Sache mit AA, das hat sie sehr begrüßt, aber meine Konvertierung. Wir haben fürchterliche Auseinandersetzungen deswegen gehabt, lange, schmerzhafte Streitgespräche, bei denen Dinge gesagt wurden, die man nicht so leicht vergißt und vergibt. Am Ende wurde es unerträglich für die Kinder, also bin ich ausgezogen. Ich wohne seit zwei Monaten in einem Motel.«

»Na, Gott sei Dank bist du über Weihnachten hergekommen«, sagte Tony.

»Es hat mich ziemliche Überwindung gekostet, aber, um die Wahrheit zu sagen, ich hätte es nicht ertragen können, an Weihnachten allein zu sein. So, und jetzt kennst du die ganze Geschichte.«

»Wahrscheinlich schlittert man ganz langsam in so etwas hinein, ohne es gleich zu bemerken.« Tony wollte Roger zeigen, daß er schließlich Verständnis für ihn hatte. »Erst trinkt man ein Glas aus Höflichkeit mit, und aus dem einen Glas werden schnell zwei und drei. Ich weiß, daß ich auch oft zuviel trinke, und auf jeden Fall rauche ich zuviel.«

»Aber Zigaretten haben noch keine Ehe zerstört.«

»Na ja ... Kate macht mir manchmal ganz schön die Hölle heiß. Glaubst du, du wirst dich mit Vanessa wieder zusammenraufen?«

»Vielleicht. Wenn sie zu der Überzeugung gelangt, daß ich dem Alkohol endgültig abgeschworen habe, wird sie das andere vielleicht akzeptieren können.« Er streichelte die Katze, die genüßlich den Rücken krümmte.

»Ich beneide dich um deinen Glauben. Ich habe nie einen gehabt.«

»Das ist das erstemal, daß du mich um etwas beneidest«, sagte Roger.

13

Als Kate das Krankenzimmer betrat, fand sie Ted Turner an Pas Bett vor.

»Ich hab' dir deinen Bademantel mitgebracht, Pa«, begrüßte sie ihn. »Und etwas Obst und ein paar Pastetchen.«

»Das ist nett von dir, meine Liebe. Sehr nett. Leg nur alles hierher, ich werde es später essen.«

»Der ist aber schick«, sagte Ted, als er den Bademantel bewunderte.

»Den haben sie extra für mich ausgesucht.«

»Wie geht es dir?«

»Es geht ihm schon viel besser«, antwortete Ted an Pas Stelle. Kate war jedoch nicht entgangen, daß ein gewisser besorgter Unterton in seiner Stimme lag. »Das war wirklich eine dumme Sache, aber er ist deutlich auf dem Weg der Besserung.«

Die beiden plauderten noch zehn Minuten lang mit dem Alten. Der schien jedoch nicht zum Plaudern aufgelegt, und mehrmals fielen ihm die Augen zu. Kate bemerkte, daß nur noch ein weiteres Bett im Zimmer belegt war – mit einem Jugendlichen, der ein Paar Kopfhörer auf dem kahlrasierten Schädel hatte.

»Bist du müde? Im Krankenhaus wecken sie einen immer so schrecklich früh, nicht wahr?«

Pas Augen blieben geschlossen, und Kate und

Ted sahen einander an. »Tja, einer von uns wird dich morgen früh wieder besuchen. Möchtest du noch etwas mitgebracht haben?«

Diesmal zeigte er eine Reaktion. »Habt ihr was Neues von Andy gehört?«

»Ja, ich hab' mit Jenny telefoniert. Er ist außer Gefahr.«

»Gut. Das ist es, was wir hören wollen.« Seine Augen fielen ihm wieder zu. Kate beugte sich über ihn und gab ihm einen Kuß. »Paß auf dich auf. Wenigstens ist es schön warm hier. Draußen herrscht eine Eiseskälte.«

Als sie über den vereisten Parkplatz gingen, fragte Kate: »Wie steht es denn tatsächlich um ihn?«

»Tja, die Pumpe ist ein bißchen schwach. Ich habe ihnen gesagt, sie sollen die Medikation ändern, denn er hat leicht allergisch auf das Antibiotikum reagiert.«

»Aber es ist doch nichts Besorgniserregendes, oder?«

»Eigentlich nicht, nur, daß er nicht so schnell auf die Behandlung reagiert, wie ich erwartet hätte. Wie alt ist er jetzt?«

»Dreiundachtzig, glaub' ich.«

»Na ja, in dem Alter ist jeder Sturz gefährlich. Ich werde ihn mir morgen noch mal ansehen. Lebt er allein?«

»Ja, mehr oder weniger. Ein paarmal in der

Woche kommt eine Frau zu ihm, die ein bißchen aufräumt und sauber macht. Aber er kann zu uns ziehen, wenn er entlassen wird.«

Obwohl sie das Angebot ohne zu zögern gemacht hatte, empfand Kate Gewissensbisse wegen der lieblosen Gedanken, die ihr auf der Heimfahrt in den Sinn kamen. Sie mußte an ihre Mutter denken, die jahrelang ans Haus gefesselt gewesen war, weil sie eine bettlägerige Schwester pflegen mußte, die sie dann ironischerweise am Ende überlebt hatte. Plötzlich sah sie das gleiche Schicksal auf sich zukommen. Nicht, daß sie ihn nicht gemocht oder er ihr nicht leid getan hätte, aber im Augenblick empfand sie größeres Mitleid mit sich selbst.

Als sie zu Hause eintraf, saßen die anderen vier vor dem Fernseher und warteten auf die Wiederholung einer alten ›Morecambe and Wise‹-Show.

»Ted war bei ihm, als ich kam«, berichtete Kate. »Er macht sich ein bißchen Sorgen um Pas Herz. Deswegen wollen sie ihn jetzt noch nicht entlassen.«

»Weil Ted sich ›ein bißchen Sorgen‹ macht?«

»Wegen seines hohen Alters.«

»Ich werd' ihn morgen früh noch mal besuchen.«

Kate war froh, daß der Film anfing; sie konnte ein wenig Aufheiterung gebrauchen, und sie hatte ganz vergessen, wie typisch britisch, wie dezent

Morecambe und Wise in ihrem Humor gewesen waren – Morecambe mit seinem ewig verblüfften Gesichtsausdruck und seinen treffenden Bemerkungen und Wise, der den Großspurigen gespielt hatte. Sie waren perfekt aufeinander eingespielt und unterschieden sich auf erfrischende Weise von der derzeit populären Sorte von Witzbolden, die ihren Klamauk als »alternative Komik« verkauften.

»Ach, ich vermisse die beiden«, sagte sie, als die Sendung zu Ende war. »Aber kann mir mal jemand erklären, was alternative Komik ist? Ich meine, entweder ist etwas komisch, oder es ist nicht komisch. Oder wie seht ihr das?«

»Ich bin auch nicht gerade davon begeistert«, sagte Evelyn.

»Das hat alles mit Lenny Bruce angefangen, damals«, erklärte Tony. »Erinnert ihr euch noch an seine Papstparodie? Ich hab' mich halb totgelacht, als ich ihn zum erstenmal gehört hab'. Was er nämlich gemacht hat, und das hat vor ihm niemand gemacht, er hat sämtliche Götter von ihren Sockeln gestürzt. Stellt euch bloß vor, jemand sagt zum Papst: ›Kein Mensch ahnt, daß du Jude bist, Baby.‹«

»Ja, er war brillant«, stimmte Kate zu. »Es war kaum zu fassen, was man da zu hören kriegte, es war so gefährlich, man hatte das Gefühl, in eine Revolution geraten zu sein.«

»Schade, daß er sich um den Verstand gekokst hat«, sagte Tony. »Niemand vor ihm hatte den Nerv besessen, so weit zu gehen. Er hat sich die Politiker vorgeknöpft und auf Normalmaß zurechtgestutzt. Niemand vor ihm hat solche verbalen Attentate verübt. Er war ein Harvey Oswald mit verbalen Kugeln.«

Während der nächsten halben Stunde diskutierten sie über ihre jeweiligen Lieblingskomiker, und zum erstenmal seit Heiligabend gelang es Kate, die diversen Familiendramen zu vergessen und sich zu amüsieren.

»Es heißt, die meisten Witze entstehen an der Börse oder in den Banken«, meinte Roger. »Meint ihr, daß das stimmt?«

»Die Börse ist selbst ein Witz«, entgegnete Tony. »Ich würde sagen, die meisten Witze gehen auf Kosten von irgendwelchen Ausländern. Das ist eine Form von gesellschaftlich akzeptiertem Rassismus.«

»Wie ist das denn bei Ihnen an der Uni?« wollte Kate von Evelyn wissen. »Machen die Dozenten gern Witze?«

»Nicht besonders. Die meisten sind ziemlich steif und zugeknöpft. Außerdem ist ihr Leben so privilegiert und von der Welt abgeschieden, daß sie viel zu sehr von sich selbst eingenommen sind, um sich in die niederen Gefilde des Humors zu begeben.«

»Und was ist mit dir, Martin?« fragte Roger. »Was für Witze werden in Oxford erzählt?« Und Kate dachte, er wird ja langsam munter, er ist nicht mehr so auf Abwehr.

»Wollt ihr wirklich einen hören?«

»Ja, erzähl uns doch mal ein Beispiel.«

»Also, ein Mann geht zum Arzt, und der sagt ihm: ›Ich habe eine schlechte Nachricht für Sie und eine noch schlechtere.‹ Sagt der Mann: ›Okay, dann möchte ich zuerst die schlechte Nachricht hören.‹ – ›Sie haben Aids‹, sagt der Arzt. ›O nein!‹ sagt der Mann. ›Und was ist die noch schlechtere Nachricht?‹ – ›Sie haben auch noch Alzheimer.‹ Und da sagt der Mann: ›Na, Gott sei Dank hab' ich wenigstens kein Aids.‹«

Er lachte, und Tony und Evelyn mußten auch lachen, während Roger das Gesicht verzog und Kate murrte: »Das ist aber ein blöder Witz, Martin. Gräßlich. Ich werd' mal ein bißchen Kaffee aufgießen. Oder Tee. Ich kann auch beides machen. Was hätten Sie lieber, Evelyn?«

»Ich glaube, zur Abwechslung eine Tasse Tee. Ich trinke zuviel Kaffee.«

»Ich helfe dir«, bot Martin an.

»Es geschehen doch immer wieder Zeichen und Wunder.«

Er ging mit seiner Mutter in die Küche. »Wenn du findest, daß das ein gräßlicher Witz war, dann solltest du erst mal die anderen hören.«

»Nein, danke.«

Er hielt die Gelegenheit für günstig, machte sich mit den Tassen und Tellern zu schaffen und bemerkte beiläufig: »Mum, ich hab' mir überlegt, morgen abzureisen.«

»Morgen?« Kate unterbrach ihre Arbeit. »Ich dachte, du wolltest bis Neujahr bleiben.«

»Wollte ich auch, aber es hat sich was geändert.«

»Was denn?«

Er wich ihrem Blick aus. »Ich hab' mich mit Patricia verabredet.«

»Ach so. Und was ist mit Evelyn? Du hast sie schließlich mitgebracht, du kannst doch jetzt nicht einfach ohne sie wieder wegfahren, das wäre sehr unhöflich.«

»Ach, das macht ihr nichts aus. Wir haben heute nachmittag darüber gesprochen.«

»Und sie reist auch ab?«

»Ja. Ich bringe sie zuerst nach Hause, und dann fahre ich zu Patricia.«

»Was hast du denn nun beschlossen in bezug auf Pat?« Sie hatte sich bemüht, die Frage möglichst beiläufig klingen zu lassen.

»Beschlossen? ... Bisher noch nichts.«

»Aber du mußt doch irgendeine Vorstellung haben.«

»Ja, hab' ich natürlich, aber ich habe noch nicht mit ihr gesprochen.«

»Ich dachte, du hättest gesagt, ihr hättet geredet.« Immer noch beiläufig.

»Nein, ich hab' ihre Freundin angerufen, und wir treffen uns in deren Wohnung.«

»Weißt du, was schon immer dein Problem gewesen ist, Martin? Du stürzt dich in die Dinge, ohne auch nur einen Moment darüber nachzudenken, was du tust. Dieser Witz zum Beispiel, den du eben erzählt hast. Aids ist kein Witz, die Leute sterben daran, Aids ist ein Todesurteil.«

»Das weiß ich.«

»Du sagst das, und trotzdem hast du offenbar keine Sicherheitsmaßnahmen getroffen, als du mit Pat geschlafen hast, sonst wärst du nicht in der Situation, in der du dich jetzt befindest.«

»Wir haben verhütet, aber es hat nicht funktioniert, das ist alles.«

»Und was ist mit den anderen Mädchen, mit denen du geschlafen hast? Man braucht nur einmal an die Falsche zu geraten.«

»Das waren nicht diese Sorte Mädchen.«

»Das sagt jeder, bis es dann passiert.«

»Ich habe im letzten halben Jahr mit niemandem außer Pat was gehabt, ich weiß also gar nicht, worüber du dir Gedanken machst. Jedenfalls nicht, was dieses Problem betrifft.«

»So etwas könnte dein ganzes Leben ruinieren.« Sie drückte den Kaffee in der Bistrokanne nach unten.

»Nicht unbedingt … Du hast bloß vergessen, wie das ist.«

»Was soll das heißen?«

»Wie das ist, wenn man verliebt ist. Ich wette, du und Daddy, ihr habt auch nicht immer an Verhütung gedacht.«

Er schloß die Küchentür hinter sich, und Kate hörte ihn die Treppe hinaufgehen. Eine Episode aus seiner Kindheit kam ihr in den Sinn. Sie erinnerte sich, wie sie einmal mitten in der Nacht aufgewacht war, weil ihr mütterlicher Instinkt ihr sagte, daß irgend etwas nicht stimmte. Nach dem Schrecken mit der Meningitis immer noch überängstlich, war sie in sein Zimmer gegangen, um nach ihm zu sehen. Er lag im Bett und weinte. »Warum ist das so, daß die guten Sachen so schnell vorbeigehen und die schlechten nie aufhören?« hatte er gefragt. Eine von jenen kindlichen Fragen, auf die man keine Antwort geben kann. Sie durchlebte die gleichen Gefühle wie damals und fragte sich, warum kann ich ihn so wenig verstehen? Vielleicht hat er recht, vielleicht habe ich wirklich vergessen, wie das ist, dieser besondere Schmerz, den man tief im Innersten seines Herzens spürt und den man mit niemandem teilen kann.

14

Tony wartete ab, ob der Schrei sich wiederholen würde. Er war sich nicht ganz sicher, was ihn geweckt hatte. Vorsichtig darauf bedacht, Kate nicht zu wecken, richtete er sich im Bett auf. Das mit Pas Herz kann gar nicht so schlimm sein, dachte er, als er sein eigenes wie wild pochen hörte. Eine Woche vor Weihnachten hatte der Gemeindepolizist ihn aufgesucht und ihm dringend geraten, während der Feiertage besonders wachsam zu sein. »Zögern Sie nicht, uns anzurufen, falls Sie irgend etwas Verdächtiges hören oder sehen. Lieber einmal zuviel anrufen, als hinterher das Nachsehen haben.«

Er lauschte angestrengt in die Nacht. Die üblichen Hausgeräusche waren zu hören – ein plötzliches Gurgeln in den Wasserrohren, das Ächzen im Dach – aber er war davon überzeugt, einen menschlichen Schrei vernommen zu haben. War die Alarmanlage eingeschaltet? War die Katze draußen? Die Tatsache, daß die Polizei ihm versichert hatte, daß die meisten Einbrüche sich am hellichten Tag ereigneten, war ein schwacher Trost.

Kaum hatte er sich wieder beruhigt, hörte er noch einen Schrei. Er schien vom hinteren Ende des Gartens zu kommen. Eindeutig menschliche

Laute. Ein Mädchen, das angefallen und vergewaltigt wurde. Als er über Kate hinweg nach dem Telefon greifen wollte, stieß er den Hörer von der Gabel. Tony fiel halbwegs aus dem Bett, kroch auf allen vieren auf die andere Seite und tastete im Dunkeln nach dem baumelnden Hörer. Dann wählte er 999.

Die Vermittlung meldete sich mit gelassener Stimme. »Notrufzentrale. Mit wem kann ich Sie verbinden?«

»Polizei.«

»Von wo rufen Sie an, Sir?«

Einen Moment lang hatte Tony ein Blackout, bevor ihm seine Telefonnummer einfiel.

»Ihr Name, Sir?«

»Chivers. Tony Chivers.«

»Ist das Ihr privater Anschluß?«

»Ja, bei mir zu Hause. Bitte beeilen Sie sich, es ist dringend.«

»Würden Sie mir bitte Ihre Adresse geben, Sir?«

Tony machte die gewünschten Angaben.

»Bleiben Sie bitte am Apparat.«

Während er wartete, hörte er zum dritten Mal einen Schrei, diesmal anscheinend aus größerer Nähe. Himmel! dachte er, sie wird in unserem Garten ermordet! Kate regte sich.

»Was ist los? Was machst du da?«

»Schsch! Los, los«, raunte er ins Telefon.

»Polizei«, meldete sich eine männliche Stimme.

»Gott sei Dank! In unserem Garten wird jemand überfallen, hört sich an wie eine junge Frau. Ich habe die Schreie gehört.«

»Spreche ich mit Mr. Chivers?«

»Ja.«

»In Ordnung, Mr. Chivers, wir werden auf dem schnellsten Wege jemanden zu Ihnen schicken. Gehen Sie bitte nicht selbst hinaus.«

Kate war inzwischen wach, wenn auch verschlafen. Sie langte nach der Nachttischlampe, um das Licht einzuschalten.

»Nicht!« zischte Tony und legte seine Hand auf ihre. »In unserem Garten versucht jemand, eine junge Frau zu ermorden oder zu vergewaltigen. Ich bin von den Schreien wachgeworden. Ich hab' die Polizei benachrichtigt, sie sind schon unterwegs.«

»Ich hab' die Alarmanlage gar nicht gehört.«

»Sie ist auch nicht losgegangen. Sie schaltet sich nur ein, wenn jemand ins Haus eindringt.«

Der nächste Schrei ließ sie beide erstarren. »Mein Gott«, flüsterte Kate, »das war direkt unter unserem Fenster. Geh nicht nachsehen, bleib hier.«

»Ich muß doch irgendwas tun. Vielleicht läßt er sie in Ruhe, wenn ich schreie.«

»Tony, wenn du jetzt rausgehst, werde ich dir das nie verzeihen. Warte, bis die Polizei hier ist.«

»Aber bis dahin kann sie längst tot sein.«

»Du auch. Unternimm nichts, bitte. Bleib hier.«

Sie warteten ab.

»Hörst du was?«

»Nein.«

»Haben sie gesagt, wie lange es dauert, bis sie hier sind?«

»Nur, daß sie sich sofort auf den Weg machen wollten. Das hängt natürlich davon ab, wo sie herkommen.«

»Wir hätten die Lampen hinten am Haus anbringen lassen sollen, wie ich's immer gesagt hab'.«

»Ja, ich werd' mich darum kümmern, sobald die Läden wieder aufmachen.« Sie flüsterten immer noch.

»Gib mir meinen Morgenmantel«, bat Kate.

»Wo ist der denn?«

»Am Fußende von meinem Bett.«

Ohne seine Position zu verändern, langte er nach dem Morgenmantel und reichte ihn ihr. Sie legte ihn sich um die Schultern.

»Woran werden wir merken, daß sie da sind?«

»Wir werden ihre Scheinwerfer sehen.«

»Und der Täter auch. Wieso müssen sie denn mit eingeschaltetem Licht fahren?«

»Sie müssen doch sehen, wohin sie fahren.«

»Hörst du irgendwas? Hör mal. Versucht da jemand, die Fenster aufzubrechen?«

»Was hast du denn gehört?«

»Hörte sich an, als ob jemand am Riegel gerüttelt hätte.«

»Ich hab' nichts gehört.«

»Sei still.«

»Du redest doch die ganze Zeit.«

Kate richtete sich auf die Knie auf, legte den Kopf schief und lauschte. »Auf jeden Fall ist da jemand«, flüsterte sie.

»Ich wünschte, ich hätte eine Schußwaffe«, sagte Tony.

»Dann würden sie dich verhaften.«

»Ich glaub', ich hab' ein Auto gehört.« Auf allen vieren kroch er um das Bett herum auf das Fenster zu.

»Tony, nicht.«

»Ich will nur einen kurzen Blick nach draußen werfen, um mich zu vergewissern, daß es die Polizei ist.«

Den letzten Meter bis zum Fenster robbte er auf dem Bauch, dann zog er sich vorsichtig bis zum Sims hoch und schob den Vorhang ein Stückchen zur Seite.

»Ja, das ist die Polizei«, flüsterte er. »Ich sehe ihre Taschenlampen.« Er erhob sich, plötzlich von seiner jämmerlichen Feigheit befreit. »Ich geh' nach unten und schalte die Alarmanlage aus.«

»Du willst sie ausschalten?«

»Na, ich muß doch schließlich die Polizei reinlassen, oder?«

»Und wenn es nicht die Polizei ist?«

»Natürlich ist es die Polizei.«

»Manchmal verkleiden Verbrecher sich als Polizisten. Ich hab' erst vor ein paar Tagen von so einem Fall in der Zeitung gelesen.«

»Mach dich nicht lächerlich. Ich hab' sie doch angerufen. Warum sollten sie sonst hier sein?«

Er tastete sich auf die Tür zu. »Scheiße! Verdammt!«

»Was ist passiert?«

»Ich bin gegen diesen blöden Stuhl gelaufen, den du immer hier hinstellst. Hab' mir die Lehne voll in die Eier gehauen.« Als er aus der Tür taumelte, rief Kate ihm nach: »Laß mich nicht zu lange warten. Komm rauf und erzähl mir, was los ist.«

Kaum hatte Tony das Zimmer verlassen, schwang Kate sich aus dem Bett und ging ins Badezimmer. Auf keinen Fall würde sie der Polizei unter die Augen treten, ohne vorher ihr Gesicht ein wenig hergerichtet zu haben.

Im Erdgeschoß wagte Tony sich ins Wohnzimmer und ging auf die Gartentür zu. Diesmal war von den Polizisten und ihren Taschenlampen nichts zu sehen. Es läutete an der Haustür. Tony schaltete die Alarmanlage aus, zog einen Mantel über, der an der Garderobe hing, und knipste die Außenbeleuchtung an. Nachdem er sich vergewissert hatte, daß es sich bei seinen nächtlichen Besuchern um Polizisten handelte, öffnete er die Tür und war verblüfft, als er sich einem beunruhigend jungen Sergeant gegenüber sah, der eine orangefarbene Weste über seiner Uniform trug.

»Mr. Chivers?«

»Ja, vielen Dank, daß Sie so schnell gekommen sind.«

»Tja, wir haben uns hier gründlich umgesehen, Sir, aber nichts gefunden. Sie sagen, Sie haben einen Schrei gehört?«

»Ja, mehrere. Die kamen von ganz nah, der letzte sogar von direkt unter unserem Schlafzimmerfenster. Es hörte sich nach einer jungen Frau an. Auf jeden Fall war es eine weibliche Stimme.«

Der Sergeant sah Tony direkt an. »Oder vielleicht 'ne Füchsin, Sir?«

»Wie bitte?«

»'ne Füchsin, Sir. 'n Fuchs. Die kommen auf Nahrungssuche in die Wohngebiete, vor allem um diese Jahreszeit, wenn sie draußen nichts zu fressen finden.«

»Sie glauben, es war ein Fuchs?« fragte Tony gedehnt.

»Nach den Spuren im Schnee zu urteilen, ja, Sir. Auf keinen Fall hat er Reeboks getragen, außer es gibt sie in Größe eins.«

»Also, das ist doch ...! Ein Fuchs, was?«

Drei weitere uniformierte Polizisten und ein Schäferhund kamen hinter dem Sergeant in Sicht. Sie schienen alle im gleichen Alter zu sein.

»Nichts«, meldete der Hundeführer. »Sie hat 'ne Spur aufgenommen, aber die führt zum Zaun, und dann hat sie das Interesse verloren.«

Kate kam in ihrem besten seidenen Morgenmantel die Treppe herunter. »Alles in Ordnung, Liebling?«

»Ja, alles wunderbar«, erwiderte Tony schwach. »Der Sergeant sagt, es war ein Fuchs. Ist das nicht unglaublich? Es klang doch wirklich nach einer menschlichen Stimme, nicht wahr?«

»Klingt tatsächlich zum Verwechseln ähnlich, Sir. Das kann jedem passieren.«

Roger und Evelyn tauchten am oberen Treppenabsatz auf. »Stimmt irgendwas nicht, Tony?« fragte Roger.

»Nein, alles in Ordnung. Falscher Alarm.«

»Bestimmt?«

»Ganz sicher.« Um seine Verlegenheit zu überspielen, wandte er sich wieder an die Polizisten. »Da wir Sie schon in die Kälte hinausgescheucht haben, dürfen wir Ihnen einen Kaffee anbieten?«

»Na, das wär' nicht zu verachten, Sir. Vielen Dank.«

»Ich bring' sie zurück in den Wagen«, sagte der Hundeführer, als die anderen drei ins Haus stapften.

»Guten Abend ... ich meine, guten Morgen«, stotterte Kate. »Wie dumm von uns, so einen Irrtum zu begehen. Wie mein Mann schon sagte, wir waren fest davon überzeugt, jemand würde in unserem Garten angefallen.« Sie ging in die Küche voraus und setzte den Wasserkessel auf. »Wir haben auch noch etwas Weihnachtskuchen, falls Sie Lust darauf haben.«

»Oder ein Sandwich mit kaltem Putenfleisch«, sagte Tony eifrig. Kate zog ihm eine Grimasse.

»Kaffee genügt, danke. Sind Sie sicher, daß es Ihnen nicht zuviel Umstände macht?«

»Nein, überhaupt nicht. Sie hatten schließlich unseretwegen Umstände.«

Ebenso wie Tony kamen Kate die Polizisten unglaublich jung vor. »Haben Sie die ganze Nacht Dienst?«

»Seit neun«, erwiderte einer von ihnen. »Bis sieben.«

Kate warf einen Blick auf die Küchenuhr: sie zeigte halb zwei. Sie und Tony waren erst eine Stunde im Bett gewesen. Während Kate den Kaffee aufbrühte, versuchte Tony, dem die Situation unsäglich peinlich war, die Unterhaltung in Gang zu halten. Die Polizisten standen verlegen herum und hielten sich an ihren Tassen fest.

»Das war aber ein prächtiger Hund«, sagt Tony. »Kein Dackel«, fügte er gequält scherzhaft hinzu.

»Nein«, sagte der Hundeführer ungerührt. »Eine Hündin.«

»Ah! Glauben Sie, daß Hunde eine abschreckende Wirkung haben?«

»Kommt auf die Rasse an, Sir.«

»Zur Zeit haben wir nur eine Killerkatze. Früher hatten wir mal einen Yorkshire-Terrier, nicht wahr Liebling? Der hieß Fred, ein netter Kerl. Hat ziemlich viel gebellt, vor allem wenn er jemanden in Uniform gesehen hat, aber das war alles.« Dankbar nahm er das höfliche Lächeln der Männer zur Kenntnis. »Einmal, als ich meine Schlüssel vergessen hatte und versuchte, durchs Fenster einzusteigen, ist er auf mich losgegangen. Das war die Krönung seiner Karriere als Wachhund. Welchen Hund würden Sie übrigens empfehlen, falls man sich einen Wachhund anschaffen möchte?«

»'n deutschen Schäferhund, 'n Doberman. Muß aber 'n guter sein, richtig ausgebildet. Sonst kann's passieren, daß sie ihre eigenen Herrchen anfallen. Hündinnen sind am besten. 'n schlechter Hund macht nur Ärger.«

»Das kann ich mir vorstellen. Was halten Sie denn von Alarmanlagen?«

»Sind 'ne richtige Plage, Sir, wenn Sie meine Meinung hören wollen«, erwiderte der Sergeant. Er pustete auf seinen Kaffee.

»Und außerdem taugen sie nichts«, fügte einer seiner Kollegen hinzu.

»Wirklich?«

»Na ja, Sir, die Dinger verjagen vielleicht 'n Amateur, aber so 'n echter Profi läßt sich davon nicht abschrecken. Der weiß genau, was er sucht, bricht ein, nimmt's mit und ist über alle Berge, bevor wir Zeit haben zu reagieren.«

»Das ist ja beruhigend, was, Liebling. Die Versicherung hat uns dazu verpflichtet, eine Alarmanlage einbauen zu lassen.«

»Ja, ja, damit hat die Versicherung immer 'n Grund, nicht zu zahlen, falls Sie mal vergessen, sie einzuschalten. Immer schön das Kleingedruckte lesen.«

Tony wechselte das Thema. »Ist es denn bisher über die Feiertage ruhig gewesen?«

»Normal«, sagte der Sergeant. »Zwei üble Autounfälle und 'ne Messerstecherei. 'ne Frau ist auf ihren Mann losgegangen. Messerstechereien passieren gewöhnlich in der Familie.«

»Hast du das gehört, Liebling?«

»Ja, nimm dich bloß in acht«, sagte Kate.

»Ich kann es immer noch nicht fassen.« Tony bot den Polizisten ein Stück Kuchen an. »Wenn ich mir vorstelle, daß ich die ganze Zeit gedacht hab', es war eine junge Frau, und in Wirklichkeit war es bloß ein Fuchs. Es war so ein entsetzlicher Schrei ... Wir wissen, daß es hier Dachse gibt, aber die machen keine Geräusche, nicht wahr?«

»Das hat gutgetan«, sagte der Sergeant und stellte seine leere Tasse ab. Er und seine Kollegen gingen auf die Tür zu. »Also, gut, daß es nichts Ernstes war.«

»Wir kommen uns wirklich blöd vor, Sie wegen so etwas gerufen zu haben«, entschuldigte sich Kate.

»Dazu sind wir schließlich da, Ma'am.«

»Einen Augenblick.« Tony verschwand in seinem Zimmer. Ein paar Minuten später kam er mit vier Taschenbuchausgaben von einem seiner Romane zurück. »Ich hoffe, Sie haben mein letztes Buch noch nicht gelesen. So was gilt doch hoffentlich nicht als Bestechung, oder? Soll ich sie für Sie signieren?«

»Sehr freundlich von Ihnen, Sir«, sagte der Sergeant. »Würden Sie's für meine Frau signieren? Sie ist die Leserin in der Familie.«

»Mit Vergnügen. Wie heißt sie denn?«

»Beatrice ... Schreiben Sie Beattie.«

Tony signierte sämtliche vier Bücher.

»Besten Dank, Sir. Also dann, gute Nacht, Mrs. Chivers, und nochmals vielen Dank für den Kaffee.«

Tony begleitete sie hinaus. »Was bin ich bloß für ein Tölpel.«

»Liebling, es hätte auch etwas Ernstes sein können. Ich hab' das gleiche gedacht wie du. Waren sie nicht nett? Zwei von ihnen sahen aus wie Teenager.«

»Na ja, haben wir wieder ein Drama überlebt«, sagte Tony. »Mir fällt übrigens gerade auf, daß Martin gar nicht wach geworden ist.« Er aß ein Stück

Kuchen. »Als wir über den alten Fred gesprochen haben, hab' ich gedacht, vielleicht sollten wir uns noch mal einen Hund anschaffen.«

»Vielen Dank. Er hat mir die Liebe zu Hunden ausgetrieben.«

»Du hast Fred doch immer gemocht.«

»Er war ein Alptraum. Alle unsere Haustiere entwickeln sich zu Alpträumen, weil du sie verwöhnst.«

»Aber Fred hatte ein paar sehr liebenswerte Eigenschaften.«

»Wie seine ewige Furzerei zum Beispiel.«

»Das war erst, als er ganz alt war.«

»Wenn wir nicht bald ins Bett gehen, werden wir morgen früh ziemlich alt aussehen. Und ich war so schön eingeschlafen.«

Tony schaltete die Alarmanlage wieder ein, und sie gingen nach oben. »Weißt du schon, daß Martin und Evelyn morgen früh abreisen?« fragte Kate, als sie ins Bett stiegen. »Du willst doch wohl jetzt nicht mehr lesen, oder?«

»Nur ein paar Minuten, um mich zu beruhigen.«

»Ich kann aber bei Licht nicht einschlafen.«

»Okay.« Er legte das Buch weg und knipste seine Nachttischlampe aus. Eine Zeitlang lagen sie in der Dunkelheit nebeneinander, dann sagte Kate: »Patricia ist diejenige, die mir leid tut. Martin läßt sich einfach durchs Leben treiben. Erst hat er sich durch die Schule treiben lassen und jetzt durchs

Studium. Er ist zwanzig, Herrgott noch mal, es wird langsam Zeit, daß er erwachsen wird.«

»Wenn einer ein Mädchen schwängert, wird er schneller erwachsen, als ihm lieb ist.«

»Ist dir das jemals passiert? Vor mir?«

Er überlegte sich seine Antwort sehr genau, da er keine glatte Lüge erzählen wollte. »Ich habe einmal eine ähnliche Paniksituation erlebt.«

Nach längerem Schweigen sagte Kate: »Was sollen wir denn nun tun? Du weißt doch immer einen Rat in schwierigen Lagen. Was ist, wenn sie sich entschließt, das Kind zu bekommen? Die beiden sind doch noch so jung.«

»In jungen Jahren Kinder zu bekommen, ist nicht unbedingt das Schlechteste.« Auch wenn sie seine letzte Antwort geschickt übergangen hatte, wußte Tony genau, daß sie irgendwann auf das Thema zurückkommen würde.

»Aber wovon sollen sie denn leben? Wo sollen sie das Geld herbekommen?«

»Ich fürchte, du liegst neben der Quelle«, sagte er leichthin – in nächtlichen Stunden wird manche Wahrheit im Scherz gesagt. »Laß uns über dieses Problem diskutieren, wenn es soweit ist. Ich dachte, du wolltest schlafen.«

»Das einzige, was ich will, ist ein neuer Kopf.« Sie drehte sich um und rückte ein Stück von ihm weg, was stets ein Zeichen dafür war, daß er die falsche Antwort gegeben hatte.

15

Es waren zweierlei Spuren im Schnee, die sich immer wieder kreuzten – die des Fuchses und die etwas größeren, die von dem Spürhund der Polizei stammten. Nachdem Tony aufgewacht war, hatte er nicht widerstehen können, selbst nachzusehen, und war in Morgenrock und Gummistiefeln in den Garten gegangen. Emily gesellte sich zu ihm. Wie ein hakenschlagender Hase sprang sie in dem tiefen Schnee hin und her. Dann rieb sie sich an seinen Beinen.

»Komm rein, du Nichtsnutz.« Er streichelte Emilys steifes Fell und stapfte zurück in die Küche, wo er sich an der Türschwelle von den Gummistiefeln befreite. Erst da bemerkte er, wie spät es war – schon nach zehn. Sie hatten verschlafen, was jedoch in Anbetracht der nächtlichen Ereignisse kaum verwunderlich war. »Hast Glück gehabt, daß der Fuchs dich nicht erwischt hat«, sagte er zu der Katze, als er ihren Futternapf hinstellte. Er zündete sich eine Zigarette an, denn er brauchte seine Dosis Nikotin, um wach zu werden, und nahm die Tüte mit den Kaffeebohnen aus dem Schrank. Als er nach der Kaffeemühle griff, entdeckte er den Zettel, der mit einem Klebestreifen daran befestigt war.

»Liebe Mummy, lieber Dad, Ihr habt noch geschlafen, und wir wollten Euch nicht stören. Evelyn und ich wollten früh aufbrechen, für den Fall, daß die Straßen schlecht befahrbar sind. Rufe Euch an, sobald ich angekommen bin. Vielen Dank für das schöne Weihnachtsfest. Macht Euch keine Sorgen. Euer Martin.

PS: Ich soll mich auch im Namen von Evelyn bedanken. Sie hat einen Brief für Mummy auf den Tisch in der Diele gelegt.«

Während der Kaffee durchlief, ging Tony, wie jeden Morgen, als erstes an seinen Computer. Er schaltete den Rechner ein, wartete, bis das erste Menü auf dem Bildschirm erschien und ging dann in das Textverarbeitungsprogramm. Noch ein Mausklick, und sein Text erschien. Er starrte auf sein Manuskript, korrigierte ein paar Orthographiefehler und löschte den letzten Abschnitt, bevor er wieder in die Küche ging, um nachzusehen, ob der Kaffee fertig war. Ihm mißfiel alles, was er gerade gelesen hatte.

In der Küche traf er Roger an, der bereits angezogen war und sich gerade sein Frühstück machte. »Hast du alles gefunden, was du brauchst?«

»Ja, danke. Was war denn eigentlich letzte Nacht hier los?«

»Hast du nichts gehört?«

»Nein. Was hätte ich denn hören sollen?«

»Das war völlig verrückt«, sagte Tony. »Ich hätte schwören können, ich hätte eine junge Frau schreien hören. Ich bin davon wachgeworden und hab' die Polizei angerufen. Und dann war es bloß 'ne Füchsin. Ich hab' vielleicht blöd dagestanden. Aber die Polizisten waren sehr nett.«

»Es ist doch besser, auf Nummer Sicher zu gehen, als hinterher das Nachsehen zu haben. Hör zu, ich hab' eure Gastfreundschaft lange genug strapaziert, ich mach' mich heute auf den Heimweg.«

»Das ist aber nicht nötig.«

»Doch«, sagte Roger, »ich habe mehr als einen Grund. Ich habe zum Beispiel heute vormittag ein Vorstellungsgespräch für einen neuen Job. Wenigstens werde ich nüchtern antreten«, fügte er in einem humorvollen Ton zu, den Tony lange vermißt hatte. »Aber da wir uns nun endlich ausgesprochen haben, werde ich mich wieder melden.«

»Wir haben eine Verabredung zum Essen, denk dran. Du brauchst mir nur Bescheid zu sagen, wann es dir paßt.«

»Ist Kate schon auf?«

»Noch nicht, ich wollte ihr gerade eine Tasse Kaffee ans Bett bringen.«

»Na, dann grüß sie mal von mir... Und ich danke euch beiden.«

»Vergiß nicht, dich auch bei Pa zu melden, wenn es geht. Es bedeutet ihm eine Menge.«

»Ja, ich weiß. Das mach' ich, sobald ich die Dinge wieder im Griff habe.«

»Viel Glück mit dem Job«, sagte Tony.

Als Tony mit der Kaffeetasse ins Schlafzimmer trat, fand er Kate noch immer schlafend vor. Ein paar Sekunden lang blieb er am Fußende des Bettes stehen, für den Fall, daß sie die Augen aufschlug. Wie gut sie im Gegensatz zu ihm am frühen Morgen aussah, dachte er. Ihre Haut hatte einen leicht olivfarbenen Ton, was Tony zu der Annahme veranlaßte, daß ihre Vorfahren Italiener gewesen sein mußten. Ohne sie zu wecken, kehrte er in sein Arbeitszimmer zurück und versuchte, den Faden wieder aufzunehmen.

Im gleichen Augenblick gab Martin Evelyn einen Abschiedskuß. Sie standen in der Diele von Evelyns kleinem Reihenhaus im Arbeiterviertel von Oxford. Das Haus war nach ihrer Scheidung in ihren Besitz übergegangen. Es war während der Feiertage, als es leergestanden hatte, völlig ausgekühlt und roch ein bißchen muffig. Die Blümchentapeten von Laura Ashley verrieten, daß die Einrichtung aus den achtziger Jahren stammte, die Lithographien von Bernard Buffet, die im Treppenhaus hingen, trugen das Ihre zu dem Eindruck bei, daß Evelyns Umgebung aus einer Zeit stammte, aus der sie selbst längst herausgewachsen war.

Von dem Gefühl geleitet, daß die Situation dies verlangte, küßte Martin sie innig auf die Lippen, obwohl er innerlich an nichts anderes als an Flucht dachte. Sie hielt ihn während des Kusses fest umschlungen, doch dann, als hätte sie seine Gedanken gelesen, schob sie ihn sanft von sich.

»Mach dich auf den Weg«, sagte sie. »Laß mich wissen, wie es gelaufen ist.«

»Ja, mach' ich.«

»Ich hoffe, es wird alles gut werden.« Das ist nicht ehrlich gemeint, dachte sie, während sie sich sein Gesicht einprägte für die Zeit, wenn er nicht mehr dasein würde.

»Ich ruf dich an«, sagte er, und machte einen Schritt in Richtung Tür.

»Wenn du eine Möglichkeit findest.«

»Versprochen.«

Er ging noch einmal auf sie zu und gab ihr diesmal einen Kuß auf die Wange. »Vielen Dank, daß du so viel Verständnis für mich hast.«

Geh jetzt, dachte sie, bevor ich anfange zu heulen. Auf der Fußmatte lagen zwei Weihnachtskarten, die sie aufhob, bevor sie die Tür für ihn öffnete. Noch einmal zögerte er. »Die Straßen waren gar nicht so schlecht.«

»Nein, aber sei trotzdem vorsichtig. Schnall dich an.«

Als sie in der Tür stand und ihm nachsah, wünschte sie, jemand hätte ein Mittel erfunden, das das Herz vor dem Schmerz der Trennung schützte. Sie wußte, er würde sie schon fast vergessen haben, wenn er die Hauptstraße erreichte. Sie nahm ihre Reisetasche und stieg die Treppe hinauf, zu einem Schlafzimmer und einem Bett, das niemand mit ihr teilte.

Martin für seinen Teil fuhr mit einer neugewonnenen Leichtigkeit im Herzen davon, erleichtert, daß der Abschied von Evelyn ohne dramatische Szene verlaufen war. Es war die richtige Entscheidung, sagte er sich, egal, was aus der Sache mit Patricia wird, denn du hast schließlich nie eine feste Beziehung mit ihr gewollt. Er redete sich ein, Patricias Eröffnung habe ihm den notwendigen Schock verpaßt, der ihn rechtzeitig aufgerüttelt hätte, sonst wäre er womöglich in eine Beziehung hineingeglitten, die er später bereut hätte.

Er schaltete das Radio ein. Eine Frauenstimme sang ein altes Gershwinstück, das zwar nicht zu seiner Situation, aber zu seiner Stimmung paßte. Er summte die Melodie mit, bis sie für eine Werbung ausgeblendet wurde, wobei er einen Moment lang die Konzentration verlor und beinahe eine rote Ampel überfahren hätte.

Nachdem Deborah, Patricias Freundin, lange genug in Wohngemeinschaften gelebt hatte, war sie auf die andere Seite der Stadt in eine von diesen kleinen Wohnungen gezogen, die von Immobilienmaklern schönfärberisch »Studios« genannt wurden, was das falsche Bild eines romantischen Künstlerambientes heraufbeschwor. In Deborahs Fall handelte es sich um ein etwa fünfeinhalb mal sechs Meter großes Zimmer im zweiten Stock eines Altbaus, das mit billigsten Mitteln in ein Apartment umgewandelt worden war und nun aus einem Wohnraum mit Hochbett samt Leiter, einer kleinen Küche und einem noch kleineren Bad bestand. Das einzige Fenster ging nicht etwa nach Norden, wie es sich für ein wirkliches Studio gehört hätte, sondern nach Osten mit Blick auf die Rückseite eines Supermarktes. »Keine besonders schöne Aussicht«, erklärte Deborah gern, »aber wenigstens hab' ich's nicht weit zum Einkaufen. Außerdem könnt ihr bei mir immer eine Gratisvorschau der neuesten Graffiti bekommen.«

Sie war ganz anders als Patricia, sowohl im Wesen als auch äußerlich. Während Patricia sehr schlank war, neigte Deborah zu Übergewicht. Sie hatte leuchtend rotes Haar, das, im Gegensatz zu dem, was viele Leute vermuteten, tatsächlich echt war, und sie kleidete sich stets so, daß die Schwachstellen ihrer Figur besonders betont wurden. Einige ihrer gemeinsamen Freunde hatten ihnen die Spitznamen Dick und Doof verpaßt, was jedoch beiden gegenüber unfair war. Zweifellos war Patricia die Attraktivere, aber Deborah hatte, wenn man sie näher kannte, ebenfalls ihre Qualitäten – nämlich einen ausgeprägten Sinn für Humor und eine große Bereitschaft, sich für ihre Freunde ein Bein auszureißen. Andere mochten sich an ihrem Gewicht stören, aber sie selbst ließ es gleichgültig. Sie aß einfach gern, und das ewige Theater um Diäten und Gymnastikübungen in den Frauenmagazinen ging ihr auf die Nerven. »Ich treibe täglich Gymnastik«, erklärte sie, wenn man sie darauf ansprach, »und zwar jeden Abend, wenn ich die Leiter zu meinem Bett erklimme.« Ihre Vorliebe für Fast food hätte viele ihrer Freundinnen, die auf einen langen, steinigen Weg in die Anorexie zurückblicken konnten, zu Salzsäulen erstarren lassen.

Patricia dagegen gehörte zu jenen Glücklichen, die alles essen können, ohne daß sie je die geringsten Folgen zu spüren bekommen. All diese Unterschiede gaben der Freundschaft zwischen den beiden eine besondere Note, denn sie machten jegliches kleinliche Gezänk um die Unzulänglichkeiten der anderen überflüssig. Da sie so gegensätzlich waren, hatten sie sich nie am Krieg der Geschlechter beteiligt: es gab keine Rivalitäten um Männer, ein Problem, an dem nicht wenige Freundschaften in ihrem Bekanntenkreis zerbrachen. Auf Fremde mochte Patricia wie eine Eisheilige wirken, aber Martin wußte es aus Erfahrung besser. Deborah, eher der mütterlicher Typ, war mit einem Scherz rumzukriegen und, so seltsam spielt die Natur, bevorzugte kleine Männer, die sich ihrerseits von ihr angezogen fühlten wie die Motten vom Licht, darauf bauend, daß sie sich in Deborahs Gesellschaft zumindest nicht langweilen würden. Keine der beiden war promiskuitiv; einerseits nahmen sie die Gefahren des HIV-Virus ernst, der diesen Fluch über ihre Generation gebracht hatte, andererseits konnten sie ihre körperlichen Bedürfnisse nicht leugnen. Die Lebenseinstellung der jungen Leute war von einem Fatalismus geprägt, der dem jener jungen Generation nahekam, die einmal wider alle Vernunft die Schrecken der Somme hingenommen hatte.

Martin jedoch bedrängten keineswegs solche düsteren Gedanken, während er sich seinem Ziel näherte; er konnte das Wiedersehen kaum erwarten, denn er war schließlich zu der Überzeugung gelangt, daß sein Schicksal endgültig besiegelt war. Es war vielleicht das Beste, was ihm passieren konnte. Seine Eltern würden aus dem Staunen nicht herauskommen, wenn sie plötzlich in ihm den verantwortungsbewußten Sohn erkannten, den sie immer haben wollten. Er würde Patricias Tränen trocknen, sie davon überzeugen, daß sein kurzes Intermezzo mit Evelyn nichts weiter als eine läßliche Sünde gewesen war, die seine Liebe zu ihr nur noch verstärkt hatte. In Gedanken sah er sein Leben mit ihr bereits vor sich, eine Vorstellung, die etwa den Texten der Popsongs entsprach, die sie so gern hörten, denn diese Lieder gaben ihren Gefühlen einen Rahmen. Er würde sich einen Teilzeitjob suchen, sich intensiv seinem Studium widmen, um seinen Abschluß zu erlangen, er würde sein Leben anpacken, anstatt einzupacken, wie die meisten es von ihm erwarteten. Der einzige Schönheitsfehler in seiner Vorstellung von ihrer gemeinsamen Zukunft waren Patricias Eltern. Für den Augenblick jedoch schob er den Gedanken an sie beiseite, ähnlich wie ein selbstgefälliger General die Stärke seines Feindes verdrängt, während er seine Vorbereitungen für die nächste Schlacht trifft.

Seine freudige Erwartung wurde jäh enttäuscht, als er die steilen Stufen zu Deborahs Wohnung erklommen hatte und feststellen mußte, daß Patricia nicht da war und Deborah ihn an ihrer Stelle mit den Worten empfing: »Hallo, du Arsch.«

»Fang doch nicht gleich so an.«

»Ich fange immer genauso an, wie ich aufzuhören gedenke.« Sie lächelte ihn zwar an, doch Martin blieb auf der Hut.

»Aber Pat kommt doch her, oder nicht?« keuchte er.

»Klar, aber sie hat gesagt, mit ihren Eltern war es ganz schön stressig«, sagte Deborah. »Sie hat das Blaue vom Himmel gelogen und ihnen erzählt, ich bräuchte dringend ihre Hilfe bei meiner Seminararbeit. Sie hatten Konzertkarten und wollten sich mit ihr den ›Messias‹ anhören.«

Barfuß und nur mit einem Baumwollkimono bekleidet, lief sie in ihrer Wohnung herum und sammelte Zeitschriften und verstreute Kleidungsstücke ein. »Du siehst ziemlich verfroren aus. Willst du ’n Kaffee oder ’n Glas von dem Punsch, den ich gestern gemacht hab’?«

Ihr Apartment kam ihm kleiner vor denn je. Er zwängte sich an einem Weihnachtsbaum vorbei, der ein Viertel des Raumes einnahm, und setzte sich in einen der beiden Sessel in der Nähe des elektrischen Kaminfeuers.

»Hat sie gesagt, wann sie ungefähr hier sein wird?«

»Na ja, ich hatte sie eigentlich schon eher erwartet. Mach dir keine Sorgen. Sie will dich unbedingt sehen, was ja wohl kein Wunder ist. Ihr solltet wirklich beide eure Zurechnungsfähigkeit überprüfen lassen.«

»Also, immerhin hab’ ich nicht versucht, mich zu drücken, oder? Ich bin hier. Wie hat sie sich denn angehört?«

»Als ob sie die Wände hochginge.«

»Für mich war das Leben auch nicht gerade ein Honiglecken, seit sie mich angerufen hat.«

»Du Ärmster, mir kommen gleich die Tränen.« Deborah füllte Punsch in zwei Tassen, die sie mit sinnigen Sprüchen beschriftet hatte. Auf Martins Tasse stand: »Ein Kafka ist genug.«

»Hast du ein schönes Weihnachtsfest gehabt?«

fragte er und nippte an seinem Punsch. Er schmeckte nach ausgekochten Waschlappen, gewürzt mit Zimt und U-Boot-Treibstoff, aber Martin schluckte das Zeug mit Todesverachtung.

»Nicht schlecht. Ich hab' eine Party gegeben, und ich hab' ungefähr fünfzehn Liter von dem Punsch gemacht. Wie schmeckt er dir?«

»Interessant. Du solltest dir das Rezept patentieren lassen.«

»Ich kann's dir aufschreiben, wenn du willst.«

»Gib's der IRA, dann können sie das Zeug anstelle von Semtex verwenden. Übrigens, du weißt doch, daß meine Schwester mit einem Soldaten verheiratet ist, der da drüben im Einsatz ist. Er ist bei dem Bombenanschlag am ersten Weihnachtstag verletzt worden.«

»Wirklich? Gott, wie schrecklich.«

»Immerhin hat er überlebt. Aber wenn du dir das und mein Problem mit Patricia vorstellst und die Tatsache, daß wir meinen Opa ins Krankenhaus bringen mußten, kannst du dir vielleicht ausmalen, daß das drei anstrengende Tage für mich waren ... Was gibt's denn da zu lachen?«

»Tut mir leid, ich wollte nicht lachen. Aber du mußt zugeben, daß die Beschreibung von deinem Weihnachtsfest sich anhört wie ein Katastrophenfilm.« Dann wechselte sie das Thema, und die Atmosphäre entspannte sich ein wenig. »Ich hab' übrigens was Neues entdeckt – Salsa. Du kennst doch diesen hünenhaften Ami namens Terry, der am Magdalen College Klassische Musik studiert?«

»Ich glaub' schon.«

»Klar kennst du den. Er geht mit dieser kleinen *Madame-Butterfly-Tussi*, die hat so tierisch lange Wimpern, und die ist so unterwürfig, der haben sie garantiert nach der Geburt das Gehirn abgebunden. Der Typ ist aus Texas, du mußt dich doch an ihn erinnern – er sieht aus wie einer von den Harlem Globetrotters.«

»Ach, der. Ja. Bin ihm mal begegnet.«

»Ich hatte auf die Einladung geschrieben, jeder soll 'ne Flasche mitbringen, und der taucht hier auf mit einem Riesenglas von dem Zeug.«

»Und was ist Salsa?«

»Probier mal ein bißchen.« Sie holte das Glas aus der Küche und schmierte eine Portion auf einen Salzkräcker. »Hier, ich bin total verrückt nach dem Zeug, hab' den ganzen Tag noch nichts anderes gegessen. Du kennst mich ja, ich mache keine halben Sachen.« Zu spät fügte sie hinzu: »Vielleicht findest du es ein bißchen scharf«, als Martin folgsam in den Kräcker biß und augenblicklich nach Luft schnappte.

»Mein Gott! Was ist denn da drin?«

»Chili und Spanische Fliege. – Nein, das war nur Spaß. Ich steh' auf scharfe Sachen. Trink ein bißchen von dem Punsch dazu.«

»Nein, danke, das kann es höchstens schlimmer machen. War die Party ein Erfolg?«

»Glaub' schon. Das erstemal seit Jahren, daß ich Weihnachten nicht nach Hause gefahren bin, ich muß nämlich unbedingt diese blöde Seminararbeit fertig kriegen. Wie findest du das?« Sie langte hinter ihren Sessel und holte einen BH samt Tanga hervor. »Mein Weihnachtsgeschenk an mich selbst. Hab' ich mir aus einem Katalog bestellt. Die Garnitur heißt ›Victorias Geheimnis‹.«

»Sieht eher aus wie ein offenes Geheimnis«, stellte Martin fest.

»Soll ich's mal anziehen, nur zum Spaß?«

»Himmel, nein!« erwiderte Martin entgeistert. »Pat kann doch jeden Moment hier sein. Hör zu, du kennst sie besser als jeder andere ... was glaubst du, wie sie drauf ist?«

»Sie macht sich vor Angst in die Hose.«

»Und davon abgesehen?«

»Was glaubst du denn wohl? Du hast dich ziemlich beschissen verhalten.«

»Das lag aber nicht nur an mir. Sie war's, die Schluß gemacht hat.«

»Du hast dich wie 'n echtes Arschloch aufgeführt, gib's ruhig zu. Ziehst mit 'ner Frau los, die deine Mutter sein könnte.«

»So alt ist Evelyn gar nicht. Jedenfalls ist es nichts Ernstes gewesen. Ich war völlig fertig, und sie war einfach da.«

»Klar, wie Spiderwoman.«

»Nein, verdammt. Sie war einfach nett zu mir.«

»Sie hat dir gestattet, dich an ihrem gepolsterten BH auszuheulen, stimmt's?«

»Ha, ha.« Martin zuckte zusammen, als die Gegensprechanlage schnarrte. Er wirbelte herum, und von seinem Platz aus konnte er Patricias verzerrtes Gesicht auf dem winzigen Bildschirm erkennen. Deborah drückte auf den Türöffner, und einen Augenblick später hörte er Patricia die Treppe heraufkommen.

»Sei ja nett zu ihr«, mahnte Deborah.

»Natürlich werd' ich nett zu ihr sein.« Martin stand auf, als Patricia eintrat. In seiner Naivität hatte er irgendwie erwartet, daß ihr Zustand bereits deutlich erkennbar sein würde, aber ihre Figur war unter mehreren Lagen von Sweatshirts nicht auszumachen. Sie sah ihn nicht gleich an, sondern wandte sich zunächst an Deborah.

»Tut mir leid, daß ich so spät bin, Debbo, aber sie haben mir bis zum letzten Moment Streß gemacht. Am Ende bin ich einfach rausgerannt und hab' sie stehenlassen.«

Sie zog nacheinander zwei von den Sweatshirts aus, und erst nachdem sie sie auf einen Stuhl geworfen hatte, wandte sie sich an Martin.

»Hallo.«

»Hallo. Schön, daß du kommen konntest. Hier, setz dich doch.«

»Hört zu, ihr beiden«, sagte Deborah, während sie auf ihr Hochbett kletterte. »Ich weiß, ihr werdet mich vermissen, aber ich werd' euch jetzt allein lassen und uns was zu futtern besorgen.« Sie nahm ein paar Sachen vom Bett und stieg wieder herunter. »Was hättet ihr denn gern? Kentucky Fried Chicken oder 'n Big Mac?«

»Für mich nichts«, sagte Patricia.

»Martin?«

»Ich nehm 'n Big Mac. Soll ich dir Geld mitgeben?«

»Gib's mir, wenn ich zurückkomme«, erwiderte Deborah und ging ins Bad, um sich umzuziehen.

»Hast du denn keinen Hunger?« fragte Martin.

»Eigentlich nicht.«

»Wie fühlst du dich denn sonst?«

»Geht so.«

»Macht es dir was aus, wenn ich rauche?«

»Nein, rauch nur.«

»Aber dir wird doch davon nicht schlecht oder so was?«

»Ich glaub' nicht, mein Vater raucht ja auch die ganze Zeit.«

»Du hast ihnen doch nichts gesagt, oder?«

»Himmel, nein.«

Deborah kam aus dem Bad und zog ihren Mantel über. »Bin gleich wieder da«, sagte sie und verschwand.

»Wie kann sie nur da oben schlafen?« fragte Martin. »Da muß man doch Platzangst kriegen.«

»Sie hat sich dran gewöhnt.«

»Ich hab' ziemlich wenig geschlafen, seit du es mir erzählt hast.« Er war sich immer noch unschlüssig, ob er sie berühren durfte. »Du wahrscheinlich auch. Es tut mir wirklich leid, daß das passiert ist. Ich dachte, wir hätten aufgepaßt.«

»Ich auch«, sagte Patricia, und Martin stellte mit Erleichterung fest, daß sie nicht anfangen würde zu weinen.

»Du bist dir doch ziemlich sicher, nicht wahr? Ich meine, du hast die Termine noch mal überprüft und alles? Na ja, das wirst du natürlich getan haben ... Hör zu, das mit Evelyn ... Ich weiß, das hat dich verletzt, aber ich war auch verletzt, weil du mich nicht anhören wolltest.«

»Ist sie mit dir über Weihnachten zu deinen Eltern gefahren?«

»Ja.«

»Das war bestimmt schön.«

»Hör zu, laß uns nicht wieder damit anfangen. Es ist vorbei. Ich werde sie nicht wiedersehen, es sei denn, ich begegne ihr zufällig an der Uni. Debbie hat recht, ich hab' mich wirklich beschissen verhalten, du mußt nicht glauben, ich wüßte das nicht.«

»Hast du mit ihr geschlafen?«

»Nein!«

»Es macht mir nichts aus, wenn du's mir jetzt gleich erzählst, ich will's nur nicht irgendwann später rausfinden.«

»Ich schwöre dir, ich hab's nicht getan.«

»Wollte sie es denn?«

»Nein.«

»Ich wette, sie hat daran gedacht. Vor allem, wo du sie doch mit nach Hause genommen hast. Was haben deine Eltern denn von ihr gehalten? Sie müssen doch ziemlich überrascht gewesen sein.«

»Allerdings. Ich glaub', sie sind ganz gut miteinander ausgekommen. Na ja, das ist auch nicht verwunderlich, sie ist schließlich in ihrem Alter. Pat, laß uns nicht mehr über sie reden, ich möchte über dich reden, über dich und mich. Sieh mal, ich hab' viel nachgedacht, seit du mich angerufen hast, und ich möchte, daß du dir keine Sorgen machst ... Mein Vater hat mir ein paar gute Ratschläge gegeben ...«

Patricia unterbrach ihn. »Weiß er Bescheid? Warum hast du es ihm gesagt?«

»Ich mußte es ihm sagen. Es gab doch niemand anderen, mit dem ich hätte reden können.«

»Warum hast du überhaupt mit jemandem darüber gesprochen?«

»Du hast doch auch mit Deborah gesprochen.«

»Das ist was anderes.«

»Na ja, okay, aber ... falls wir etwas unternehmen müßten, nicht daß wir etwas unternehmen werden, ich sage nicht, daß wir das müssen oder werden, aber dann müßte ich mich an ihn wenden, wegen des ... na, du weißt schon, wegen des Geldes. Das ist alles«, schloß er betreten.

»Du hast das alles schon geplant, nicht wahr? Hast du dich darüber mit deinem Vater unterhalten?«

»Nein. Das ist aber auch zur Sprache gekommen. Nicht von mir. Er hat das angesprochen.«

»Und was hast du gesagt?«

»Nichts.«

»Du mußt doch was gesagt haben.«

»Hab' ich aber nicht, ich hab' nur zugehört.«

»Ich wette, er hat gesagt, sie muß es unbedingt abtreiben lassen.«

»Das hat er nicht, ich schwör's.«

»Also, ich werde auf keinen Fall abtreiben, egal, was irgendeiner von mir verlangt, das kann ich dir gleich sagen.«

»Ich bin ganz deiner Meinung. Wenn du mich doch nur ausreden ließest.«

»Okay, ich höre.«

Martin ging in dem kleinen, mit Möbeln vollgestellten Zimmer auf und ab und ließ sich noch einen Moment Zeit, um die richtigen Worte zu finden. »Worüber ich nachgedacht habe ... wozu ich mich entschlossen habe ... und dabei konnte ich schließlich nicht wissen, wie du darüber denkst, nicht wahr? ... Also, wenn du mir mein beschissenes Verhalten verzeihen könntest ... und wenn deine Gefühle für mich sich nicht geändert haben, wenn es wieder so sein könnte wie früher und wenn du das Baby haben wolltest, dann würde ich mich irgendwie mit deinen Eltern auseinandersetzen und ihnen sagen, daß wir heiraten wollen. Das ist das, was ich mir überlegt hab'...«

Er hielt inne und wartete ab. Patricia starrte in das elektrische Feuer.

»Mein Vater würde dich wahrscheinlich umbringen, wenn er die Wahrheit erfahren würde«, sagte sie schließlich.

»Na ja, das würde meine Pläne natürlich zunichte machen. Schließlich könnte ich dich nicht heiraten, wenn ich tot wäre.«

Der schlappe Witz löste endlich die Spannung zwischen ihnen, und sie mußten beide lachen. Als bei Patricia das Lachen in Weinen überging, kniete Martin sich neben ihren Sessel. Sie klammerten sich aneinander und flüsterten sich Liebesbeteuerungen zu, jene banalen Floskeln, die Liebende einander zu sagen pflegen und die für Außenstehende keinerlei Bedeutung haben.

»Du sagst das alles doch nicht etwa nur, um mich zu trösten, oder?« fragte Patricia, während er ihre Tränen mit einem nicht allzu sauberen Taschentuch trocknete.

»Nein, ich meine das ernst.«

Ihre Küsse wurden immer leidenschaftlicher, und es dauerte nicht lange, da schlüpfte er mit seiner Hand unter ihr Sweatshirt und fummelte an ihren Brüsten. Die Erleichterung, die sie beide empfanden, stürzte sie in einen emotionalen Taumel, der nicht mehr zu bremsen war. Schon bald waren sie beide halbnackt, und Martin wußte sie auf vertraute Weise zu erregen. »Laß uns in Debbies Bett gehen, wir können es nicht hier tun«, flüsterte er mit dem Gesicht in ihrem Schoß. Sie leistete ihm keinen Widerstand, als er sie bei der Hand nahm und mit ihr die Leiter emporkletterte. Sie rissen sich gegenseitig die letzten Kleidungsstücke vom Leib und ließen sich auf das Bett fallen. Martin streichelte zärtlich Patricias Bauch.

»Ich kann dem Baby doch nicht weh tun, oder?«

»Sei nicht albern«, erwiderte sie. »Ich hab' in einem Buch nachgelesen. Man darf es bis zum sechsten oder siebten Monat tun.«

Plötzlich fiel ihm etwas ein. »Ich hab' überhaupt nichts dabei.«

»Das ist doch jetzt egal, oder? Schnell, komm zu mir, ich bin ganz verrückt danach, ich kann's kaum erwarten, komm ...« Sie redete nur noch konfus daher, während er ihrem Wunsch willig nachkam und sich in einem Akt verlor, von dem er kaum vierundzwanzig Stunden vorher angenommen hatte, daß er ihn nie wieder vollziehen würde.

In ihrer glücklichen Erschöpfung hatten sie Deborah nicht kommen hören, bis eine Stimme von unten sagte: »Na, wunderbar. Ich nehme an, ihr habt euch geküßt und wieder vertragen, oder wolltet ihr mir nur freundlicherweise das Bett machen?«

Sie rutschten an die Bettkante und spähten durch das Geländer nach unten, glücklich schuldbewußt.

»Es ist alles gut. Wir werden heiraten«, verkündete Patricia.

Erst in diesem Augenblick, seinen Arm um ihre nackten Schultern gelegt, wurde Martin bewußt, daß er den ersten Schritt in eine unbekannte Zukunft getan hatte.

16

»Wir haben soviel zu essen übrig, daß wir glatt noch einmal das ›Große Fressen‹ drehen könnten«, sagte Kate, während sie am nächsten Morgen den Inhalt ihres Kühlschranks betrachtete. »Sieh dir das bloß an. Ich könnte vielleicht ein paar Puterfrikadellen machen und die einfrieren. Würdest du heute abend gern welche essen?«

Als sie sich umwandte, hatte Tony die Küche bereits verlassen. »Was hättest du heute gern zum

Abendessen?« rief sie ihm nach. »Würdest du noch mal mit Puter vorliebnehmen, wenn ich was Nettes draus zaubere?«

»Nein danke.«

»Aber was dann?«

»Ich bin anspruchslos. Wie wär's mit etwas ganz Einfachem, zum Beispiel Speck und Eiern?« rief er zurück.

Typisch Mann, dachte Kate. In einer verfluchten Küche ist nichts einfach. Ich sollte mich emanzipieren, meinen BH verbrennen, den verdammten Puter darin *flambieren* und ihm das zum Abendessen vorsetzen. Sie sehnte sich nach dem versprochenen Urlaub, wünschte, jemand würde einmal ein Essen für sie zubereiten und sie könnte sich einfach an den gedeckten Tisch setzen. »Ich bin anspruchslos«, äffte sie Tony nach. Sie stopfte irgendeinen aufgeweichten Rest in den Mülleimer und schaltete dann, um etwas Gesellschaft zu haben, das Radio ein. Es wurde allerdings nur eine hitzige Debatte zum Thema Frauen als Priester übertragen, in der sich ein Bischof (pro), der sich anhörte, als strebe er als nächstes eine Geschlechtsumwandlung an, und eine Frau (contra), die eine solche Operation bereits hinter sich zu haben schien, äußerst unchristlich stritten. »Das darf nicht wahr sein, wen interessiert das überhaupt?« stöhnte Kate und würgte die Streithähne ab.

Sie schnupperte an einer Schüssel mit Sahne, kam zu dem Schluß, daß sie sauer war, und beförderte sie zusammen mit einer Handvoll Cocktailwürstchen, einem halbleeren Yoghurtbecher und einem welken Salatkopf in den Müll. Beinahe hätte sie das Glas mit den Essiggurken gleich hinterher geworfen, überlegte es sich jedoch anders, als ihr einfiel, daß Pa bald aus dem Krankenhaus kommen würde. Ratlos starrte sie auf die übrigen Reste. Obwohl es erst elf Uhr früh war, tat sie etwas für sie Ungewöhnliches und schenkte sich ein Glas Weißwein ein. Vielleicht sollte ich mich einfach betrinken, dachte sie, warum eigentlich nicht? Aber der Wein schmeckte bitter, und sie goß ihn in den Abfluß.

Sie hörte die Katzentür quietschen und drehte sich um, um ihren Frust an dem Tier auszulassen, schrie jedoch statt dessen entsetzt auf.

»O mein Gott! Tony! Tony! Komm schnell!«

»Was? Was ist passiert? Was hast du gemacht?«

»Komm einfach her!«

Er kam in die Küche gelaufen. »Hast du dich verbrannt?«

»Nein, sieh dir bloß an, was dieses Scheusal mitgebracht hat.«

Direkt vor der Terrassentür lag die steife Leiche eines Kaninchens.

»Bring es raus, bring es raus«, schrie Kate. »Warte, faß es nicht mit den Händen an. Zieh diese Handschuhe an. Iiih, das ist ja ekelhaft.«

»Bloß keine Panik. Ich kümmere mich darum.«

»Dieses Vieh entwickelt sich zu einem Serienmörder.«

»Sie folgen nur ihrem Instinkt, wenn sie etwas töten, da kann man nichts machen.«

»Ich finde diesen Instinkt gräßlich.«

Tony zog die Küchenhandschuhe über und hob das Kaninchen mit ausgestreckten Armen auf.

»Es ist bestimmt voller Maden.«

»Mach mir die Tür auf ... nein, Moment.« Er betrachtete das tote Tier genauer. »Weißt du, was das ist?«

»Natürlich weiß ich, was das ist, es ist ein totes Karnickel.«

»Es ist *ihr* Kaninchen.«

»Wessen Kaninchen?«

»Von nebenan. Von den Harrisons. Es ist das verdammte Schmusekaninchen von ihrer putzigen, kleinen Tochter.«

»Woher willst du das wissen?«

»Ich weiß es, weil ich gesehen hab', wie sie im Garten damit gespielt hat. Guck mal, es hat ein Halsband um. Sie ist ganz vernarrt in dieses Viech.«

»Na, jetzt wird sie wohl nicht mehr darin vernarrt sein.«

»Sie werden garantiert draufkommen, daß Emily es war. Sie beschweren sich dauernd darüber, daß sie angeblich ihre Blumenbeete zerrupft und zwischen ihren Scheißbegonien schläft. Weißt du noch, wie sie behauptet haben, sie hätte all ihre Wellensittiche zu Tode erschreckt, die sie in dieser Voliere hatten?«

»Also, ich nehme an, daß sie sogar recht hatten, diese Katze ist zu allem fähig. Ich werde nie begreifen, warum du sie ausgerechnet Emily genannt hast. Du hättest sie Lukretia nennen sollen.«

»Ich hab' sie nicht Emily genannt, das war Jenny. Lenk nicht vom Thema ab. Harrison ist ein ziemlich ungenießbarer Typ. Ich kenne ihn, der macht uns die Hölle heiß wegen dieser Sache. Da gibt's nur eine Lösung.«

»Und welche?«

»Ich muß es zurückbringen.«

Kate starrte ihn an. »Bist du verrückt geworden? Wohin willst du es zurückbringen?«

»In seinen Käfig. Hör zu. Sie sind über die Feiertage weggefahren. Ich weiß es, weil ich ihn kürzlich im Ort getroffen habe, und da hat dieser eingebildete Fatzke damit angegeben, daß sie Weihnachten immer in einem Hotel verbringen. Wenn wir es herrichten und wieder in den Käfig setzen, bevor sie zurückkommen, werden sie nichts merken.«

»Du bist übergeschnappt.« Entgeistert sah sie ihm zu, wie er mit dem toten Tier an die Spüle trat. »Was hast du denn jetzt vor?«

»Ich werde es waschen.« Er drehte das heiße Wasser auf. »So verdreckt kann ich es doch nicht zurück in den Käfig setzen.«

»Das darf doch nicht wahr sein«, sagte Kate, als er das Kaninchen mit Spülmittel beträufelte und anfing, es zu waschen.

»Wart's ab, es wird wieder wie neu aussehen.« Er war von seiner Idee begeistert. »Kannst du mir ein bißchen Festiger geben? Und deinen Fön brauch' ich auch.«

»Meinen Fön kriegst du nicht.«

»Reg dich nicht auf, ich mach' ihn ja nicht kaputt. Wenn ich es gewaschen hab', werde ich es trockenfönen und das Fell ein bißchen aufplustern, sonst wirkt es nicht echt. Siehst du? Es sieht schon viel besser aus.«

»Ich glaube, du bist wahnsinnig geworden.«

»Warte erst mal ab, bis du das fertige Ergebnis siehst. Ich werde es in die Garage setzen, und wenn es dunkel ist, klettere ich über den Zaun. Mach doch nicht so ein Gesicht.« Er nahm das durchnäßte Kaninchen aus dem Becken und roch daran. »Mieft ein bißchen. Wir sollten es vielleicht mit Parfüm einsprühen.«

»Wir werden es mit gar nichts besprühen«, sagte Kate. »Geh doch mit ihm zum Frisör und laß ihm eine Maniküre verpassen, wo du schon mal dabei bist. Ein Wunder, daß du es noch nicht mit Mund-zu-Mund-Beatmung probiert hast. Du bist doch tatsächlich übergeschnappt. Was passiert, wenn sie dich erwischen?«

»Ich lass' mich nicht erwischen. So! Schon viel

besser. Hol mir den Fön. Wenn ich das schon mache, dann mache ich es auch richtig.«

»Tony, du brauchst professionelle Hilfe, geh zum Psychiater.«

»In Ordnung, dann mach' doch einen besseren Vorschlag. Ich sage dir, wenn dieses Vieh nicht mehr da ist, wenn die kleine, dämliche Prinzessin nach Hause kommt, ist hier die Hölle los. Harrison kriegt einen Herzinfarkt. Das ist ein Typ von der Sorte, die wegen so was vor Gericht geht.«

»Selbst Harrison wird kaum auf die Idee kommen, eine Katze vor Gericht zu bringen.«

»Aber wir sind die Besitzer, sie werden sich über uns an Emily rächen.«

»Aber selbst wenn du es zurück in seinen Käfig setzt, wird es immer noch tot sein.«

»Es wird so aussehen, als sei es eines natürlichen Todes gestorben.«

»Nachdem man ihm eine Dauerwelle verpaßt hat.«

»Du kannst gut Witze machen, aber wenn ich erst mal mit ihm fertig bin, wird es wunderbar aussehen. Du wirst schon sehen.«

Zögernd ging sie nach oben, um den Fön zu holen. »Diese Handschuhe kannst du wegwerfen, wenn du fertig bist«, sagte sie, als sie zurückkehrte. »Ich zieh' die nicht mehr an. Hier.« Sie reichte ihm den Fön. Tony legte den schlaffen Kadaver auf etwas Küchenkrepp und begann mit den letzten Restaurationsarbeiten.

»Das ist ja wie in einem Horrorfilm«, sagte Kate, während sie ihm zusah. »Stell dir vor, das kommt in die Zeitung. ›Makabre Praktiken im Hause eines bekannten Schriftstellers. Tony Chivers verhaftet.‹«

»Wo bleibt dein Abenteuergeist? Sieh mal, das Fell sieht aus wie neu. Hab' ich mir doch gedacht, daß das funktionieren wird. Jetzt hat es einen richtig netten Gesichtsausdruck. Sieh mal.«

»Komm mir nicht näher mit dem Vieh. – Mach, daß du rauskommst!« fauchte sie Emily an, die die Prozedur mit erwartungsvollen Augen verfolgte. »Ich überlasse das dir, ich will damit nichts zu tun haben.«

Allein in der Küche, fönte Tony das Kaninchen, bis er mit dem Ergebnis zufrieden war, besprühte es mit dem Frischluftspray Marke Sommerbrise und trat einen Schritt zurück, um sein Kunstwerk in Augenschein zu nehmen. Das Tier wirkte annähernd lebendig – genug, um die Harrisons auf den ersten Blick zu täuschen, wenn sie das nächste Mal in den Käfig sehen würden, dachte Tony. Endlich mit seinem Ergebnis zufrieden, trug er das Kaninchen in die Garage und setzte es nach kurzem Überlegen auf den Rücksitz des Volvo. Er mußte eine Weile an dem toten Tier herumdrücken, bis es in einer einigermaßen glaubwürdigen Haltung dasaß. Er schloß die Wagentür, ging ins Haus, kehrte jedoch dann noch einmal zurück, um noch einen letzten Blick auf das Karnickel zu werfen: ja, jeder, der es zum erstenmal sah, würde sich täuschen lassen.

Er fühlte sich auf seltsame Weise beglückt.

Nach einer weiteren Auseinandersetzung mit Kate zog Tony sich am späten Abend einen schwarzen Trainingsanzug an und bereitete sich auf die Operation vor.

»Solltest du nicht lieber etwas Weißes anziehen?« fragte Kate vom Bett aus. »Wenn du so im Schnee herumläufst, kann man dich meilenweit sehen.«

»Ich besitze nun mal keinen weißen Trainingsanzug.«

»Dann zieh ein Laken über den Kopf. Wenn du erwischt wirst, kannst du immer noch behaupten, du hättest dich im Datum vertan und geglaubt, es sei Halloween.«

»Es ist ziemlich einfach, im Bett zu sitzen und herumzukritteln. Ich bin derjenige, der es tun muß.« Er zog eine Pudelmütze über den Kopf und Handschuhe an.

»Ich habe dich nicht dazu gezwungen. Woher willst du wissen, ob sie nicht schon zurückgekommen sind?«

»Weil kein Licht brennt. Ich hab' nachgesehen.«

Er trat ans Fenster und spähte nach draußen. »Scheint alles ruhig zu sein.«

»Sollten wir nicht unsere Uhren vergleichen? Das machen sie doch immer im Kino.«

»Sehr witzig.«

»Was ist mit den Fußspuren? Du wirst doch überall Fußspuren hinterlassen.«

»Auch daran hab' ich gedacht, ob du es glaubst oder nicht. Ich werde meine Spuren auf dem Rückweg verwischen. Ich glaube, ich habe nichts vergessen.«

»Nur deinen Verstand.«

»Willst du mir kein Glück wünschen?«

»Nein. Ich werd' mir für dich ein Alibi ausdenken.«

Mit finsterem Blick verließ er das Zimmer. Ausgerüstet mit einer Plastiktüte, einem Handfeger und einer Taschenlampe, ging er in die Garage. Das Kaninchen war ein bißchen in sich zusammengesunken, aber Tony fand es immer noch recht ansehnlich. Nachdem er das Karnickel und sämtliche Utensilien in der Plastiktüte verstaut hatte, öffnete er vorsichtig das Garagentor und zog los.

Er war kaum ein paar Meter weit gekommen, als eine neugierige Emily sich zu ihm gesellte. »Hau ab«, befahl er. »Laß mich das allein machen, ich versuche gerade, deinen Hals zu retten. Ab mit dir!«

Er hielt sich möglichst dicht an den Sträuchern in seinem Garten, bis er den Zaun erreichte, der die beiden Grundstücke trennte, und nachdem er sich noch einmal vergewissert hatte, daß es keine Anzeichen für eine Anwesenheit der Harrisons gab, warf er die Plastiktüte mit dem Kaninchen über den Zaun und setzte ein Bein auf die oberste Planke. Der Zaun wankte verdächtig, hielt seinem Gewicht jedoch stand. Auf der anderen Seite angekommen, hob er seine Tüte wieder auf und ging auf den Kaninchenstall zu, blieb jedoch nach ein paar Schritten stehen.

»Scheiße!« zischte er, »jetzt weiß ich, was ich vergessen hab'. Verdammt!«

Er legte das Kaninchen wieder ab, schlich, vorsichtig in seine Fußstapfen tretend, wieder zurück, kletterte über den Zaun und ging ins Haus. Kate war in der Küche gerade dabei, sich eine Tasse Tee aufzugießen.

»Das ging aber schnell.«

»Ich hab's noch nicht getan. Ich brauch' eine Möhre.« Er öffnete den Kühlschrank und wühlte in der Gemüseschublade herum. Schließlich wählte er eine Möhre aus und begann daran herumzuknabbern.

»Und, wie sieht das aus?« fragte er und hielt Kate die Möhre zur Begutachtung hin.

»Hast du Angst, du könntest nachtblind werden?«

»Die ist nicht für mich, die werd' ich dem Kaninchen ins Maul stopfen, um ihm sozusagen den letzten Schliff zu geben.«

»So was nennt man Perfektion. Es starb, als es sein letztes Abendmahl einnahm.«

»Bist du schon wieder sarkastisch?«

»Ich doch nicht.«

Tony ging wieder hinaus und wiederholte sein Manöver. Da er die Taschenlampe im offenen Gelände nicht benutzen wollte, hatte er einige Mühe, den Kaninchenstall zu finden, und war, als er ihn endlich ausfindig gemacht hatte, ziemlich ins Schwitzen geraten. Mit äußerster Vorsicht nahm er das Kaninchen aus der Tüte und setzte es in seinen Stall. Der Gestank nach altem Kaninchenurin schlug ihm entgegen wie die Dünste von unverdünntem Ammoniak. Mit angehaltenem Atem gelang es ihm jedoch, das Kaninchen mit Hilfe des leeren Wassernapfs in eine aufrechte Position zu bringen. Erst jetzt schaltete er die Taschenlampe ein, um die letzten Feinarbeiten vorzunehmen. Der Trick mit der Möhre, den er als Glanzstück geplant hatte, funktionierte nicht, weil es ihm nicht gelang, dem toten Tier das Gemüse zwischen die Zähne zu zwängen, und er legte es statt dessen zwischen die steifen Vorderpfoten. Noch ein letzter prüfender Blick, dann schloß er die Stalltür und schob den Riegel vor.

Für den Rückweg brauchte er wesentlich länger, da er nach jedem Schritt stehenbleiben mußte, um seine Fußspuren mit Hilfe des Handfegers zu beseitigen. Als er endlich wieder sicher in seiner

Küche eintraf, war sein Trainingsanzug naßgeschwitzt.

»Hier«, sagte Kate, die ihn mit einem großen Glas Whiskey begrüßte. »Ich bin sicher, daß du den gebrauchen kannst, Raffles. Sieh dich bloß mal an, du bist ja völlig durchgeschwitzt.«

»Mission erfolgreich durchgeführt. Alle Kampfflieger sicher zurückgekehrt. Und jetzt sag', daß ich ein Idiot bin.«

»Du bist ein Idiot.«

17

Jenny, die nichts von den nächtlichen Abenteuern ihres Vaters ahnte, saß am nächsten Morgen in ihrem Hotelzimmer in Belfast und betrachtete das Arrangement von Plastikgeschirr und Plastikverpackungen, das sich auf der ganzen Welt als der letzte Schrei des modernen Frühstücks durchgesetzt hat. Stets auf gesunde Ernährung bedacht, hatte sie eine halbe Pampelmuse, Toast und Kaffee bestellt – keine extravaganten Wünsche, wie sie meinte. Das Frühstück, das man ihr serviert hatte, bestand aus einer Scheibe Weißbrot, die einmal als Badematte gedient zu haben schien, einer halben

Pampelmuse, der man mit einer Black & Decker-Bohrmaschine zu Leibe rücken mußte, um sie zu öffnen, und diversen Zutaten, in Behältnisse eingeschweißt, die selbst ein Bombenräumungskommando vor ernste Schwierigkeiten gestellt hätten. Die abgepackte H-Milch und die in verschweißten Plastikdöschen portionierte Butter und Marmelade schienen für eine Rasse von Zwergen mit scharfen Fingernägeln und einer Vorliebe für dreidimensionale Puzzles entwickelt worden zu sein. Auf dem Tablett lagen außerdem ein Kärtchen mit einem persönlichen Gruß der Hoteldirektion und eine einzelne Nelke, wahrscheinlich dazu gedacht, dem Frühstück eine festliche Note zu verleihen.

Der Himmel vor Jennys Fenster war grau, und es regnete Bindfäden. Die Landschaft der Hochglanzfotos in den Reisebroschüren schien weit weg zu sein, ein von Kobolden heraufbeschworenes Trugbild, das naive Touristen anlocken sollte. Sie wußte, daß ihre Gedanken unfair waren, aber sie hatte Angst; schon das geringste Geräusch, das von außen in ihr Zimmer drang – eine Fehlzündung eines Auspuffs, eine Krankenwagensirene –, verursachte ihr Herzklopfen, denn sie hielt sich als Ehefrau eines britischen Soldaten für eine potentielle Zielscheibe. Es hatte keinen Zweck, sich immer wieder zu sagen, daß ihre Reaktionen irrational und dumm waren, die Angst ließ sich nicht vertreiben. Nicht daß die Leute, denen sie bisher begegnet war, nicht die Freundlichkeit in Person gewesen wären, und auch wenn sie Schwierigkeiten hatte, den nasalen Akzent zu verstehen, spürte sie überall eine Art stoische Liebenswürdigkeit. Vor allem die Krankenhausangestellten hatten sich alle Mühe gegeben, sie zu beruhigen, und sie wußte, daß Andy die beste medizinische Versorgung bekam. Aber sie war einfach noch nie in einem Kriegsgebiet gewesen, und obschon die meisten Einheimischen sich über die Jahre daran gewöhnt hatten, den Bürgerkrieg zu ignorieren, konnte Jenny sich nicht dagegen wehren, die Situation immer wieder mit Bosnien zu vergleichen. Sie war eine Fremde in diesem Land, und es gab keine Wegweiser, die ihr dabei helfen konnten, sich zurechtzufinden.

Sie schob das Frühstückstablett – auf dem sich inzwischen ein keineswegs umweltfreundlicher Abfallberg angesammelt hatte – beiseite und ging ins Badezimmer. An den Türen hingen Warnschilder mit Anweisungen für das richtige Verhalten in Notfällen, für jemanden wie Jenny ein weiterer Hinweis darauf, daß überall Gefahr lauerte. Sie duschte und schminkte sich anschließend sorgfältig, denn sie wollte sich von ihrer besten Seite zeigen, wenn sie Andy das nächste Mal besuchte, und hoffte, daß Elizabeth Arden ihr helfen würde, ihre Ängste vor ihm zu verbergen. Als sie fertig angezogen war, setzte sie sich auf die Bettkante und blätterte in einem Modemagazin, dessen Fotos keinerlei Ähnlichkeit mit der alltäglichen Wirklichkeit aufwiesen, sondern eine in sich geschlossene kleine Welt zeigten, bevölkert von Superreichen, die offenbar lauter Kreationen trugen, die man eigentlich nur zu Karneval anziehen konnte. Die Bilder – die gelangweilten Gesichter der Models in idiotischen Posen – schienen der Phantasie von Menschen entsprungen zu sein, die noch nie in ihrem Leben durch normale Straßen gegangen waren. Besonders obszön fand Jenny ein Foto, das ein paar Starmodels vor einem afrikanischen Slumviertel zeigte, wo sie von nackten Kindern mit weitaufgerissenen Augen angestarrt wurden. Sie legte das Magazin weg und warf einen Blick auf die Digitaluhr auf ihrem Nachttisch, um zu sehen, wie lange es noch dauern würde, bis ihr Begleiter eintraf, um sie ins Krankenhaus zu bringen.

Einem spontanen Gefühl folgend, nahm sie den Telefonhörer ab und wählte die Nummer ihrer Eltern, doch bevor jemand das Gespräch entgegennahm, wurde ihr plötzlich übel. Sie legte wieder auf, rannte ins Bad und übergab sich. Das hat mir gerade noch gefehlt, dachte sie, daß ich auch noch krank werde, während ich hier bin. Aber die Krämpfe ließen langsam nach, und während sie sich zum zweitenmal die Zähne putzte, kam sie zu dem Schluß, daß es an der Säure der Pampelmuse gelegen haben mußte. Nachdem sie sich erholt hatte, wählte sie die Nummer noch einmal, und diesmal ging ihr Vater ans Telefon.

»Hast du vor zehn Minuten schon mal angerufen?« fragte er.

»Ja, aber die Leitung wurde unterbrochen«, erwiderte Jenny. Sie hatte keine Lust, ihm den wahren Grund zu nennen.

»Wie sieht's denn aus bei euch?«

»Also, Andy ging es schon viel besser, als ich mich gestern abend von ihm verabschiedet hab'. Es könnte sogar sein, daß sie ihn zum Wochenende entlassen.«

»Das ist ja toll ... Kate! Liebling, geh mal oben ans Telefon, es ist Jenny ... Erzähl das mal deiner Mutter.«

Kate schaltete sich in die Leitung. »Liebes, geht es ihm besser?«

»Viel besser. Ich hab' Daddy gerade erzählt, daß Andy vielleicht schon am Samstag aus dem Krankenhaus entlassen wird.«

»Und dann? Werden sie ihn dann nach Hause fahren lassen?«

»Ja, ja, sie werden uns beide zurückfliegen. Ich wollte mich eigentlich nach Pa erkundigen. Wie geht es ihm?«

»Nicht schlecht. Im Moment sind wir eine Familie von Invaliden, was? Aber wie geht es dir denn, Liebes, verkraftest du das alles?«

»Ja, es geht mir gut. Aber ich vermisse euch.«

»Wie ist denn das Hotel?«

»Ganz gut, nichts Besonderes, irgendwie sehen die doch alle gleich aus, nicht wahr?«

»Ich werd' dir eine lustige Geschichte erzählen, wenn du nach Hause kommst.«

»Ach, erzähl sie mir doch jetzt, ich kann etwas Lustiges gebrauchen.«

»Lieber nicht«, fiel Tony ein. »Man kann schließlich nie wissen, wer gerade mithört.«

»So schlimm ist die Geschichte? Ich kann's kaum erwarten, sie zu hören. Klingt ja interessant.«

»Also, interessant würde ich sie nicht gerade nennen. Ich werde dir die Einzelheiten schonend beibringen, wenn wir uns das nächste Mal sehen.«

»Liebes, nächstes Mal meldest du ein R-Gespräch an, das wird sonst zu teuer für dich. Gehst du Andy heute morgen besuchen?«

»Ja, ich gehe jeden Tag zweimal hin, Mummy.«

»Vergiß nicht, ihn von uns zu grüßen. Der arme Junge, ich muß die ganze Zeit an ihn denken.«

»Er ist kein Junge mehr, Mummy.«

»Na, du weißt doch, wie ich das meine. Schneit es bei euch?«

»Eher Schneeregen als Schnee. Aber es ist verdammt kalt.«

»Zieh dich warm an, wenn du rausgehst.«

»Ach, Mummy, laß doch. Ich kann schon auf mich selbst aufpassen.« Sie plauderten noch ein paar Minuten lang, führten eine jener zwischen

Familienmitgliedern typischen Unterhaltungen, die jeder Logik entbehren, bis Kate sich endlich dazu durchringen konnte, die elektronische Nabelschnur zu durchtrennen. Als sie schließlich den Hörer aufgelegt hatte, standen Kate die Tränen in den Augen.

»Ich bin so froh, daß es den beiden gutgeht. Ich habe keine Ruhe, bis sie wieder hier bei uns zu Hause sind«, sagte sie zu Tony.

»Mach dich nicht verrückt. Warum heulst du denn jetzt?«

»Ich heul' ja nicht.«

»Du hast es doch gehört, es geht ihr gut. Wegen Jenny brauchst du dir keine Sorgen zu machen, die ist ganz schön zäh.«

»Ich weiß, ich weiß, aber ich komm' nicht dagegen an. Jeden Abend sieht man diese Bilder im Fernsehen. Und wozu das alles? Keine Seite wird jemals nachgeben.«

»Hey!« unterbrach Tony ihr Jammern. »Nehmen wir uns ein Beispiel an den Harrisons und gehen wir aus essen.«

»Wo denn?«

»Wir finden schon was. Wie wär's mit italienisch? Das wäre mal eine Abwechslung, da kriegt man keine Pasta mit Putenfleisch. Na, was hältst du davon?«

»Gut, okay, das wäre nett ... Irgendein Zeichen von den Harrisons?«

»Noch nicht.«

»Ich muß immer daran denken, was du letzte Nacht gemacht hast. Du bist total verrückt.«

»Bist du dir eigentlich darüber im klaren, daß du mit einem Genie verheiratet bist? Ich hätte ein berühmter Tierpräparator werden können.«

Kate blieb in der Tür stehen. »Was ist mit Pa?« fragte sie. »Wir dürfen ihn nicht vergessen.«

»Wir schauen auf dem Rückweg bei ihm rein. Los, mach dich zurecht, und ich lass' in der Zwischenzeit einen Tisch reservieren.«

Fünfundzwanzig Kilometer entfernt saßen Martin und Deborah in dem Restaurant »The Little Chef«, wohin er sie zum Essen eingeladen hatte. Sie bestellten beide die Spezialität des Tages, eine sättigende Mahlzeit, die Martins Portemonnaie entsprach. Er wollte Deborah nicht nur in der Stunde der Not auf seiner Seite wissen, er brauchte auch jemanden, dem er sich anvertrauen konnte.

»Hast du inzwischen einen besseren Eindruck von mir?« erkundigte er sich.

»Die Zeit wird's zeigen ... Na ja, du bist anscheinend nicht so ein Riesenarschloch, wie ich anfangs dachte.«

»Im Ernst, glaubst du, wir haben die richtige Entscheidung getroffen?«

Deborah zuckte die Achseln. »Da fragst du die Falsche. Ich meine, nicht daß ich prinzipiell was gegen die Ehe hätte, aber eigentlich kann ich den Zweck nicht einsehen. Kriegt meinetwegen das Kind, aber warum könnt ihr nicht einfach so zusammenleben? Wieso müßt ihr euch den ganzen Streß antun?«

»Das weißt du doch. Pat sagt, ihr Alter würde mir den Hals umdrehen.«

»Warst du schon mal auf 'ner katholischen Hochzeit?« Martin schüttelte den Kopf. »Ich aber, drüben in Dublin, da haben sie eine Kusine von meiner Mutter unter die Haube gebracht. Also, Irland ist wirklich *stock*katholisch, nicht so wie hier. In dem Zimmer, wo ich geschlafen hab', hing eine Neonlampe über dem Bett, die ein blutendes Herz darstellte, kannst du dir so was vorstellen? Die ganze Nacht lief leuchtendes Blut über die Wand, ich bin fast durchgedreht. Ich meine, wo du auch hinsiehst, überall hängen mahnende Bilder von Jesus und seiner Mutter. Ich würde mir das an deiner Stelle gut überlegen. Denn sie werden natürlich darauf bestehen, daß du konvertierst.«

Martin zuckte zusammen. »Im Ernst?«

»Na klar.«

»Aber Pat ist genausowenig religiös wie ich. Sie hat mir gesagt, sie ist vom Glauben abgefallen, wenn das das richtige Wort ist, sie geht nur noch zur Kirche, wenn sie bei ihren Eltern ist.«

»Ja, aber die denken langfristig. Wenn sie dich schon nicht kriegen können, dann haben sie's wenigstens auf das Baby abgesehen. Unterschreiben Sie hier, Sie Wahnsinnskandidat, und schwören Sie, daß Sie Ihr Kind gemäß den Geboten und im Glauben der römisch-katholischen Kirche erziehen werden. Wart nur ab. Eh du dich versiehst, steckst du bis zum Hals drin.«

»Mein Gott ...

»Und keine Gotteslästerungen, dafür gibt's automatisch Strafpunkte.«

»Daran hab' ich noch gar nicht gedacht. Wahrscheinlich hast du recht.«

»Also, am besten ihr brennt zusammen durch«, sagte Deborah. »Das würde ich jedenfalls an eurer Stelle tun.«

»Ja, darüber haben wir auch schon gesprochen, aber ich muß auch an meine eigenen betagten Eltern denken.«

»Du hast mir doch gesagt, dein Vater sei in Ordnung.«

»Ist er auch ... aber mit meiner Mutter ist das etwas anderes, sie liebt Hochzeiten, für sie ist das was total Wichtiges. Bei Geburtstagen und Weihnachtsfesten gerät die völlig aus dem Häuschen.« Er sah zur Theke hinüber. »Möchtest du etwas zum Nachtisch?«

»Ja, warum nicht.« Deborah suchte sich ein bunt dekoriertes Stück Kuchen aus, aber Martin, der sich mit Visionen der spanischen Inquisition konfrontiert sah, war plötzlich der Appetit vergangen. Auf die ohnehin schon düsteren Gedanken folgten Horrorvorstellungen von eher häuslicher Natur: Martin, wie er einen Kinderwagen durch die Straßen von Oxford schob, Martin, wie er neben einem schreienden Säugling zu studieren versuchte. Auf Liebe am Nachmittag folgt ewige Strafe, dachte er.

Als Deborah ihren Technicolorkuchen verdrückt hatte, zahlte Martin, und sie schlenderten nach draußen.

»Wann sollst du denn vor das Tribunal treten?«

»Morgen. Pat wollte sie schon mal auf das vorbereiten, was auf sie zukommt, weißt du, sie mit der Vorstellung vertraut machen, daß ich etwas Längerfristiges im Sinn hab', und ich soll dann morgen zum Tee erscheinen.«

»Tee ist heikel. Warum nicht zum Abendessen?«

»Weil ich nicht zum Abendessen eingeladen bin. Vielleicht bitten sie mich ja dann, zum Essen zu bleiben, kommt drauf an, wie's läuft.«

Deborah, die das Thema langsam zu langweilen schien, fragte: »Und was hast du jetzt vor?«

»Sollen wir ins Kino gehen?«

»Gute Idee. Ich weiß auch schon, was ich mir ansehen will, den neuen Film von Woody Allen.«

»Ich hab' gehört, der soll ziemlich deprimierend sein. Schon wieder eine Hommage an Ingmar Bergman.«

»Die find' ich Spitze. Und wenn er richtig psychologisch ist, kann ich ihn vielleicht für meine Arbeit brauchen. Okay?«

»Okay, wenn du willst.« Sie gingen zu seinem Auto, und er hielt ihr die Beifahrertür auf. »Soll ich dir noch eine Neuigkeit von meiner Familie erzählen? Mein Onkel ist Moslem geworden. Was sagst du dazu?«

»Vielleicht wäre das die Lösung für dich«, sagte Deborah, öffnete ein Röhrchen Smarties und begann zu mampfen. »Geh hin und hau ihnen den Koran um die Ohren. Angriff ist die beste Verteidigung.«

Als Kate und Tony im Krankenhaus ankamen, saß Pa zu ihrer freudigen Überraschung fertig angezogen auf einem Stuhl. Sein gepackter Koffer lag auf dem Bett.

»Ich hab' ihnen gesagt, ihr würdet gleich hier sein«, begrüßte er sie. »Ich hatte gehofft, ihr würdet vor dem Krankenwagen eintreffen. Sie haben mir meinen Marschbefehl gegeben.«

»Na, Gott sei Dank sind wir rechtzeitig gekommen. Das wäre ja schrecklich gewesen, wenn du angekommen wärst und uns nicht angetroffen hättest.«

Pa schüttelte den Kopf. »Nein, ich komme nicht zu euch, ich gehe nach Hause.«

»Sei nicht albern, das kommt überhaupt nicht in

Frage. Du kommst mit zu uns, damit wir uns um dich kümmern können.«

»Nein, ich möchte lieber in meinem eigenen Bett schlafen«, sagte Pa. »Bei mir zu Hause bin ich besser aufgehoben, da hab' ich alle meine Sachen. Mir fehlt doch nichts mehr. Seht ihr?« Er erhob sich von seinem Stuhl und machte ein paar Schritte. »So gut wie neu.« Er hielt sich am Bett fest.

Tony und Kate tauschten zweifelnde Blicke aus.

»Willst du nicht wenigstens für ein paar Tage zu uns kommen? So lange, bis du dich ganz auskuriert hast?«

Pa schüttelte den Kopf. »Nein. Ich werd' euch mal was sagen, was Mutter und ich schon vor langer Zeit beschlossen haben. Wir waren uns beide einig, daß wir niemandem zur Last fallen wollten, egal, was mit uns passiert. Es geht mir gut. Zu Hause hab' ich alles, was ich brauche, und ich weiß, wo alles ist. Ich mag Veränderungen nicht. Ein paar Tage lang kann ich es ertragen, aber dann bin ich froh, wenn ich wieder in meinen gewohnten vier Wänden bin. Hier wird man rasiert, wißt ihr, und ich rasier' mich lieber selber.«

Kate dachte, warum sollen wir ihn zwingen, etwas zu tun, was er nicht möchte? Wenn ich in seinem Alter wäre, würde ich das auch nicht wollen. Ich mag Veränderungen auch nicht. Sie nahm ihn in die Arme. Im Krankenhaus war der Geruch nach Tabak verschwunden, der immer so typisch für ihn war. Jetzt rochen seine Wangen nach Karbolseife. »Natürlich, Pa, wenn du das wirklich willst. Aber wir lassen dich nicht in einem Krankenwagen fahren, wir bringen dich nach Hause, nicht wahr, Tony? Wir halten nur kurz bei uns an, damit ich ein bißchen was zu essen für dich einpakken kann. Was hältst du davon?«

»Wie du willst, meine Liebe. Ich möchte dir keine Umstände bereiten.«

»Tony, geh und sag Bescheid, daß er keinen Krankenwagen braucht. Also, Pa, hast du alles eingepackt, nichts im Nachtschränkchen vergessen?«

»Nein, das hat die Schwester alles für mich gemacht.«

»Ist das dein Stock?«

»Ja, den haben sie mir gegeben.«

Kate gab ihm den Spazierstock und reichte ihm ihren Arm, als sie das Krankenzimmer verließen.

»Wenn du wirklich etwas für mich tun willst, dann kauf ihr doch bitte ein paar Pralinen.«

»Wem denn, Pa?«

»Der Schwester. Hier, ich hab' ihren Namen aufgeschrieben.« Er blieb stehen und fühlte in seiner Brusttasche nach.

»Ich hab' sie gefragt, ob sie gern Essiggurken mag, aber sie ist nicht wie du, ihr bekommen die Dinger nicht. Ich finde Pralinen sowieso viel besser.«

»Sie wird sich bestimmt freuen. Ich mache das.«

Während der Fahrt erzählte er noch mehr von der Krankenschwester. Es war sein erster Krankenhausaufenthalt gewesen, und er sprach darüber, als sei er von Mutter Teresa persönlich betreut worden. Kate fand seinen Monolog überaus rührend. Wir müssen ihn häufiger besuchen, nahm sie sich vor, es ist unverzeihlich, daß wir uns oft wochenlang nicht um ihn kümmern. Als sie um die letzte Ecke vor ihrem Haus bogen, wurde sie plötzlich aus ihrer inneren Selbstkritik gerissen und packte Tony wie elektrisiert am Oberschenkel. Er sah sie fragend an.

»Hast du gesehen, an wem wir gerade vorbeigefahren sind?« fragte Kate, die sich vergeblich bemühte, beiläufig zu klingen. »Die Harrisons sind wieder da.«

»Das sind doch eure Nachbarn, stimmt's?«

»Ja, Pa.«

»Ich hab' sehr nette Nachbarn, das muß ich sagen. Sie sind auf jeden Fall auf meiner Seite. Kümmern sich rührend um mich. Nur der Kerl von Nummer fünfzehn, das ist ein komischer Vogel ... weiß gar nicht, wo der herkommt. Der ist entweder Türke oder Kanadier.«

»Wirklich, Pa?« Kate versuchte vergeblich, sich einen kanadischen Holzfäller mit einem Fez auf dem Kopf vorzustellen. »Das ist aber schön für dich.«

»Was sind eure Nachbarn denn für Leute?«

»Ach, wir haben nicht viel mit ihnen zu tun. Sie bleiben eher für sich.«

»Schade.«

Kate eilte ins Haus, sobald Tony den Wagen geparkt hatte. Sie schaltete die Alarmanlage aus und rief dann auf dem Weg in die Küche: »Kümmer dich um Pa, während ich das Essen für ihn einpacke.«

Die beiden Männer begaben sich ins Wohnzimmer.

»Das hab' ich nie gern gemacht«, sagte der Alte.

»Was denn, Pa?« Tony war ans Fenster getreten und beobachtete das Haus der Harrisons.

»Den Weihnachtsbaum abräumen. Deine Mutter wollte es nie machen, sie hat immer gesagt, das sei meine Aufgabe.«

»Das macht einen ziemlichen Dreck, was? Alles voller Fichtennadeln.« Das Kind der Harrisons war nirgendwo zu sehen.

»Was macht der Garten?« Sein Vater war neben ihm ans Fenster getreten.

»Sieht im Moment ein bißchen armselig aus.«

»Es heißt, der Schnee ist gut für den Boden.«

»Wirklich? Ich hoffe, du hast recht.«

Während er den Garten betrachtete, kam die kleine Tochter der Harrisons plötzlich aus dem Haus.

»Man kann direkt in ihren Garten sehen, was?«

»Ja, das war der Sturm. Wir haben alle Bäume verloren.«

Selbst auf die Entfernung und durch das Glas hörte Tony das Kind aufschreien. Das Mädchen tauchte wieder in seinem Blickfeld auf, als es auf das Haus zurannte, und Harrison trat hinaus, um zu sehen, was geschehen war. Tony sah, wie das Kind erst heftig gestikulierte und sich dann in die Arme seines Vaters warf, um sich trösten zu lassen.

»Als ich einen Garten hatte, mochte ich Bäume nicht besonders. Sie nehmen dem Rhabarber die Luft weg.«

»Tun sie das? Ach ja«, sagte Tony, immer noch abgelenkt. »Gut zu wissen.«

»Wieso steht ihr beide da am Fenster herum?« fragte Kate von der Tür aus.

»Pa interessiert sich für den Zustand unseres Gartens.«

»Er wird sich noch erkälten, wenn er so am Fenster steht. Er war doch gerade erst im Krankenhaus. Ich bin soweit, Pa. Ich hab' dir genug eingepackt für heute abend und für morgen, aber du kannst mich jederzeit anrufen, wenn du etwas aus dem Laden brauchst.«

Auf dem Weg zur Haustür hielt sie Tony zurück. »Liebling, hilf mir doch bitte mit den Körben.«

Da er genau wußte, was sie von ihm wissen wollte, flüsterte Tony, sobald sie in der Küche waren: »Sie haben es gefunden.«

»Machen wir lieber, daß wir wegkommen.«

Sie gingen nach draußen, halfen dem Alten in den Wagen und fuhren diesmal die längere Strecke, um nicht am Haus der Harrisons vorbeifahren zu müssen. Während der Fahrt überlegte Kate verzweifelt, wie sie ein paar nähere Einzelheiten aus Tony herausbekommen könnte, sah jedoch keine Möglichkeit. Es dauerte eine gute halbe Stunde, bis sie Pa wieder in seinem Haus eingerichtet und das Feuer angezündet hatten. Während sie die Vierzimmerwohnung im Erdgeschoß eines Wohnblocks, der aussah, als habe der Architekt sie nach dem Vorbild von SS-Baracken gebaut, ein bißchen in Ordnung brachte, wurde Kate erneut von Schuldgefühlen heimgesucht: Pas Habseligkeiten wirkten alle abgewetzt und wenig einladend – der Teppichboden war stellenweise durchgetreten, die Rückenlehne seines Sessels hatte einen häßlichen Fleck an der Stelle, wo er immer seinen Kopf anlehnte, das Geschirr bestand aus einem Sammelsurium von angeschlagenen Einzelteilen. Vor allem das Badezimmer machte ihr Kummer, und sie nahm sich vor, ihm frische Rasierseife und ein paar neue Handtücher zu besorgen. Allerdings durfte sie es auch nicht übertreiben; das Vertraute an seiner schäbigen Einrichtung schien ihm viel zu bedeuten, und man konnte einen Menschen nicht ändern, nur weil man ihn besser kennengelernt hatte. Warum habe ich so lange gebraucht? fragte sie sich, während sie einen frischen Flanellschlafanzug auf sein Bett und eine Wärmeflasche unter die Bettdecke legte. Es war gar nicht so schwer zu verstehen, warum die Krankenschwester den Alten so beeindruckt hatte; es lag einfach an der weiblichen Fürsorge, die er als Witwer in den letzten Jahren vermißt hatte.

Diese Gedanken begleiteten sie während der Rückfahrt, und erst als Tony den Namen Harrison erwähnte, erinnerte sie sich an ihre eigenen Sorgen. »Was hat er gemacht?« fragte sie.

»Als erstes ist die Kleine nach draußen gekommen. Dann hat sie offensichtlich das Kaninchen gefunden, festgestellt, daß es stocksteif war, und nach ihrem Vater geschrien. Dann ist Harrison rausgekommen und hat nachgesehen.«

»Laß uns lieber nicht gleich nach Hause fahren.«

»Was macht das schon für einen Unterschied?«

»Ich weiß nicht, ich hab' einfach Angst, daß er rüberkommt und an unsere Tür klopft.«

»Er hat keinen Grund, uns damit in Zusammenhang zu bringen.«

»Bist du sicher?«

»Klar. Ich hab' heute morgen noch mal nachgesehen, und es waren keine Fußspuren zu sehen.«

»Und du hast auch nicht deine Handschuhe oder sonst was liegenlassen?«

»Nein. Mach dich nicht verrückt.«

»Ich kann nicht anders. Bei dem Glück, das wir zur Zeit haben, kann ich mir kaum vorstellen, daß wir ungeschoren davonkommen. Was wäre, wenn er es irgendwie herauskriegte? Er könnte dich wegen Hausfriedensbruchs anzeigen.«

»Liebling, ich habe eine Kaninchenleiche ein bißchen aufgedonnert, das ist alles. Das ist doch kein Verbrechen. Ich könnte darauf plädieren, daß ich ihrer Tochter etwas Gutes getan und sie vor einem noch schlimmeren Trauma bewahrt habe.«

»Das würdest du wirklich sagen?«

»Nein, das war nur theoretisch gemeint.«

»Okay, wenn du also wirklich meinst, wir brauchen uns keine Gedanken zu machen –«

»Sieh mich an. Seh' ich so aus, als ob ich mir Sorgen machte?«

»Du würdest es dir sowieso nicht anmerken lassen.« Kate hatte mal wieder das letzte Wort.

Am Abend, als Kate schon oben war, hörte sie es an der Haustür läuten. Sie schaute aus dem Fenster und sah die Scheinwerfer eines Streifenwagens in der Einfahrt. Eilig lief sie nach unten, wo sie mit Tony zusammenstieß, der gerade aus seinem Arbeitszimmer kam.

»Das ist die Polizei«, flüsterte sie. »Ich hab's ja gewußt, daß sie uns erwischen würden.«

»Nun gerate nicht gleich in Panik. Geh in die Küche, ich werd' das schon machen.«

»Laß mich einfach behaupten, ich hätte es getan, Frauen lassen sie viel eher laufen. Und ich hab' ihnen neulich mitten in der Nacht Kaffee gekocht.«

Als es zum zweitenmal läutete, schob Tony sie in die Küche und ging an die Tür. Derselbe Sergeant, der die Fuchsaffäre bearbeitet hatte, stand vor ihm. Diesmal war er allein.

»Tut mir leid, daß ich Sie stören muß, Mr. Chivers, aber wir haben 'ne Beschwerde gehabt.«

»Ach so. Was für eine Beschwerde?«

»Na ja, es handelt sich um eine etwas ungewöhnliche Sache, aber wir müssen diesen Dingen nachgehen.«

»Selbstverständlich.« Tony bemühte sich, gelassen zu klingen. »Möchten Sie einen Moment hereinkommen?«

»Vielen Dank.«

»Kommen Sie doch in mein Arbeitszimmer. Es sieht allerdings ein bißchen unordentlich aus, ich stecke mitten in der Arbeit.«

»'n neues Buch, Sir?«

»Ja.«

»Ich hab' schon oft gedacht, Sie müssen hier in der Gegend viel Material finden. Was sich hier zum Teil abspielt ... Sie würden kaum glauben, was wir alles zu bearbeiten haben.«

»Das kann ich mir vorstellen ... Nehmen Sie doch Platz. Diese Beschwerde ... handelt es sich um etwas, bei dem ich Ihnen weiterhelfen kann?« Tony setzte sich an seinen Schreibtisch und hielt den rechten Oberschenkel fest, der plötzlich unkontrolliert zuckte.

»Möglicherweise. Es geht um einen Ihrer Nachbarn«, sagte der Sergeant.

Tony brachte umständlich einen Stapel Papier in Ordnung. »Welcher Nachbar denn?«

»Die alte Dame, vier Häuser weiter die Straße runter. Mrs. Baker.«

»Ach, die. Ja, ich habe zwar noch nie mit ihr gesprochen, aber ich sehe sie oft, wenn sie mit ihrem Hund spazierengeht. Meistens wechselt sie die Straßenseite, wenn sie mich sieht.«

»Tja, würden Sie sagen, sie ist 'n bißchen schrullig?« Der Sergeant wandte sich um und erhob sich, als Kate mit einem Tablett mit Kaffee und Kuchen erschien. »Guten Abend, Mrs. Chivers.«

»Guten Abend, Sergeant. Hat noch jemand den Fuchs gehört?«

Tony beeilte sich zu antworten: »Nein, es geht um die alte Mrs. Baker, die am Ende unserer Straße wohnt.«

»Meine Güte, Gott sei Dank. Nein, ich meine, mein Gott, was ist denn mit ihr passiert? Ich hoffe, es ist nichts Schlimmes?«

»Eigentlich nicht ... Oh, vielen Dank, Sie verwöhnen mich aber...« Der Sergeant stand immer noch aufrecht, Kaffeetasse und Kuchenteller in der Hand. »Ich war grade dabei, Ihrem Mann zu berichten. Sie hat 'ne Beschwerde eingereicht – und das ist nicht die erste, möcht' ich hinzufügen, die ist Stammkundin bei uns. Manche von diesen alten Schachteln haben die seltsamsten Einfälle ... letztes Mal war's eine von ihren Stauden – ein andermal glaubte sie, irgendwer hätte versucht, ihren Hund zu vergiften –, aber das Allerneueste ist, und das ist der Grund, warum ich Sie aufgesucht hab', sie ist davon überzeugt, Sie hätten so 'n Teleskop auf Ihrem Dachboden, das auf ihr Schlafzimmer gerichtet ist.«

Kate war so erleichtert, daß sie anfing, schallend zu lachen und nicht mehr aufhören konnte. »Ein Teleskop auf unserem Dachboden?« prustete sie.

»Genau das.« Der Sergeant mußte nun ebenfalls lachen. »Aber glauben Sie mir, bei Leuten von der Sorte müssen wir den Beschwerden nachgehen, sonst ist die wie der Blitz am Telefon und ruft bei der Polizeidirektion an. Es ist mir wirklich peinlich, Sie wegen so 'ner Lappalie zu belästigen, aber ich hab' ihr versprochen, Ihren Dachboden persönlich zu inspizieren. Andererseits würde mir Ihr Wort natürlich vollkommen genügen.«

»Also, Sie dürfen sich nach Herzenslust auf unserem Dachboden umsehen«, sagte Tony, der wie ausgewechselt war. »Ich gebe zu, ich habe einige Charakterschwächen, aber mit oder ohne Teleskop in Mrs. Bakers Schlafzimmer zu linsen gehört nicht dazu. Jedenfalls bisher nicht. Aber bitte, gehen Sie rauf und sehen Sie nach, obschon der Himmel weiß, wie es da oben aussieht. Wir sind schon seit ewigen Zeiten nicht mehr auf dem Dachboden gewesen.«

»Na ja, vielleicht sollte ich wenigstens 'n kurzen Blick werfen. Dann kann ich ihr offiziell bestätigen, daß da oben nichts zu finden ist.«

»In Ordnung. Kommen Sie mit.«

Tony zwinkerte Kate zu, bevor er mit dem Sergeant die Treppe hinaufstieg und die Speicherleiter herunterzog. »Passen Sie auf, da sind überall Spinnweben«, sagte er. »Es gibt eine Lampe da oben, aber ich bin mir nicht sicher, ob die Birne noch funktioniert. Der Schalter ist gleich dort links.«

Der Sergeant erklomm die Leiter und steckte seinen Kopf durch die Öffnung. Er probierte den Lichtschalter, und als nichts geschah, leuchtete er mit seiner Taschenlampe auf dem Dachboden herum.

»Ich kann Ihnen sagen, was Sie hier oben haben«, sagte er. »'n undichtes Ausdehnungsgefäß. Das sollten Sie lieber reparieren lassen, sonst fliegt Ihnen Ihr Boiler um die Ohren. Das ist mir auch mal passiert.«

»Vielen Dank, daß Sie mich darauf aufmerksam gemacht haben. Oder vielleicht sollte ich mich besser bei Mrs. Baker bedanken.«

Der Sergeant stieg mit Spinnweben in den Haaren die Leiter herunter. »Vielen Dank für Ihre Hilfsbereitschaft, Mr. Chivers. Diese Dinge sind wirklich 'ne harte Prüfung für uns.«

»Das kann ich mir vorstellen, daß Sie sich um solche Einsätze nicht gerade reißen«, sagte Tony, während er die Leiter wieder zurückschob. Kate erwartete sie am Fuß der Treppe.

»Der Sergeant hat uns einen großen Gefallen getan, Liebling. Er hat herausgefunden, warum der Boiler dauernd so komische Geräusche macht. Das Ausdehnungsgefäß ist undicht.«

Unter normalen Umständen hätte eine solche Entdeckung ihm die gute Laune verdorben, aber jetzt empfand er sie als einen unverhofften Glücksfall.

»Ich möchte mich noch mal bei Ihnen beiden für die Störung entschuldigen. Es ist zwar noch 'n bißchen verfrüht, aber ich wünsche Ihnen jetzt schon ein glückliches neues Jahr.«

»Ihnen auch, und auch Ihrer Familie.«

Kaum hatte der Sergeant das Haus verlassen, fielen Kate und Tony sich in die Arme.

»Einen Moment lang hab' ich gedacht...«, begann Kate.

»Ich weiß, sag's nicht.«

»Du Spanner. Die ganze Zeit hab' ich gedacht, du rackerst dich nächtelang mit deinem Buch ab, und in Wirklichkeit beobachtest du Mrs. Baker in ihrem Schlafzimmer.«

»Kannst du mir noch mal verzeihen? Ich mach's auch nie wieder, das war mir eine Lehre.«

»Sollen wir feiern?«

»Au ja. Die Vorstellung von Mrs. Baker pudelnudel hat mich richtig in Fahrt gebracht. Champagner?«

»Im Bett?«

»Wo sonst?«

18

Innerhalb einer Viertelstunde fuhr Martin zweimal an Patricias Haus vorbei, und zweimal versagten seine Nerven im entscheidenden Augenblick. Er hielt noch einmal in einer Seitenstraße an und las die Notizen durch, die er sich gemacht hatte: *Anzug und Krawatte anziehen, Mutter schmeicheln* (dieser Punkt war unterstrichen und als »sehr wichtig« gekennzeichnet); *nicht vor den anderen anfangen zu essen; auf saubere Fingernägel achten; Schuhe polieren; falls das Thema zur Sprache kommt, Papst für seine gute Arbeit loben* (allerdings vorsichtig vorgehen, falls sie den derzeitigen Papst nicht mögen); *alles im Haus gebührend bewundern.*

Er prägte sich die einzelnen Punkte noch einmal ein, überprüfte sein Erscheinungsbild ein letztes Mal im Rückspiegel und fuhr los, diesmal bis vor Patricias Haus. In Pinner, dem Stadtteil, wo die Musgroves wohnten, standen hauptsächlich Häuser in pseudogeorgianischem Stil, und die Straßen waren mit Bäumen gesäumt. Martin fiel auf, daß viele der Häuser mit Satellitenschüsseln bestückt waren – die neueste Art zu demonstrieren, daß man auf der Höhe der Zeit war –, Patricias Haus dagegen bezeichnenderweise keine aufwies. Er parkte am Straßenrand, verschloß den Wagen und ging betont lässig auf die Haustür zu. An der Ziegelwand hing anstelle einer Hausnummer eine hölzerne Tafel, in der »The Beeches« eingeschnitzt war, und darunter ein Warnschild mit der Aufschrift »Keine Hausierer, keine Reklame«. In dem Augenblick, als Martin die Klingel betätigte, begann drinnen ein Hund, wie verrückt zu bellen und gegen die Tür zu springen. Martin trat einen Schritt zurück, rutschte aus und fiel der Länge nach in den Schneematsch neben dem Eingang, so daß Mrs. Musgrove ihn nicht gleich sehen konnte, als sie die Tür öffnete. Mit einer Hand hielt sie einen Welsh Corgi fest im Griff, der mit aller Kraft versuchte, an Martin heranzukommen, der sich gerade vom Boden aufraffte.

»Da sind Sie ja«, sagte Mrs. Musgrove. »Ach du je, ich habe Kenneth doch gebeten, Salz zu streuen.

Sie brauchen vor Toffy keine Angst zu haben. Fremden gegenüber benimmt er sich immer so, aber er tut Ihnen nichts.«

Sie zerrte den Hund in den Flur, um Martin hereinzulassen. Als er sich die Schuhe an der Fußmatte abzutreten bemühte, fiel ein Klumpen Schnee von einem Schuh. Seine Hose war vorne völlig durchnäßt, was dazu angetan war, jemandem, der von seinem Sturz nichts wußte, einen falschen Eindruck zu vermitteln. Mrs. Musgrove wandte ihren Blick ab, während der Hund, den sie immer noch festhielt, nach Martins Knöchel schnappte.

»Laß das, Toff. Benimm dich anständig. Ich darf nicht zu streng mit ihm sein, denn er ist so ein guter Wachhund. Kommen Sie ins Wohnzimmer, damit ich Sie Patricias Vater vorstellen kann.«

Sie gingen durch den Flur, dessen gestreifte Tapete so hell war, daß sie einem vor den Augen flimmerte. Martin sah Patricia die Treppe herunterkommen. Sie verzog das Gesicht und zeigte ihm den hochgereckten Daumen, bevor sie ihn begrüßte. Dann bemerkte sie plötzlich den Zustand von Martins Hose: »Meine Güte! Was hast du denn gemacht?«

»Martin ist ein bißchen ausgerutscht, Liebes, aber hier in der warmen Stube wird er gleich wieder trocken sein. Oder wäre es Ihnen lieber, wenn ich Ihnen eine Hose von meinem Mann leihe?«

»Nein, nein, es ist halb so schlimm«, sagte Martin, während sich seine Eier in der naßkalten Hose zusammenzogen.

»Ich kann Ihnen wirklich gern eine geben, allerdings könnten seine Hosen Ihnen ein bißchen zu groß sein. Mein Mann ist eher kräftig gebaut.«

»Es geht schon, Mrs. Musgrove.«

»Ich will nur eben den Tee aufgießen. Pat, Liebes, nimm ihn mit hinein. Mögen Sie grünen Tee?«

»Ja, sehr gern.«

»Komm, ich stell dich Daddy vor«, sagte Patricia. Sie drückte seine Hand, als sie ihn ins Wohnzimmer führte. »Es ist alles in Ordnung«, flüsterte sie.

Mr. Musgrove erhob sich aus seinem Sessel, als die beiden eintraten. Er war ziemlich groß, über einsachtzig, und er trug einen dunklen Anzug und eine MCC-Krawatte. Während er Martin feierlich begrüßte, wanderte sein Blick in Richtung von Martins Hosenstall, ohne daß sich jedoch sein nicht gerade entgegenkommender Gesichtsausdruck änderte.

»Daddy, das ist Martin.«

»Guten Tag, Sir.«

»Martin ist vor der Tür gestürzt, falls du dich wunderst, Daddy.« Er zog die Stirn kraus, als seine Tochter ihn auf das Mißgeschick hinwies.

»Ja, ich bin auf der Treppe ausgerutscht«, erklärte Martin. »Da hab' ich mich wohl ein bißchen naß gemacht.« Inzwischen hatte er das Gefühl, daß seine Genitalien an seiner Unterhose festgefroren waren.

»Ich hoffe, Sie haben sich nicht verletzt?«

»Nein, nein.«

»Gut. Kommen Sie von weit her?«

»Aus Oxford, Sir.«

»Ja, natürlich. Ich selbst habe in Cambridge studiert, wie Patricia Ihnen wahrscheinlich erzählt hat. Nehmen Sie doch Platz.«

Martin setzte sich auf eine Sesselkante, während Patricia sich ihm gegenüber auf dem Sofa niederließ. Jedesmal, wenn ihre Blicke sich trafen, versuchte sie, ihm mit freudig aufgerissenen Augen etwas zu sagen, was er jedoch nicht verstand und was ihn nur irritierte. Erst viel zu spät wurde ihm bewußt, daß seiner Strategie ein elementares Element fehlte: Er wußte so gut wie nichts über ihren Vater; irgendwie war das Thema nie zur Sprache gekommen.

»Was studieren Sie eigentlich?«

»P. P. W., Sir.«

Musgrove runzelte die Stirn. »Und was bedeutet das?«

»Politologie, Philosophie und Wirtschaftswissenschaften, Sir.«

»Wirklich? Merkwürdige Fächerkombination. Hört sich nach brotloser Kunst an. Welche berufliche Laufbahn wollen Sie denn einmal einschlagen?«

»Das habe ich mir noch nicht so genau überlegt, Sir.«

»Du hast doch gesagt, du wolltest zur Presse gehen«, kam Patricia ihm zu Hilfe.

»Ja, das wäre eine Möglichkeit, die ich in Erwägung gezogen habe.« Er schlug die Beine übereinander. Inzwischen mußte er dringend pinkeln.

»Also zur Presse.«

»Nun, ich habe mich noch nicht endgültig entschieden.«

Patricias Mutter kam mit dem Teetablett. »Pat, Liebes, ich konnte nicht alles auf einmal tragen. In der Küche stehen noch ein paar Scones und ein Teller mit Keksen.«

Martin sprang auf, ein Akt der Höflichkeit, den er aufgrund seines dringenden Bedürfnisses augenblicklich bereute.

»Kann ich Ihnen helfen, Mrs. Musgrove?«

»Nein, danke, Martin. Oder vielleicht doch, wenn Sie das vielleicht halten könnten, während ich ein bißchen Platz auf dem Tisch mache.«

Als er das Tablett absetzte, konnte er es nicht länger aushalten. »Dürfte ich bitte Ihre Toilette benutzen?«

»Aber selbstverständlich. Die erste Tür links. Es liegen saubere Gästetücher aus.«

In der Tür traf er auf Patricia. »Ich geh' nur schnell mal aufs Klo«, erklärte er.

»Okay. Weißt du, wo es ist? Die Tür da.«

Als Martin auf die Tür zuging, kam Toffy in Sicht und starrte ihn mit rachsüchtigen Augen an. Vor Angst machte Martin sich fast in die Hose, und ein paar Tropfen Urin liefen tatsächlich an seinem Bein hinunter. Er blieb wie angewurzelt stehen. Die Angst und die Anstrengung, die es ihn kostete, seine Blase unter Kontrolle zu halten, trieb ihm den Schweiß auf die Stirn.

»Der Hund ist hier draußen«, rief er. »Ist das in Ordnung?«

Patricia eilte ihm zu Hilfe. »Ab in dein Körbchen«, befahl sie. Enttäuscht machte der Hund langsam kehrt, wandte sich noch einmal nach Martin um und trollte sich. Endlich in der Toilette, machte Martin hastig seinen Reißverschluß auf, vergaß, die Brille hochzuklappen und zielte daneben. Als er an sich hinunterblickte, stellte er mit Entsetzen fest, daß seine Hose offenbar abgefärbt hatte und seine gesamte Schrittgegend blau aussah. Er griff nach der Klopapierrolle und wickelte meterweise Papier ab, während die Rolle in der Halterung quietschte. Nachdem er die Klobrille abgewischt hatte, mußte er eine riesige Menge Papier hinunterspülen. Er mußte dreimal abziehen, bis der letzte Rest verschwunden war. Inzwischen hatte er sich gut fünf Minuten auf der Toilette aufgehalten und wäre am liebsten nie wieder zu seinen Gastgebern zurückgekehrt.

Als er das Klo verließ, stand Mr. Musgrove in der Wohnzimmertür.

»Alles in Ordnung?«

»Ja, ich habe nur Ihre Armaturen bewundert. Sie haben Ihr Haus sehr geschmackvoll eingerichtet.«

»Ja, uns gefällt es.«

Nachdem sie es sich alle im Wohnzimmer bequem gemacht hatten, akzeptierte Martin eine Tasse Tee und einen Keks. »Nehmen Sie doch ein paar mehr, sie sind so klein. Und probieren Sie mal das Ingwerbrot«, sagte Mrs. Musgrove. »Ist Ihnen warm genug? Setzen Sie sich doch etwas näher ans Feuer, ihre Hände sind ja ganz blau. Aber, wie heißt es so schön: kalte Hände, warmes Herz.«

»Wann werden Sie Ihr Abschlußexamen machen?« wollte Mr. Musgrove wissen.

»Ich bin erst im zweiten Studienjahr, genau wie Patricia.«

»Ich habe sieben Jahre lang studiert, bevor ich meinen Abschluß gemacht habe. So lange habe ich gebraucht. Die Dinge, die im Leben von Wert sind, Martin, erreicht man nicht ohne Anstrengung. Da stimmen Sie mir doch zu, nicht wahr?«

»Völlig, Sir. Das sind hübsche Tassen, Mrs. Musgrove.«

»Wie nett von Ihnen, das zu sagen. Spode-Porzellan. Ich benutze sie nur bei besonderen Gelegenheiten. Sie sind so teuer, falls man mal eine ersetzen muß.«

»Heutzutage ist alles teuer, nicht wahr?«

Musgrove sagte: »Und das wird sich auch so schnell nicht ändern. Das Land ist noch nie in einem so schlechten Zustand gewesen.«

»Laß uns nicht über Politik reden, Liebling.«

»Es gibt zu viele Beamte, die uns vorschreiben wollen, wie wir unser Leben zu gestalten haben, das ist das ganze Problem«, fuhr Musgrove fort, der die Bemerkung seiner Frau ignorierte. »Erst haben sie die ganze Wirtschaft ruiniert, und jetzt haben sie sich die Eisenbahn vorgenommen. In meinem Beruf ist es nicht besser als in jedem anderen, bei all den neuen Gesetzen, die sie uns um die Ohren hauen.«

»Was sind Sie denn von Beruf, Sir?«

»Daddy ist Rechtsanwalt«, erklärte Patricia. »Ich dachte, du wüßtest das.«

»Ja, natürlich wußte ich das«, log Martin. »Ich meine, worauf haben Sie sich spezialisiert, Sir?« Das Ingwerbrot hatte die Konsistenz von Kaugummi und klebte an seinem Gaumen fest.

»Nun, wir haben häufig mit Schlichtungsverfahren zu tun. Meistens geht es um Streitigkeiten innerhalb von Familien, wie ich zu meinem Bedauern hinzufügen muß. Es gibt kein Familienethos mehr. Ich finde, die Menschen haben viel zu wenig Respekt vor dem heiligen Sakrament der Ehe. Das ist alles sehr deprimierend.«

»Ja«, sagte Martin zaghaft, dann fügte er hinzu:

»Meine Eltern sind seit fünfundzwanzig Jahren verheiratet.«

»Wie schön«, sagte Mrs. Musgrove. »Möchten Sie noch etwas Tee, Martin?«

»Ja, noch einen kleinen Schluck, danke.« Er bewegte möglichst unauffällig einen Schluck Tee in seinem Mund, in dem verzweifelten Versuch, seinen Gaumen von dem Kuchen zu befreien.

Während Mrs. Musgrove Tee nachschenkte, warf sie ihrem Mann einen vielsagenden Blick zu. »Nach dem, was Patricia uns erzählt hat, sind Sie beide sehr eng befreundet.«

»Ja, das stimmt.«

»Das freut mich. Es ist schön für sie, einen guten Freund zu haben.«

»Wir sind mehr als nur gut befreundet, Mummy. Sag's ihnen, Martin. Irgendwann mußt du es ihnen sowieso sagen.«

Martin blickte auf und suchte vergeblich nach einem Anzeichen von Ermunterung in Mr. Musgroves Gesicht. Seine Frau saß da, mit auf dem Schoß gefalteten Händen und einem Gesichtsausdruck, den Martin nicht zu deuten vermochte.

»Die Sache ist die, Mr. Musgrove ... Mrs. Musgrove ... wie Trish ... wie Patricia schon sagte ... also, während des letzten Semesters, da hab' ich ... da haben wir festgestellt, daß uns eine Menge verbindet ... und auch wenn wir ... wenn ich ... also, wenn ich ... nichts ohne Ihre Zustimmung planen würde, verhält es sich so, daß das, was Patricia und ich füreinander empfinden ... wie Patricia schon sagte ... über eine normale Freundschaft hinausgeht ...« Er wünschte, einer von ihnen würde ihm aus dieser Situation heraushelfen, oder daß wenigstens Toffy wieder auftauchen und ihn anfallen würde – irgend etwas, das seinem Gestammel ein Ende bereiten würde –, aber niemand kam ihm zu Hilfe. Er lächelte Patricia an in der Hoffnung, sie würde ihm den Rest abnehmen, aber Patricia hatte offensichtlich ihre helle Freude an der ganzen Sache. »Also, das heißt«, begann er erneut, »oder, um mich anders auszudrücken ... was ursprünglich eine Freundschaft war, hat sich zu etwas entwickelt, das mehr ist als ... mehr als ...« Noch einmal sah er zu Patricia hinüber, flehte sie mit seinem Blick um Hilfe an, aber sie nickte nur aufmunternd und drängte ihn noch näher auf den Abgrund zu. Nichts von dem, was er sich zurechtgelegt hatte, fiel ihm wieder ein, er hätte genausogut in einer Fremdsprache reden können. Er kam sich vor wie einer, der an einen Pfahl gefesselt war und ohne Augenbinde einem Erschießungskommando gegenüberstand. »Mehr ...«, wiederholte er noch einmal, zog ein Taschentuch aus seiner Hosentasche und schneuzte sich die Nase, »Verzeihung ... na ja, also mehr als nur Freundschaft, das heißt wir lieben uns«, brachte er schließlich hervor. Irgendwie hatte er erwartet, die

Musgroves würden wie elektrisiert auf seine Eröffnung reagieren, aber nichts geschah, und sein Unterbewußtsein sagte ihm: *Sie wissen, daß du sie gebumst hast, es steht ihnen ins Gesicht geschrieben.* »Und ich dachte mir, daß Sie als Eltern das wissen sollten« – die Worte kamen ihm nun leichter über die Lippen – »und wenn Sie nichts dagegen haben ... dann würde ich ... würden wir, das würden wir doch beide gern, nicht wahr, Pat? ... also, das tun, was man tut, wenn man sich liebt, nämlich eines Tages heiraten.«

Nach einem Moment des Schweigens sagte Musgrove: »Wie alt sind Sie, Martin?«

»Zwanzig, Sir.«

»Und Sie glauben, Sie könnten eine Familie ernähren?«

»Ich würde mein Bestes tun, Sir.«

Dann erklärte Patricia, zu Martins völliger Verblüffung: »Natürlich haben wir es damit nicht eilig, Daddy.«

»Nein, so etwas darf man nicht überstürzen«, stimmte ihre Mutter zu. »Aber Mr. Musgrove und ich sind von Ihrem Verantwortungsbewußtsein beeindruckt, Martin. Die jungen Leute sind heutzutage mit Entscheidungen so schnell bei der Hand, ohne dabei an andere zu denken.«

»Na ja ... wir lieben uns sehr, und wir hatten eigentlich gedacht, warum sollen wir noch warten, nicht wahr, Pat?«

»Ja, aber Mummy meint, wir müssen ihr Zeit geben, alles in Ruhe zu planen. Wir wollten uns doch schließlich nicht Hals über Kopf in die Ehe stürzen, oder?«

Martin starrte sie entgeistert an.

»Natürlich wolltet ihr das nicht, Liebes. Das habe ich keinen Augenblick lang angenommen. Und für meinen Geschmack ist eine Verlobung doch das Allerschönste«, sagte Mrs. Musgrove. Sie sah ihren Mann an. »Wir waren zwei Jahre lang verlobt, nicht wahr, Liebling?«

»Wie es sich gehört. In die Ehe einzutreten, ist ein sehr wichtiger Schritt, wahrscheinlich der wichtigste Schritt, den ihr beiden im Leben machen werdet. Darauf muß man sich gut vorbereiten.«

Patricia fiel ihrem Vater um den Hals. »Aber du hast doch nichts dagegen, Daddy? Es macht uns überhaupt nichts aus, noch zu warten, stimmt's, Martin?«

»Natürlich nicht ... nur vielleicht nicht allzu lange.« Sie ist verrückt geworden, dachte er. Die Schwangerschaft hat ihr Gehirn aufgeweicht.

»Solche Dinge finden ihren eigenen Weg«, sagte Mrs. Musgrove. »Ihr werdet merken, daß alles noch schnell genug auf euch zukommt. Patricia möchte natürlich eine kirchliche Hochzeit. Vielleicht kannst du unseren lieben Bischof dazu überreden, die beiden zu trauen, Kenneth. Oder ihnen zumindest seinen Segen zu geben.« Sie wandte sich an Martin. »Kenneth ist Vorsitzender des Diözesankomitees, wissen Sie, und er kennt den Bischof sehr gut. Das ist so ein netter Mann.« Jetzt geht's los, dachte Martin, jetzt kommt die entscheidende Frage. Er wartete darauf, daß die Falle zuschnappte. »Welche Kirche besuchen Sie denn, Martin?«

»Äh, wir gehen in die Kirche des Heiligen Erlösers«, erwiderte Martin, sich an einen Namen erinnernd, den er seit seiner frühen Kindheit nicht mehr ausgesprochen hatte.

»Wo ist diese Kirche?«

»Dort, wo wir wohnen.«

»Die gehört doch zur Church of England, nicht wahr?« Mrs. Musgrove warf ihrem Mann einen kurzen Blick zu. Ohne seine Antwort abzuwarten, fuhr sie fort: »Die haben sich zur Zeit in ziemlich unangenehme Diskussionen verwickelt. Das ist ja bei uns ganz anders. Wir wissen genau, wo wir stehen.«

Und ich weiß, wo ich stehe, dachte Martin. Bis zum Hals in der Scheiße.

»Würde das denn ein Problem darstellen?« erkundigte sich Mr. Musgrove.

»Inwiefern, Sir?«

»Nun, ich möchte genauso offen mit Ihnen sprechen, wie Sie es mit uns tun.«

»Sehen Sie, Martin, wir hatten so etwas erwartet«, fiel seine Frau ein. »Patricia hat es schon angedeutet, als sie uns sagte, daß Sie heute zum Tee kommen würden. Entschuldige, Kenneth, was wolltest du sagen?«

Musgrove räusperte sich. »Ich wollte mich erkundigen, ob Martin es unter den gegebenen Umständen in Erwägung ziehen würde, sich im Hinblick auf eine Konversion entsprechenden Instruktionen zu unterziehen.«

»Sehen Sie, es wäre so beruhigend für uns.« Beide Musgroves sahen ihn durchdringend an.

»Du könntest doch einmal darüber nachdenken, oder?« warf ihm Patricia endlich einen Rettungsring zu.

»Ja, natürlich.«

»Father Edward ist so ein gütiger Mensch«, fuhr Patricias Mutter fort. »Ich würde ihn fast als einen Heiligen bezeichnen. Wir könnten für Sie ein Treffen mit ihm arrangieren.«

Martin wurde schwindlig. Das war schlimmer, als er erwartet hatte. Aber noch schlimmer als die selbstgefälligen Kommentare über den lieben Bischof und Father Soundso, der sich mit Sicherheit als salbungsvoller Langweiler entpuppen würde, war die Veränderung, die sich bei Patricia vollzogen hatte. »Das wäre sehr nett«, brachte er gequält heraus.

»Alles der Reihe nach«, sagte Musgrove. »Es ist immer das Beste, mit einem sauberen Blatt Papier zu beginnen.«

»Ich bin ja so glücklich«, sagte Patricia. »Wollen wir darauf anstoßen?«

»Das scheint mir ein wenig verfrüht, Liebes.«

»Außerdem muß ich noch Auto fahren«, beeilte Martin sich zu sagen. Er wollte nur noch flüchten, bevor er noch tiefer in diese Geschichte hineingezogen wurde. »Ich sollte mich langsam auf den Weg machen. Ich muß noch meinen Großvater im Krankenhaus besuchen.«

»Es ist doch hoffentlich nichts Ernstes?«

»Er hat Mumps.« Martin war verzweifelt bemüht, etwas zu erfinden, das schlimmer klang als ein verstauchter Fuß.

Mrs. Musgrove schnalzte mit der Zunge. »Sehr schmerzhaft. Ich hoffe, er ist nicht mehr anstekkend.«

»Oh, ich bin nicht gefährdet, ich hab's schon gehabt. Aber jetzt muß ich los, im Krankenhaus sind sie sehr streng mit den Besuchszeiten. Es hat mich gefreut, Sie kennenzulernen.«

»Auch wir freuen uns, Ihre Bekanntschaft gemacht zu haben, Martin. Wir werden uns von jetzt an bestimmt häufiger sehen. Und grüßen Sie Ihren Großvater von uns.«

Martin erhob sich. In seiner Hose, die inzwischen völlig steifgetrocknet war, wirkte er seltsam unbeholfen. »Auf Wiedersehen, Sir.« Er schüttelte Musgrove die Hand, küßte Mrs. Musgrove auf die dargebotene Wange und ging dann rückwärts auf die Tür zu, so als entfernte er sich von königlichen Hoheiten.

»Ist das nicht alles wunderbar?« fragte Patricia, als sie ihn zum Auto begleitete. »Vor allem jetzt.«

Etwas in ihrer Stimme ließ ihn aufhorchen. »Wieso jetzt?«

»Weil ich's nicht bin.«

»Nicht?« Im Zeitlupentempo ging ihm ein Licht auf.

»Was wir neulich nachmittags gemacht haben, hat es ausgelöst«, sagte sie. »Ich hab' meine Tage, ich bin nicht schwanger. Jetzt können wir also eine richtige Hochzeit feiern. Ich kann's kaum erwarten, alles zu planen. Von jetzt ab müssen wir natürlich viel vorsichtiger sein. Ich will nicht noch mal so einen Schrecken durchmachen.« Er mußte sich sehr beherrschen, um nicht zurückzuweichen, als sie ihn zum Abschied küßte. »Du hast ihnen gefallen. Am Anfang war ich mir nicht ganz sicher, Daddy ist so leicht gegen jemanden eingenommen, aber du hast das so toll gemacht, ich weiß genau, daß sie beeindruckt waren.«

Martin wußte nicht, was er sagen sollte, und ließ sie einfach plappern. Ein neuer Abgrund hatte sich vor ihm aufgetan.

»Wir brauchen uns also um nichts mehr Gedanken zu machen. Da bist du sicher erleichtert, nicht wahr?« plapperte Patricia weiter.

»Ja. Ja, natürlich.«

»Der ganze Streß für nichts. Ruf mich morgen abend an, ja? Wir müssen über so vieles reden und so viele Dinge planen.«

Sie stellte sich auf die Zehenspitzen und gab ihm noch einen Kuß.

»Sag es.«

»Was soll ich sagen?«

»Du weißt schon ... sag, daß du mich liebst.«

»Natürlich liebe ich dich.«

Er stieg in seinen Wagen, aber Patricia hielt die Tür noch auf. »Was wirst du deinen Eltern erzählen?«

»Na, das, was passiert ist.«

»Fahr vorsichtig. Ich weiß, wie du reagierst, wenn du aufgeregt bist.«

Sie winkte ihm nach, bis er außer Sicht war. Martin klammerte sich mit seinen blau gefrorenen Händen an das Steuerrad, bog an der falschen Stelle ab und fuhr ein paar Meter weit auf der falschen Straßenseite, bis er von entgegenkommenden Fahrern angehupt wurde und hastig die Spur wechselte. Noch vor einer knappen Viertelstunde hatte er sich als potentiellen Vater und angehenden Katholiken gesehen, und nun hatte sich alles in Wohlgefallen aufgelöst. Dieser ganze verdammte Zirkus, dachte er, da sitze ich mit eingefrorenen Eiern in ihrem Wohnzimmer, kriege den Scheißkuchen nicht runter, schmiere ihrer Mutter Honig um den Bart, und dann sagt sie mir, sie ist nicht schwanger. Das war zuviel für ihn.

Er parkte neben einer öffentlichen Telefonzelle und fand gerade genug Kleingeld in seinem Portemonnaie, um zu telefonieren. Das Telefon klingelte ein halbes Dutzend mal, bevor jemand abnahm.

»Debbie?« sagte er.

»Ja.«

»Hier ist Martin ... kann ich bei dir vorbeikommen?«

Während er auf ihre Antwort wartete, sah er, wie eine Politesse ihm einen Strafzettel verpaßte.

19

Als Tony den vollbeladenen Einkaufswagen durch den Supermarkt schob, fragte er sich, wie er es immer wieder mit schlafwandlerischer Sicherheit schaffte, einen Wagen zu erwischen, dessen Räder sich in die entgegengesetzte Richtung drehten, so daß das Ding ihm alle paar Meter in die Magengegend krachte.

»Erst gestern hast du dich darüber beklagt, daß wir zuviel Essen übrig hätten«, sagte Tony, »wieso gehen wir dann schon wieder einkaufen? Haben sie in den Nachrichten eine Hungersnot angekündigt? Weißt du etwas, das ich nicht weiß?«

»Ich kaufe nur Dinge ein, die ich sowieso immer brauche«, erklärte Kate, während sie ein Paket besonders flauschiges Toilettenpapier aus dem Regal nahm, eine neue Sorte, die sie am Abend zuvor in der Fernsehwerbung gesehen hatte. »Und ein paar Sachen für Pa. Ich hatte auf einmal solche Schuldgefühle, als wir ihn nach Hause gebracht haben. In seinem Kühlschrank herrscht gähnende Leere. Ich glaub', die hier mag er ganz gern, oder?« Sie langte in die Kühltruhe und nahm ein halbes Dutzend Steak-and-Kidney-Puddings heraus.

»Lies erst, was draufsteht«, sagte Tony. »Rindfleisch ist oft voller Östrogene. Am Ende wachsen ihm noch Brüste, wenn er das Zeug ißt.«

»Sei nicht albern. Die dürften das doch gar nicht verkaufen, wenn es gefährlich wäre.«

»Hast du eine Ahnung. Ich hab' letzte Woche erst einen Artikel im ›Independent‹ gelesen, in dem stand, daß die Konservierungsstoffe in Fertiggerichten eine Hauptursache für die Gewalt an den Schulen ist.«

»Er geht aber nicht in die Schule, was willst du mir also einreden?«

»Ich will dir einreden, daß du vorsichtig sein mußt.«

»Okay, dann such du was aus.«

»Wie wär's mit Kaninchen? Ich könnte es für ihn zubereiten.«

»Das ist überhaupt nicht lustig. Ich hab' die Nase voll von Lebensmitteln. Ich hab' es satt zu kochen, ich hab' es satt einzukaufen, und ich hab' es satt, das Zeug zu essen. Ich wünsche, jemand würde eine Pille erfinden, die eine dreigängige Mahlzeit ersetzt. Das ist meine persönliche Vorstellung von Glück.«

Sie bezahlten und gingen hinaus. »Ich muß noch tanken«, sagte Tony. »Und Zigaretten kaufen.« Er fuhr zur nächsten Tankstelle. Während er Benzin einfüllte, bemerkte er zu seinem Entsetzen, daß Harrison in seinem BMW-Cabrio an der gegenüberliegenden Zapfsäule vorfuhr. Da es keine Möglichkeit gab, ihm aus dem Weg zu gehen, nickte Tony ihm lächelnd zu. »Haben Sie ein schönes Weihnachtsfest gehabt?«

»Hervorragend«, erwiderte Harrison. »Wir waren im Hotel Imperial in Torquay. Kennen Sie es?«

»Hab' davon gehört, aber ich war noch nie dort.«

»Sie sollten es einmal ausprobieren. Viel besser als zu Hause. Wie war denn Ihr Weihnachtsfest?« Er kam Tony verdächtig kumpelhaft vor, denn bisher hatte Harrison sich noch nie um nachbarschaftlichen Kontakt bemüht.

»Nichts Besonderes, die Familie war da und ein paar Freunde.«

Mittlerweile hatte Kate mitbekommen, was sich da abspielte. Sie drehte ihr Fenster einen Spalt weit herunter, um besser zuhören zu können. Tony wurde noch nervöser, als Harrison, anstatt zu tanken, zu ihm herüberkam.

»Haben Sie einen Augenblick Zeit? Ich muß Ihnen von einer äußerst merkwürdigen Sache erzählen, die sich ereignet hat, während wir weg waren.«

»Ach, was ist denn passiert? Bei Ihnen ist doch nicht etwa eingebrochen worden?«

»Nein, Gott sei Dank nicht. Aber es ist etwas verdammt Seltsames passiert. Ich habe mir bisher noch keinen Reim darauf machen können. Unsere kleine Tochter hatte ein zahmes Kaninchen, Sie haben sie sicherlich manchmal damit im Garten spielen sehen. Das Tier war ihr ein und alles. Eigentlich fand ich es ein bißchen lästig, weil ich meistens derjenige war, der es füttern und den Stall saubermachen mußte ... Sind Sie auch wirklich nicht in Eile?«

»Äh, nein, überhaupt nicht.«

»Ich hätte gern Ihre Meinung dazu gehört. Marjorie und ich wissen einfach nicht, was wir davon halten sollen. Sehen Sie, am Tag unserer Abreise wollte meine Tochter das Tier noch einmal füttern, aber das Vieh war hinüber, mausetot. Sie war natürlich völlig aus dem Häuschen.«

Tony nickte mitfühlend. »Das kann ich mir vorstellen. Die Kinder hängen so an ihren Haustieren, nicht wahr? Das haben wir mehr als einmal durchgemacht, als unsere noch klein waren.«

»Na ja, wir haben jedenfalls ihre Tränen getrocknet und ihr versprochen, ihr nach den Feiertagen ein neues zu kaufen. Dann haben wir ein kleines Grab ausgehoben, zugegebenermaßen kein besonders tiefes, denn ich wollte möglichst schnell aufbrechen, um nicht in den dichten Verkehr zu geraten, aber immerhin haben wir ein Kreuz mit Bunnys Namen draufgestellt, und am Ende hat sie sich ganz gut damit abgefunden. Aber jetzt kommt das Merkwürdige. Als wir gestern nach Hause gekommen sind, geht Felicity natürlich als allererstes an das Grab, um ein paar Blumen draufzulegen, und, ob Sie's glauben oder nicht, das Grab ist offen und Bunny ist verschwunden!«

»Verschwunden?« Tony schaffte es tatsächlich, völlig verblüfft zu klingen. »Mein Gott! Das ist ja wie im Kino. Ich habe noch nie gehört, daß jemand tote Kaninchen klaut.«

»Also, das arme Kind war regelrecht hysterisch, wie Sie sich vorstellen können. Marjorie und ich haben ihr natürlich erzählt, das Kaninchen sei in den Kaninchenhimmel gekommen, aber sie war einfach nicht zu beruhigen. Das Kind hat sich die Augen ausgeweint.«

»Verständlicherweise.«

»Wir haben ewig gebraucht, um sie wieder zu beruhigen. Schließlich bin ich also in die Zoohandlung gegangen, hab' ein neues Kaninchen gekauft … aber, Sie werden es nicht für möglich halten ... als Felicity den Stall für das neue Bunny vorbereiten wollte, war das alte Bunny wieder da!«

»Wieder da?« krächzte Tony. »Von den Toten auferstanden?«

»Nein, es war immer noch steif wie ein Brett, aber es saß aufrecht da mit einer angeknabberten Möhre zwischen den Pfoten. Hat mir einen ziemlichen Schrecken eingejagt, wie Sie sich wohl denken können.«

»Das würde wohl jedem so gehen.«

»Marjorie und ich können es einfach nicht begreifen. Absolut makaber. Was halten Sie davon?«

»Ich kann Ihnen nur zustimmen, eine höchst merkwürdige Geschichte.«

»Wir können uns nur vorstellen, daß diese Knilche von gegenüber, die immer mit ihren Fahrrädern über den Gehweg fahren, dahinterstecken. Sie haben sie nicht vielleicht um unser Haus strolchen sehen, was?«

»Nein. Aber wir sind auch bei dem Wetter kaum vor die Tür gegangen. Wahrscheinlich haben Sie recht, das sieht so aus, als ob Ihnen da jemand einen Streich gespielt hat.«

»Einen ziemlich geschmacklosen Streich, wenn Sie mich fragen«, sagte Harrison. »So ein Erlebnis kann ein Kind ein Leben lang traumatisieren.«

»Das wollen wir doch nicht hoffen. Kinder vergessen schnell, vor allem, wo Sie ihr doch ein neues gekauft haben.«

»Hoffen wir, daß Sie recht haben. Ich wollte Sie nicht aufhalten, aber ich dachte, ich erzähle Ihnen davon, es wäre ja immerhin möglich gewesen, daß Sie ein bißchen Licht in die Sache hätten bringen können.«

»Leider nein. Aber das tut mir leid für Sie. Welch ein Start ins neue Jahr.«

»Ja, so etwas ist das letzte, was man sich wünscht. Tja, war richtig nett, mit Ihnen zu plaudern. Wir sollten uns demnächst einmal gemütlich zusammensetzen. Ich habe mir überlegt, vielleicht eine Nachbarschaftshilfe zu gründen.«

»Gute Idee«, stimmte Tony zu. »Hier in der Gegend laufen einige zwielichtige Typen herum.«

Schließlich ging Harrison zu seinem Wagen zurück. Tony bezahlte eilig seine Rechnung und fuhr los. »Hast du das alles mitgekriegt?« fragte er, nachdem er sich in den Verkehr eingefädelt hatte.

»Da kannst du dich drauf verlassen!« Sie brachen beide in hysterisches Gelächter aus. »Ich hab' mich gar nicht getraut, zu dir rüberzusehen«, prustete Kate mit Tränen in den Augen. »Wie hast du es bloß fertiggebracht, ein ernstes Gesicht zu bewahren? Wetten, du bist total erleichtert.«

»Und wie. Himmel, Herrgott, wenn ich dran denke, was ich mir für eine Mühe gemacht hab, um das alte Bunny einigermaßen lebensecht hinzukriegen. Es war das reinste Kunstwerk, als ich mit ihm fertig war, auch wenn du der Meinung warst, ich sei verrückt.«

»Du warst auch verrückt.«

»Das war das erstemal, daß Harrison einigermaßen menschlich wirkte.«

»Tja«, sagte Kate, die immer noch lachen mußte, »es müssen solche Tragödien passieren, damit Menschen zusammenfinden. Wie fandest du denn die Geschichte mit dem Kaninchenhimmel?«

»Klassisch. Ab jetzt kannst du wieder etwas netter mit Emily umgehen. Sie wurde zu Unrecht beschuldigt.«

20

Auf wundersame Weise war über Nacht fast der gesamte Schnee verschwunden; auf dem Rasen waren nur ein paar wie Skulpturen wirkende graue Eisblöcke übriggeblieben, die Tony an die Art von Kunstwerken erinnerten, die gewöhnlich den Turnerpreis erhielten. Der Boden unter seinen Füßen war naß und elastisch, als er seinen morgendlichen Spaziergang antrat, ohne den er nicht arbeiten konnte. Das englische Klima übte eine perverse Faszination auf ihn aus, es war eine innige Haßliebe, die er dafür empfand. Er haßte es, wie es einem eine Ahnung von der absoluten Vollkommenheit vermitteln konnte, nur um sie im nächsten Augenblick zu vernichten – mit plötzlichen Frosteinbrüchen zerstörte es die Magnolienblüten, mitten im Sommer ließ es fürchterliche Hagelstürme niederprasseln, die die Rosenbeete dem Erdboden gleichmachten, oder es organisierte eine Trockenperiode im Frühjahr, und alles war so irritiert, daß es erst einen Monat zu spät keimte. Andererseits liebte er diese Überraschungsmomente, wenn zum Beispiel alle glücklich waren, weil das schöne Wetter sich unverhofft hielt und völlig fremde Menschen, die normalerweise mit abgewandten Gesichtern aneinander vorbeigegangen wären, als fürchteten sie, ein Gruß könne sie tödlich verletzen, einander plötzlich freundlich anlächelten.

Der Garten war sein Bereich. Kate genoß zwar die Blumenpracht, aber sie jammerte stets über all das Geld, das Tony jedes Jahr ausgab, um zu verhindern, daß der Garten sich innerhalb von Tagen in ein unkrautüberwuchertes Stück Ödland verwandelte. Über die Jahre hatten sie ein halbes Dutzend Gärtner beschäftigt, deren anfänglicher Arbeitseifer mit der Zeit regelmäßig so sehr nachgelassen hatte, daß sie ihren Stundenlohn nicht mehr wert waren. Kate führte das darauf zurück, daß sie beide nicht mit Personal umgehen konnten;

sie waren nicht damit aufgewachsen und daher von Dankbarkeit überwältigt, wenn sie glaubten, eine Perle erwischt zu haben. Dann waren sie übertrieben entgegenkommend, was zur Folge hatte, daß sie die Unzulänglichkeiten ihrer Hausangestellten nach kürzester Zeit hinnahmen und die Rollen vertauscht wurden: der Gärtner konnte wegen eines Hexenschusses keine anstrengende Gartenarbeit tun, oder die Putzfrau war wegen eines Ischiasleidens nicht in der Lage, den Staubsauger die Treppe hochzutragen. Aus Furcht, die Bediensteten könnten im Falle von etwas Kritik die Arbeit gänzlich verweigern, erledigte Kate die schwerere Hausarbeit selbst und gab sich damit zufrieden, wenn wenigstens staubgewischt wurde, während Tony es hinnahm, daß das Gewächshaus nichts als einen stinkenden Urwald von Tomatenpflanzen voller unreifer Tomaten enthielt, wenn wenigstens der Rasen gemäht wurde. Tony war schon öfter aufgefallen, daß das einzige, was diese Pseudogärtner erfolgreich züchten konnten, riesige Kürbisse waren – wahrscheinlich das anspruchsloseste Gemüse, das der Menschheit bekannt war – und Dahlien, eine Sorte Blumen, die Kate nicht im Haus duldete. Es war ein kostspieliger Kampf, den sie nicht gewinnen konnten. Dabei gab es nicht nur Opfer, die durch Menschenhand hingemetzelt wurden; im Hinterhalt lauerten noch andere Bataillone, denn die Tierwelt hatte die Pflanzen in Tonys Garten ebenfalls als leichte Beute entdeckt. Trotz Emilys unermüdlichen Bemühungen, ihre Zahlen zu dezimieren, nagten Horden von grauen Eichhörnchen die Rinde von den Bäumen und vertrieben sich die Zeit mit sinnloser Zerstörungswut, bis zu dem Augenblick, wenn die Äpfel reif waren, um sich sogleich über diese herzumachen. Ganze Schwadronen von Wespen höhlten jede einzelne Pflaume aus, und etwas mit dem ominösen Namen »Mehltau« befiel die Rosen, während die Natur, ängstlich darauf bedacht, alles gerecht zu verteilen, eine Armee von weißen Fliegen schickte, um alles zu verwüsten, was unter Glas wuchs. Jede Vogelart schaffte es mühelos, die Beerennetze zu durchdringen und sich an Tonys Himbeeren gütlich zu tun. Nur die Stachelbeeren wurden verschont. Bei denen handelte es sich allerdings um eine Sorte, die so sauer war, daß man sie nicht essen konnte. Tonys einziger Triumph war das eine Mal, als es ihm rein zufällig gelungen war, aus Samen, die er aus Frankreich mitgebracht hatte, drei Wassermelonen von der Größe von Tennisbällen zu ziehen.

»Wieso machst du dir jedes Jahr all die Arbeit?« fragte Kate immer wieder. »Gib dich doch mit ein paar Blumenkästen vor den Fenstern und ein paar Kübeln auf der Terrasse zufrieden und laß den Rest verwildern.«

Obschon er ihr im Grunde seines Herzens recht geben mußte, brachte Tony es nicht fertig aufzugeben. Als geborener Stadtmensch glaubte er unbeirrbar an seine Fähigkeit, die Natur zu beherrschen. Er sah sich im Geiste schon als einen neuzeitlichen Thoreau, der sein eigenes Walden kreierte, und auch wenn seine Vernunft ihm sagte, daß er auf verlorenem Posten stand, gab er den Kampf nicht auf. Es war ihm ebenfalls unbegreiflich, wieso er in den wenigen Jahren, in denen ihm endlich einmal etwas gelang, einen Überfluß an ausgerechnet jenen Gemüsesorten produzierte, die gleichzeitig in den Supermärkten zu Schleuderpreisen feilgeboten wurden. In Wahrheit hatte er sich, wie der Rest seiner Landsleute, die von demselben heiligen gärtnerischen Eifer dazu getrieben werden, ihr Land zu bestellen, zu dem irrigen Glauben verführen lassen, der Engländer und sein Garten seien so untrennbar verwachsen wie siamesische Zwillinge.

Tonys Trauma wurde teilweise von der Tatsache genährt, daß sein Nachbar Harrison mit seinem Schicki-Micki-Job in London soviel Geld verdiente, daß er ein Vermögen für die Dienste einer großen Gartenbaufirma ausgeben konnte, deren Leute wie ein Trupp Notärzte in seinem Garten ausschwärmten und den halbtoten Patienten wieder zum Leben erweckten. Sie verwandelten das nachbarliche Grundstück in einen ekelhaft vollkommenen Garten – Harrisons manikürter Rasen war grüner, seine Blumenbeete eine wahre Farbenpracht, seine Bäume von perfektem Wuchs. Er war die Schöne neben dem Biest. Einmal im Jahr veranstaltete Harrison in seinem Garten einen Tag der offenen Tür, um der Öffentlichkeit zu beweisen, daß er allen immer eine Nasenlänge voraus war. Dann watschelten Scharen von älteren Damen gackernd durch Harrisons Garten Eden, wobei sie ihre Augen diskret von Tonys Wüstenei jenseits des Gartenzauns abwandten.

Während er nun über seinen sumpfigen Rasen stapfte, auf der Suche nach einem Lebenszeichen der dreihundert Krokusse, die er gepflanzt hatte, war Tony drauf und dran, seine Niederlage einzugestehen. Kate hatte recht. Man sollte einfach alles verwildern, das Unkraut nach Herzenslust wuchern lassen. Nichts hatte in zwanzig Jahren vermocht, das Unkraut zu vernichten, obschon er genug Pestizide versprüht hatte, um die gesamte Partei der Grünen auf die Intensivstation zu bringen. Einmal hatte er in seiner Verzweiflung sogar einen Flammenwerfer eingesetzt, ein Gerät, mit dessen Handhabung er nie so richtig klargekommen war und das zwar die Wege versengt, das Unkraut jedoch offenbar dazu angeregt hatte, nach einer Woche um so lebhafter zu sprießen.

Tony blieb stehen und lauschte einem Fliegeralarmtest, der das ferne Rauschen des Autobahnverkehrs plötzlich übertönte. Warum zum Teufel machten sie das mit sturer Regelmäßigkeit immer noch, fünfzig Jahre nach Kriegsende? Liefen etwa immer noch Leute mit weiß angepinselten Stahlhelmen herum, die vom Sieg der Allierten noch nichts mitbekommen hatten, sondern bis heute stoisch durchhielten, wie diese Japaner, die die Yankees auf einem abgelegenen Atoll aufstöberten, nachdem alle anderen längst Harakiri begangen hatten? Obwohl Tony den Blitzkrieg nicht miterlebt hatte, lief ihm beim Ertönen der Sirenen – erst das auf- und abschwellende Warnsignal und schließlich der anhaltende Entwarnungston – jedesmal ein kalter Schauer über den Rücken. Vielleicht soll uns das immer wieder an unsere glorreichste Stunde erinnern, dachte Tony. Die Briten liebten nichts mehr als eine Orgie der Nostalgie, alles, was den Mythos der königlichen Insel aufrechterhielt, die sich gegen die Welt behauptete. Aus unerfindlichen Gründen kam ihm die zotige Version eines Kindergedichts in den Sinn, eine Parodie, die während seines letzten Schuljahres als extrem gewagt gegolten hatte. *Am Buckingham Palace wechseln die Wachen, Christopher Robin will's mit Alice machen.*

Während er seinen immer noch zugefrorenen Teich betrachtete, mußte er bei dem Gedanken an den typischen Schülerhumor über sich selbst grinsen. Dann hob er einen Stein auf und schlug ein paar Löcher in die Eisdecke, um den Goldfischen, die dem Reiher entkommen waren, eine Chance zu geben, dessen nächsten Besuch zu erleben. Ihn fröstelte, als plötzlich Wind aufkam, und er ging zurück ins Haus. Sein Optimismus war zwar angeschlagen, aber keineswegs erloschen. Es gab schließlich immer ein nächstes Jahr, und es konnte nur besser werden.

»Ich bin wieder da«, rief er aus Gewohnheit, so als sei er von einer langen Reise zurückgekehrt anstatt von einem Spaziergang durch den Garten Eden. Es herrschte eine seltsame Stille im Haus; das einzige Geräusch, das Tony vernahm, war das Klicken der Spülmaschine, deren Programm auf Trocknen umgeschaltet hatte. »Ich bin wieder da«, rief er noch einmal. Dann entdeckte er den Zettel, den Kate an einen Milchkarton geheftet und so auffällig plaziert hatte, daß selbst er ihn nicht übersehen konnte. Sie war zum Frisör gegangen und wollte in einer Stunde zurück sein.

Tony fühlte sich plötzlich verlassen, von Kates vorübergehender Abwesenheit irritiert; er hatte ihr etwas Wichtiges sagen wollen, das ihm jetzt bestimmt entfallen würde. Vor der Tür zu seinem Arbeitszimmer war ein welker Mistelzweig zu Boden gefallen. Er hob ihn auf und trug ihn zu seinem Schreibtisch. Der Beginn des neuen Jahres war keine Zeit der großen Erwartungen, dachte Tony. All die heiligen und profanen Riten um den Weihnachtsbaum und die jungfräuliche Geburt waren vorbei, und man mußte zusehen, daß man so gut es ging durch den Januar stolperte. Nur die Superreichen können sich Feste bestellen wie eine Folge von opulenten Speisen. »Uns anderen bleibt keine Wahl«, sagte er laut.

Er genoß es, in Kates Abwesenheit ungestört kettenrauchen zu können, während er zum x-tenmal seinen enormen Stapel Manuskriptseiten überflog. So konnte er den Zeitpunkt hinausschieben, an dem er die Arbeit daran wiederaufnehmen mußte. Er freute sich, als der Briefträger kam, denn ihm war jeder Vorwand recht, um den Computer noch nicht einzuschalten. In seiner Post waren an diesem Vormittag ein Angebot einer Ehevermittlungsagentur, die Partnerin seines Lebens kennenzulernen, zwei aufwendig gestaltete Broschüren, die ihn dazu animierten, eine Rentenversicherung abzuschließen, ein Kalender von einem Handwerker, dem er schon seit zehn Jahren keinen Auftrag mehr erteilt hatte, zwei Spendenaufrufe, ein einmaliges Angebot für eine authentische Reproduktion des Schwertes von El Cid, eine Erinnerung seines Zahnarztes, daß ein Besuch bei ihm überfällig war, zwei Mahnungen für unbezahlte Rechnungen, eine falsch adressierte Weihnachtskarte und schließlich ein Brief von seinem Bruder. Roger hatte schon immer die Angewohnheit gehabt, seine Gedanken schriftlich festzuhalten, wobei die Zeilen seiner ungelenken Handschrift von Norden nach Südosten über die Seite liefen.

»Lieber Tony,
es tut mir leid, daß ich es Dir während der Weihnachtsfeiertage so schwer gemacht habe. Zu Anfang hatte ich stark den Eindruck, bei Dir auf Ablehnung zu stoßen, was ich sehr gut verstehen kann. Vielleicht hat unser längst überfälliges Gespräch einiges klären können. Ich hoffe es jedenfalls. Ich versuche gerade, meine Gefühle zu ordnen, ein ziemlich schwieriger Prozeß, wie Du Dir vorstellen kannst. Wohin mich das alles am Ende führt, steht im Moment noch in den Sternen, aber ich wollte Dich wenigstens wissen lassen, daß Vanessa und ich die Scheidung zurückgezogen haben. Wir haben uns entschlossen, zunächst einmal eine Trennung auf Probe durchzuführen, etwas, das die Brasilianer ›desquite‹ nennen. [Roger hatte vor langer Zeit einmal eine Woche in Rio verbracht, als er einen Klienten aufgesucht hatte, der sich vor den Steuerbehörden in Sicherheit gebracht hatte, und seitdem streute er gern hier und da eine brasilianische Vokabel ein.] *Ich glaube, wir können wieder zusammenkommen, vor allem, wenn sie es schafft, meinen neuen Glauben zu akzeptieren. Vielen Dank an Kate für ihre Gastfreundschaft und den Pullover. Roger«*

»Armer alter Trottel«, murmelte Tony. Er legte die restliche Post auf einen Stapel und setzte sich an seinen Computer, um die Arbeit an seinem unvollendeten Roman wieder aufzunehmen. Nach zwei oder drei vergeblichen Versuchen schrieb er schließlich ein paar Sätze, die ihm gefielen. Im Verlauf des Vormittags kam seine Phantasie langsam in Gang, und er gestaltete das Schicksal seiner Figuren mit wesentlich größerer Leichtigkeit, als er sein eigenes Leben zu organisieren vermochte.

Am selben Morgen wachte Martin in einem fremden Bett auf. Während er langsam aus einem Traum auftauchte, setzte er sich auf und stieß mit dem Kopf an eine niedrige Decke. Einen Moment lang hatte er keine Ahnung, wo er sich befand; nichts von dem, was sich seinem verschwommenen Blick bot, kam ihm bekannt vor. Normalerweise war eine fleckige Blumentapete das erste, was er morgens erblickte. Erst als er versuchte, aus dem Bett zu steigen, dämmerte ihm, daß er sich nicht in seiner Collegebude befand und ihm über Nacht anscheinend ein neues Bein gewachsen war. Sein rechtes Bein war mit einem dritten verschlungen, eine warme, feuchte Umarmung, die ihn endlich aus dem Schlaf riß. Vorsichtig langte er unter die Bettdecke und fuhr mit der Hand an dem dritten, nicht zu ihm gehörenden Bein entlang, bis er etwas Pelziges fühlte. Erst dann drehte er sich um, um nachzusehen. Deborah lag schlafend neben ihm.

Langsam begann er, sich schwach zu erinnern. Natürlich: er war zu ihr gekommen, um ihr nach der irrwitzigen Teeparty bei den Musgroves sein Herz auszuschütten. Dann hatte eins das andere – vor allem, unter dem Einfluß von Deborahs tödlichem Punsch, das andere – ergeben, und er hatte etwas erlebt, was er sich selbst in seinen wildesten Träumen nicht auszudenken vermocht hätte und was ihm nun, als er sich wieder erinnerte, nicht nur wie ein Akt der Vorsehung erschien, sondern äußerst wohltuend gewesen war.

Deborah bewegte sich, als er versuchte, sein verkrampftes Bein aus ihrer Umklammerung zu befreien. Sie drehte sich zu ihm um, wobei ihre Hand auf einem seiner sensibelsten Körperteile landete, wo andere Engel sich nicht hinzulangen getraut hatten. Vorsichtig nahm er ihre Hand weg und rollte sich aus dem Bett, diesmal mit eingezogenem Kopf, um nicht noch einmal an die Decke zu stoßen. Er kletterte die Leiter hinunter, trat über ihre überall verstreut liegenden Kleidungsstücke hinweg und ging ins Bad. Nachdem er sich erleichtert hatte, wusch er sich das Gesicht mit kaltem Wasser und putzte sich mit Deborahs Zahnbürste die Zähne – etwas, das seiner Mutter sicherlich mißfallen würde, dachte er. Andererseits würde ihr alles andere nicht weniger mißfallen haben. Er untersuchte einen dunkelvioletten Knutschfleck direkt unter seinem Schulterblatt und entdeckte frische Kratzer auf einem Unterarm. Er war gebrandmarkt. Wer hätte das für möglich gehalten? Diese erstaunliche Deborah hatte im Dunkel der Nacht ein wahres Freudenfeuer entfacht. Während er sich die heißen Liebesspiele mit Deborah noch einmal in Erinnerung rief, überkam ihn ein Gefühl ungetrübter Zufriedenheit. Du mußt über einiges nachdenken, sagte er sich, während er sich im Spiegel dabei zusah, wie er die Worte lautlos formte. Quo vadis? Die Schuldgefühle, die er gegenüber Patricia hegte, verblaßten vor seinen neuen Gefühlen. Und doch war er leicht schokkiert über sich selbst, angesichts der Geschwindigkeit, mit der seine Gefühle sich geändert hatten. Er versuchte sich einzureden, sie hätte ihn an der sprichwörtlichen Nase herumgeführt; vielleicht war das Ganze ein klug ausgedachter Plan gewesen, um ihn in die Falle zu locken? So etwas kam doch angeblich immer wieder vor. Schließlich war allgemein bekannt, daß Frauen genauso rücksichtslos sein konnten wie Männer, wenn es darum ging, etwas zu erreichen, was sie sich einmal in den Kopf gesetzt hatten.

Er stapfte in die Küche und öffnete den Kühlschrank, dessen Inhalt ein interessantes Spiegelbild von Deborahs Persönlichkeit bot: eine Packung gefrorene Marsriegel, mehrere Dosen Diätcola, eine halbleere Flasche Weißwein, eine Dose löslichen Kaffees, ein Stück Melone, zwei in Cellophan verpackte, gebratene Hähnchenschenkel, eine Tiefkühlpizza und, Gott sei Dank, ein Paket Toastbrot. Martin steckte zwei Scheiben in den Toaster und stellte einen Kessel Wasser zum Kochen auf den Herd. Leicht amüsiert über den Gang der Ereignisse, stand er immer noch in der Küche, als er hörte, wie Deborah geräuschvoll die Leiter herunterkletterte. Ebenso nackt wie er, stand sie mit ihrer rosigen Rubensfigur vor ihm, was ihn das Frühstück sogleich vergessen ließ. Liebe am Morgen schien ihm die Sahne auf dem Kuchen zu sein.

»Ich mache gerade Toast und Kaffee«, sagte er, während er ihre Brüste anstarrte.

»Das sehe ich. Der neue Look für Imbißköche gefällt mir nicht schlecht.«

»Glaubst du, das könnte Schule machen?«

»Ich könnte damit leben.«

Sie gähnte schläfrig. Dann schlang sie ihre Arme um seinen Hals und bot ihm ihre Lippen.

»Wie geht es dir? Tut es dir leid?«

»Nein ... nur für Pat.«

»Ach so. Mir auch«, sagte Martin schnell. »Aber ich meine, keiner von uns hatte das geplant, oder? Es ist einfach passiert?«

»Wahrscheinlich bin ich die längste Zeit ihre beste Freundin gewesen.«

»Meine Freundin ist sie bestimmt nicht mehr. Aber wir brauchen es ihr ja nicht gleich brühwarm zu erzählen, vielleicht ist es besser, wenn wir es allmählich durchsickern lassen.«

Sie standen immer noch in enger Umarmung da, und Martin dachte noch einmal, wie trügerisch Frauenkleider waren. Es war schon aufregend genug gewesen, als er ihren Körper am Abend zuvor zum erstenmal nackt gesehen hatte, aber jetzt wurde seine Begierde von neuem geweckt, und Deborah ging es offenbar nicht anders.

»Wart noch eine Sekunde«, sagte sie. »Ich muß erst aufs Klo.«

Das Frühstück war vergessen. Martin kletterte die Leiter wieder hinauf, legte sich ins Bett und wartete auf sie. Er hörte sie duschen, und während er dem Plätschern lauschte, wurde sein Verlangen nur noch größer. Als sie endlich erschien, war sie immer noch klatschnaß, wie eine Nymphe, die aus dem Wasser auftauchte. Sie setzte sich rittlings auf ihn, hielt sich ein paar aufreizende Zentimeter über ihm, bis das Spiel beiden unerträglich wurde. Ihr Gesichtsausdruck veränderte sich, und sie schloß die Augen, als sie sich ihm endlich hingab. Martins Hände zitterten auf ihrem feuchten, gekrümmten Rücken, als er sie näher an sich heranzog, um ihre weichen Brüste auf seinem Körper zu spüren, als ihr Haar, das so rot war wie die Farbe hinter seinen Augen, über sein Gesicht fiel.

21

»Hat niemand angerufen, während ich fort war?« fragte Kate und stellte eine Tasse heißen Kaffee auf Tonys Schreibtisch.

»Was? Oh, vielen Dank. Nein, niemand.«

»Ich hatte gehofft, einer von ihnen würde anrufen. Wie kommst du denn voran?«

»Geht so. Ich bin noch nicht so richtig wieder drin. Es ist immer dasselbe, wenn ich nicht jeden Tag daran arbeite.«

»Lies es mir vor, das hat dir doch schon oft geholfen.«

»Später. Hast du dir eine neue Frisur zugelegt?«

»Ja, ich hatte plötzlich Lust, mir die Haare ein Stück kürzer schneiden zu lassen. Gefällt es dir?«

Tony schwang in seinem Drehstuhl herum und betrachtete Kate. »Ja. Schön. Ich finde, du warst lange weg.«

»Gefällt es dir auch wirklich?«

»Ja.«

»Das klingt aber nicht sehr überzeugend.«

»Doch, es ist ... es macht dich ... du weißt ja, daß du mir am besten mit langen Haaren gefällst, aber es steht dir gut.«

»Ich wußte, es würde dir nicht gefallen. Ich hab's Michael gleich gesagt.«

»Doch, doch, es gefällt mir, ich war nur so überrascht, das ist alles.«

»Na ja, das wächst wieder nach. Hast du dir ein Sandwich gemacht?«

»Noch nicht. Ich bin noch nicht fertig.«

»Ich mach' dir eins.« Sie betrachtete sich im Spiegel und dachte, was soll's, ich bin auch nicht gerade begeistert, aber ich werde den Teufel tun und es zugeben. »Komisch, daß Jenny nicht angerufen hat, um uns zu sagen, ob die beiden am Wochenende nach Hause kommen«, sagte sie beim Verlassen des Zimmers. »Hoffentlich ist ihnen nichts dazwischengekommen.« Plötzlich machte sie kehrt und ging noch einmal in Tonys Zimmer zurück. »Du weißt doch, daß morgen Dreikönig ist, nicht wahr? Wir müssen den Baum heute abräumen, sonst bringt er Unglück. Hilfst du mir dabei? Ich kann das nicht allein machen.«

»Klar. Sag mir nur Bescheid. Ich könnte eine Pause gut gebrauchen.« In diesem Augenblick klingelte das Telefon. Tony wartete ab, bis Kate an den Apparat ging, bevor er die Seiten, die er an diesem Vormittag geschrieben hatte, ausdruckte und den Computer ausschaltete.

»Ich geb's auf mit unserem Sohn«, sagte Kate, als er zu ihr in die Küche kam.

»Wieso? Was ist denn jetzt passiert?«

»Ich dachte, er ruft uns an, um uns zu sagen, ob er sich mit Patricia geeinigt hat.«

»Und, hat er?«

»Nein. Jedenfalls nicht auf die Art, wie wir es erwartet hatten. Sie ist gar nicht schwanger, und sie ist passé. So hat er sich ausgedrückt: ›Sie ist passé.‹«

»Und wieso?«

»Frag mich nicht. Wenn ich mir überlege, was er uns zugemutet hat, uns das ganze Weihnachtsfest zu ruinieren für nichts und wieder nichts. Er ist einfach unmöglich. Ich hab' den Hörer aufgelegt.«

»Immerhin können wir doch erleichtert sein, daß er uns noch nicht zu Großeltern macht. Das ist doch wenigstens etwas.«

»Ach, Mist! Sieh mal, was ich jetzt gemacht hab'«, sagte Kate. »Ich hab' dir anstatt Senf Marmelade auf dein Käsesandwich geschmiert.«

Das muß die traurigste Melodie der Welt sein, dachte Jenny, als der junge Hornist den Zapfenstreich spielte. Die zarten Töne schienen in der feuchten Luft von Belfast endlos nachzuklingen. Sie hielt sich krampfhaft aufrecht und bemühte sich, nicht zu weinen, als sie sah, wie Andy Haltung annahm und salutierte. Er hatte es abgelehnt, sofort nach Hause zu fahren, und darauf bestanden, an dem Begräbnis teilzunehmen. Drei von seinen toten Kameraden waren zur Beerdigung nach England überführt worden, aber der vierte war Ire gewesen, ein Junge von kaum zwanzig Jahren.

Jenny stand neben den trauernden Angehörigen. Die Mutter wurde von seinen Brüdern gestützt, und einer hielt mit seiner freien Hand einen Schirm über sie. Als die Melodie verklungen war, bellte ein Unteroffizier einen Befehl, und die Soldaten, die zu beiden Seiten des offenen Grabes angetreten waren, eine Abordnung der Kompanie des Toten, legten ihre Maschinenpistolen an. Noch ein Befehl, und sechs Schüsse zerrissen im Stakkato die Luft. Von den Friedhofsmauern hallte das Echo wider, und ein Schwarm Krähen flog krächzend in den bleiernen Himmel. Nachdem die Soldaten abmarschiert waren, schlurften die Familienangehörigen und die Trauergäste an das Grab, um Erde auf den Sarg zu streuen. Jenny blieb in einiger Entfernung stehen. Das hätte ich sein können, dachte sie und sah sich im Geiste auf ihre Eltern gestützt vor einem Grab stehen und der endlosen Leere entgegensehen, die übriggeblieben wäre.

Andy kam zu ihr, nachdem er der Familie sein Beileid ausgesprochen hatte.

»Geht es dir gut?« fragte sie. Er nickte nur kurz, immer noch in dem Bewußtsein, daß er sich in der Öffentlichkeit befand. Jenny hätte sich gern bei ihm eingehakt, war sich jedoch nicht sicher, ob das statthaft war, solange er seine Uniform trug. So gingen sie statt dessen Seite an Seite bis zum Parkplatz, wo Andys Fahrer mit dem Wagen wartete. Auf der Fahrt zur Kaserne sprachen sie kaum miteinander. Nachdem Andy seine Uniform gegen Zivilkleidung ausgetauscht hatte, wurden sie aus Sicherheitsgründen in einem Zivilfahrzeug zum Flughafen gefahren, um ihren Rückflug nach London anzutreten. Andy hatte Jenny bereits erklärt, daß ihre Tickets auf falsche Namen ausgestellt worden waren, auch das ein Hinweis auf das Leben, das er führte und das Jenny eine Woche lang geteilt hatte.

Erst als das Flugzeug in der Luft war und Kurs auf England genommen hatte, konnte Jenny aufatmen und über das Geheimnis nachdenken, das sie mit nach Hause nahm.

Nachdem der Baum allen Schmucks, bis auf den Engel, beraubt war, wirkte er seltsam nackt.

»Ich kann das nicht ausstehen«, sagte Kate. »Es deprimiert mich jedesmal.« Sie wickelte jede Christbaumkugel und jeden Stern in Seidenpapier und legte sie vorsichtig in Schachteln. Die Lichterkette hatte sie um die Papphülse einer Klopapierrolle geschlungen. »Das muß man so machen«, erklärte sie Tony, »sonst funktionieren die Lichter nächstes Jahr nicht.«

»Dieses Jahr haben sie auch nicht funktioniert«, erwiderte er.

Er wollte die Nadeln mit dem Staubsauger entfernen, aber Kate hielt ihn auf. »Jetzt noch nicht. Es ist reine Zeitverschwendung, bevor du den Baum rausgebracht hast. Aber nimm zuerst meinen Engel von der Spitze.«

Tony kletterte auf die Trittleiter und wickelte den Draht ab, mit dem der Engel befestigt gewesen war.

»Willst du dieses Ding wirklich bis zum nächsten Jahr aufheben?« fragte er.

»Natürlich. Laß mir doch meinen Engel. Du kannst dich auch nicht von deinem Teddybär trennen, der sich langsam in alle Einzelteile auflöst.«

»Das ist ein Erbstück. Für so einen Bären wird bei Sotheby's ein Vermögen geboten.«

»Dann verkauf ihn doch, wir könnten das Geld gut gebrauchen.«

Tony löste die Schrauben an dem Gestell, das den Baum gehalten hatte, hievte ihn hoch und trug ihn durch die Terrassentür nach draußen, wo er zunächst die Äste abhackte und dann den Stamm in zwei Hälften zerteilte. Weihnachtsbäume haben genauso ein schweres Los wie Truthähne, dachte Tony.

Als er wieder ins Haus ging, schien Kate zunächst verschwunden, doch schließlich fand er sie im Schlafzimmer. Sie saß weinend auf dem Bett und hielt den Engel in ihrem Schoß.

»Was ist denn jetzt los?« fragte Tony.

»Nichts. Es ist alles in Ordnung. Ich weine gar nicht. Wir haben nur eine gute Nachricht erhalten, das ist alles.«

Tony setzte sich neben sie auf die Bettkante. »Du hast mir ja einen regelrechten Schrecken eingejagt. Was für gute Neuigkeiten? Sag's mir.«

»Jenny«, antwortete Kate, »sie sind beide gut angekommen, Gott sei Dank, und weißt du, was? Sie ist schwanger.«

Noch spät an jenem Abend saß Tony nach getaner Arbeit in seinem Zimmer und blätterte in dem Buch, das Evelyn ihm zu Weihnachten geschenkt hatte. Sein Blick blieb an einem bestimmten Satz hängen: »Die Angst vor Einsamkeit ist größer als die Angst vor Bindung«, hatte Connolly geschrieben, »also heiraten wir.« Connolly, der begabte Autor und Zyniker – hat er diesen Satz geschrieben, um, wie alle, die wir vom Schreiben leben, eine Spur auf dem Papier zu hinterlassen, die darauf hinweist, daß wir diesen Weg gegangen sind, fragte sich Tony, oder ist es ihm nur um den Effekt gegangen?

Für mich trifft das eigentlich nicht zu, oder? dachte er, als er das Buch beiseite legte. Von fern war der Schrei einer Füchsin in der nächtlichen Stille zu hören, dann ein zweiter. Aber diesmal geriet Tony nicht in Panik, sondern verspürte eine seltsame, beruhigende Verbundenheit. Wahrscheinlich war sie, wie alle Lebewesen, lediglich auf der Suche nach einer Möglichkeit zu überleben, nach einer kleinen Chance in einer Welt, in der das Glück so sparsam ausgeteilt wurde.

Er schenkte sich einen Whiskey ein und schaltete den Computer an. Sein Text schien wie aus dem Nichts aufzutauchen, genau wie gute oder schlechte Nachrichten, nur daß es im Leben keinen Befehl »Löschen« gab. Nichts war real, es sei denn, man lebte es, der Rest war ebensowenig von Dauer wie die weißen Buchstaben auf dem Bildschirm vor ihm. Während er die letzten zwölf Tage noch einmal vor seinem geistigen Auge Revue passieren ließ, fragte er sich: Wieso glaube ich eigentlich immer wieder, es könne sich etwas ändern? Es geschieht kaum je etwas, das wir nicht selbst verursachen, das wir nicht selbst über uns bringen.

Lange Zeit saß er so in sich versunken da, bis er plötzlich merkte, daß er nicht allein war. Als er sich umdrehte, sah er Kate in der Tür stehen.

»Liebling, weißt du eigentlich, wie spät es ist?« fragte sie. »Es ist zwei Uhr, du wirst morgen früh völlig fertig sein, wenn du nicht bald ins Bett kommst. Was machst du denn die ganze Zeit?«

»Nichts. Ich hab' nur hier gesessen und nachgedacht.«

»Und worüber?«

»Über dich«, sagte er. Es war ihm plötzlich klargeworden – die Antwort galt sowohl ihr als auch ihm selbst. »Über wen sollte ich sonst nachdenken?«

In der gleichen augenfreundlichen Schrift
bei dtv erschienen:

Viele schöne Tage
Ein Lesebuch
Zusammengestellt von Helga Dick
und Lutz-W. Wolff
dtv 25126

Vierzehn ungewöhnliche Erzählungen.

»Schöne Tage – man wünscht sie anderen, und man wünscht sie sich selbst. Manche schönen Tage scheinen vorprogrammiert: Hochzeiten, Jubiläen, Geburtstage und natürlich der Urlaub. Aber wer sich selbst besser kennt, weiß auch, daß es oft die unauffälligen Stunden sind, die Glück und Zufriedenheit ausmachen, die seltsame Begegnungen und Überraschungen bringen und am Ende das Leben verändern. Einige dieser Augenblicke sind hier festgehalten von Madison Smartt Bell, Heimito von Doderer, Barbara Frischmuth, Peter Härtling, Marlen Haushofer, Franz Hohler, Hanna Johansen, Marie Luise Kaschnitz, Roland Koch, Siegfried Lenz, Margriet de Moor, Isabella Nadolny, Herbert Rosendorfer und Christa Wolf.

In der gleichen augenfreundlichen Schrift
bei dtv erschienen:

Lach doch wieder!
Geschichten, Anekdoten,
Gedichte und Witze

Zusammengestellt von
Helga Dick und Lutz-W. Wolff
dtv 25137

Es kann schon mal vorkommen, daß einem das Lachen vergeht. Wichtiger ist allerdings, daß es wieder zurückkommt! Lachen und Weinen gehören zusammen, und ein bißchen Galgenhumor ist allemal besser als Selbstmitleid und Verzweiflung. Geben doch, wie die hier versammelten Geschichten, Anekdoten, Gedichte und Witze beweisen, die Gründe für unser Unglücklichsein oft genug auch zur Heiterkeit Anlaß. Es geht uns besser, wenn wir zu den Dingen und zu uns selbst ein bißchen Distanz haben, das zeigen Peter Bamm, Erma Bombeck, Ilse Gräfin von Bredow, Art Buchwald, Sinasi Dikmen, Trude Egger, Lisa Fitz, Axel Hacke, Ursula Haucke, Johann Peter Hebel, Elke Heidenreich, Inge Helm, Irmgard Keun, Siegfried Lenz, Christian Morgenstern, Christine Nöstlinger, Alexander Roda Roda, Herbert Rosendorfer, Eugen Roth, Hans Scheibner, Michail Sostschenko, Phyllis Theroux, Ludwig Thoma und Kurt Tucholsky.

In der gleichen augenfreundlichen Schrift
bei dtv erschienen:

Blaues Katzenbuch

Zusammengestellt von
Helga Dick und Lutz-W. Wolff
dtv 25119

»Ich lasse mich nicht dressieren: Ich habe Charakter. Denn ich bin eine Katze. Und ich habe es gern, wenn man mich streichelt.«

Einundzwanzig ernste und heitere Katzengeschichten von Colette, Eva Demski, Max von der Grün, Elfriede Hammerl, Ursula Haucke, Marlen Haushofer, Elke Heidenreich, Erich Kästner, Doris Lessing, Penelope Lively, Inge Meidinger-Geise, Irmtraud Morgner, Isabella Nadolny, Pia Pera, Elisabeth Plessen, Ruth Rehmann, Luise Rinser, Herbert Rosendorfer, Otto Schönberger und Christa Wolf.

In der gleichen augenfreundlichen Schrift
bei dtv erschienen:

Anne Biegel / Heleen Swildens

Wo ist denn meine Brille?

Briefwechsel zweier Frauen über das Älterwerden
Deutsch von Hanne Schleich
dtv 25100

Anne Biegel / Heleen Swildens

Mitreden ist Gold

Anne und Heleen setzen ihren Briefwechsel
über das Älterwerden fort
Deutsch von Hanne Schleich
dtv 25107

Anne Biegel / Heleen Swildens

Lust und Plage der späten Tage

Neue Briefe der Autorinnen von
›Wo ist denn meine Brille?‹
Deutsch von Hanne Schleich
dtv 25145

»Die beiden Autorinnen wagen eine tabufreie Bestandsaufnahme der Probleme alter Menschen. Ein ernsthaft-heiteres Buch für Alte und Junge.«
Utz Utermann in der ›Hörzu‹